Die Autorin

Heike Sellhorn, geboren 1962, wuchs in Tangstedt auf.

Seit ihrem achten Lebensjahr ist sie schriftstellerisch aktiv und hat Gedichte, Kinderbücher, Kurzgeschichten, Autobiographisches und Fantasy verfasst.

Sie lebt, schreibt und arbeitet als Kinderkrankenschwester in Hamburg.

„Schwestern des Schweigens" ist ihr erster Krimi.

HEIKE SELLHORN

SCHWESTERN DES SCHWEIGENS

Ein Fall für Hannes Delft
Krimi

Bibliografische Information der Deutschen Nationalbibliothek.
Die Deutsche Nationalbibliothek verzeichnet diese Publikation in der
Deutschen Nationalbibliothek; detaillierte bibliografische Daten sind im
Internet über http://dnb.dnb.de abrufbar.

© 2019 Sellhorn, Heike
Cover, Herstellung und Verlag:
BoD – Books on Demand, Norderstedt
ISBN 9 783749 499397

Prolog

„Wir gehen fort."

„Wohin denn?"

„Einfach fort von hier!"

„Aber ..."

„Traust du mir nicht?"

„Doch natürlich, nur ..."

„Wir gehören zusammen, oder?"

„Ja."

„Und wir gehen gemeinsam?"

„Ja."

Willst du auf mich hören und immer tun, was ich sage?"

„Ja, ich werde auf dich hören."

„Und immer tun, was ich sage?"

„... ich werde tun, was du sagst, ja."

„Wie lauten die vier Gebote?"

„Ich ..."

„*Wie* lauten sie?"

„Schweige - Diene - Opfere - Bete."

„So ist es gut."

Kapitel 1

Missmutig betrat Kommissar Hannes Delft an diesem
Montagmorgen das kleine Büro in der Tangstedter Wache, das er
sich mit seinem Kollegen Cornelius Fuchs teilte. Das unscheinbare
Polizeigebäude stand direkt gegenüber der altehrwürdigen Kirche
mit ihrem Park, mitten im Ortskern des Dorfes.
Obwohl es noch früh am Tag war, lag bereits drückend heiße
Schwüle über Dorf und Wald. Seit zwei Wochen klebrige
Klamotten, stickige Räume und keine Abkühlung in Sicht. Es war
die Hölle.
Lustlos stellte er die Kaffeemaschine an, die den ganzen Tag für
ihn in Betrieb sein würde. Als der erste Kaffee durchgelaufen war,
goss er sich eine Tasse ein, kippte fette Milch dazu und nahm einen
Schluck. Er war früh dran und Kollege Fuchs noch nicht da, eine
Weile würde er seine Ruhe haben.
Er warf einen Blick durch das Fenster auf die mannshohe
Buchsbaumhecke, die um Kirche und Park herumführte. Gotteshaus
und Polizei existierten friedlich nebeneinander. Im Dorf kannte man
sich, und obwohl die Stadtgrenze nach Hamburg nur fünf Kilometer
entfernt lag, hatte er nur selten mit Fällen aus der Großstadt zu tun.
Delft spürte wieder die Erleichterung, dass seine Dienstjahre auf
Hamburgs Davidwache vorbei waren. Sein halbes Leben hatte er
dort in unermüdlichem Einsatz verbracht, bis er sich entschieden
hatte, aufs Land zu ziehen. Tangstedt lag vor den Toren Hamburgs,
im Speckgürtel, wie die einen stolz, die anderen spöttisch zu sagen
pflegten. In Tangstedt liefen die Uhren langsamer. Hier herrschte
eine gemütliche Lebensweise, die ihm behagte, trotzdem blitzte das
Urbane manchmal durch. Oft hörte er beim Kaufmann an der Kasse

die Leute davon reden, wie „schön dat bi uns tohuus in Tangstedt is", wenn sie von einer Einkaufstour aus dem hektischen Hamburg zurückkehrten. Von Wald umgeben und doch nicht hinterwäldlerisch, das war *sein* Tangstedt. Schon in jungen Jahren hatte er es für sich entdeckt, als er zum Pfingstball in eine der Scheunen feiern gekommen war oder im Sommer zum Grillfest der Feuerwehr. Jeder ließ den anderen nach seiner Fasson leben, die Menschen hatten das Herz am rechten Fleck. Außerdem war die Alster nicht weit, auf der man Boote mieten und bis nach Hamburg paddeln konnte.

Ja, paddeln wäre mal wieder was Schönes, fuhr es Delft durch den Kopf, als er sich in den knarzenden Drehstuhl vor seinem Schreibtisch wuchtete. Er spürte jedes Kilo zu viel auf seinen Rippen. Kein Wunder, nach den vielen einsamen Abendessen im Dorfkrug bei Margitta. Seit er alleine lebte, konnte er nur schwer ihren deftigen Köstlichkeiten widerstehen. Das Kochen machte ihm keine Freude mehr, und mutterseelenallein vor seinem Teller zu sitzen, frustrierte ihn täglich aufs Neue.

Delft öffnete sein abgegriffenes Ledernotizbuch, kritzelte groß das Wort „Abnehmen!" hinein und „Nie wieder Margittas Frikadellen!", unterstrich beides fett und klappte das Notizbuch zu. Nach einem weiteren Schluck Kaffee hoffte er auf einen ruhigen Montag mit banaler Polizeiarbeit: Nachbarschaftsstreit, Falschparker, alles möglichst ohne viel Aufregung.

In diesem Moment durchschnitt schrilles Telefonklingeln die wabernde Hitze. Delft lehnte sich über den Schreibtisch und griff den Hörer, schon bei dieser kleinen Bewegung brach ihm erneut der Schweiß aus.

Doch es meldete sich niemand, als er abhob.

„Hallo?"

Gerade wollte er wieder auflegen, da wehte eine flüsterleise Mädchenstimme an sein Ohr. „Sie sind verschwunden!", sagte sie.

„Wer spricht denn da?"

„Ilvy. Ilvy Münch."

Die Stimme am anderen Ende der Leitung pausierte, dann hörte er angestrengtes Atmen, als müsse das Mädchen Anlauf nehmen, um weiterzusprechen.

„Sie wollten schon gestern zurück sein, aber sie sind nicht gekommen." Sie schluchzte kaum hörbar.

„Wer, deine Eltern?"

„Ja!"

Delft richtete sich in seinem Drehstuhl auf.

„Wo sind sie denn?" Er hatte das Bild eines mageren, regennassen Kätzchens vor Augen, das verwaist vor der Wohnungstür hockte und die Welt nicht mehr verstand.

„Auf Amrum!" Die Stimme vibrierte. „Vor zwei Wochen sind sie losgefahren, und jetzt kommen sie einfach nicht wieder." Ein verzweifeltes Wimmern folgte. Anscheinend war sie seit zwei Wochen allein? Delft holte Luft. „Ich komme einfach mal bei dir vorbei, hm? Wo wohnst du denn?"

Stille, dann folgte ein gepresstes „Ja" und sie flüsterte die Adresse. Pappelweg 36, eine ruhige Wohnstraße am anderen Ende des Dorfes, direkt an der Grenze zum Wald. Schöne Gegend, dachte Delft, aber einsam.

„Und du bist ganz allein zuhause, Ilvy. Niemand ist bei dir?" Kurz herrschte Schweigen in der Leitung, als hätte das Mädchen einfach aufgelegt. Dann fuhr ihn plötzlich eine Stimme an, die sein Bild von einem hilflosen Kätzchen augenblicklich zerstörte: „Ich bin siebzehn! Da ist Alleinsein wohl kein Problem, oder?"

„Nein, natürlich nicht!", murmelte Delft überrascht. „Ich bin gleich da!", sagte er und legte auf. Er stürzte seinen Kaffee hinunter und verließ das Büro.

Auf dem kleinen Parkplatz vor der Polizeiwache schmorte sein Liebling, ein tannengrüner VW Käfer, den er seit dreißig Jahren fuhr. Metallisch knackte der Lack in der bereits sengenden Sonne. Als er die Fahrertür öffnete, schlug ihm der Geruch von heißem Plastik entgegen, den die Kunststoffautositze verströmten. Im selben Augenblick bremste neben ihm quietschend ein Fahrrad im Kies, der Fahrer sprang leichtfüßig von den Pedalen.

"Moin, Hannes!" Cornelius Fuchs strahlte ihn an, während er sich den neongelben Fahrradhelm vom Kopf zog. Schweißtropfen perlten von seiner Stirn, an der das kurze schwarze Haar klebte. Kopfschüttelnd betrachtete Delft den Kollegen. „Glatter Selbstmord, bei dieser Hitze Rennrad fahren!", sagte er und wedelte sich mit der Hand Luft zu.

Cornelius Fuchs sicherte sein Rad mit einem Stahlschloss am altmodischen Fahrradständer, klopfte zufrieden auf den Gelsattel und klemmte sich den Helm unter die Achsel. Seinem Chef warf er einen nachsichtigen Blick zu.

„Nur wenn man zu wenig trinkt, Hannes, und stattdessen literweise Kaffee mit fetter Milch in sich hineinschüttet."

Delft sah ihn verständnislos an, während Fuchs zufrieden die Oberschenkelmuskeln lockerte. „Und die Endorphine sorgen für ..."

Delft hob abwehrend die Hände. „Verschone mich mit deinen Weisheiten!"

„Okay", Fuchs zwinkerte ihm zu, „ich mein ja bloß." Er zerrte seine blaue Satteltasche aus der Halterung. „Und wo soll es hingehen?"

Delft prüfte die Innentemperatur seines Käfers mit der Hand und verzog sein Gesicht. Vielleicht hätte er doch eine Klimaanlage einbauen lassen sollen damals, als sein junger Kollege Marcel, von dem er den Wagen übernommen hatte, ihm den Vorschlag gemacht und sogar seine Werkstatt dafür zur Verfügung gestellt hatte.

„Vorhin gab es einen Anruf von einem Teenager", sagte er, „wohnt nicht weit von hier. Die Eltern sind offensichtlich nicht aus dem Urlaub zurückgekehrt. Ich will mal nachsehen, was da los ist." Er setzte sich auf den glühenden Fahrersitz, dessen heißer Kunststoff durch die Hose brannte. „Pappelweg 36, direkt am Wald." Gequält sah er zu Fuchs hoch, der sich an die offene Fahrertür lehnte.

„Kenne ich", nickte der. „Glashütter Weg, Waldstraße, Pappelweg. Ist meine Rennstrecke, wenn ich die große Runde durch Hamburg fahre. Gute Steigungen und wenig Verkehr. Schicke Gegend, oder?" Ohne eine Antwort abzuwarten, trat er vom Auto zurück, warf die Fahrertür zu, klopfte aufs Autodach, und Delft startete den röhrenden Motor.

„Es ist noch Kaffee da!", rief er Fuchs durchs offene Fahrerfenster zu und schmunzelte.

„Chef, du weißt doch: Kein Koffein direkt nach der Fahrt. Ich hab was Isotonisches dabei!" Fuchs klopfte auf den Gurt voller Getränkefläschchen, die an seiner schmalen Hüfte baumelten, und zeigte ihm die Daumen-hoch-Geste.

Delft schüttelte unmerklich den Kopf und setzte den Wagen zurück. Ein Freak, dachte er mit einer Mischung aus Neid und Unständnis, während er an Fuchs vorbeirollte. Als er links auf den Kornmühlenweg bog, warf er noch einen Blick auf seinen Kollegen, nicht ganz ohne Neid: Noch nie hatte er einen derart knackigen Männerhintern gesehen.

Aber was ging es ihn an? Er betätigte die Kupplung, die ein schnarrendes Geräusch von sich gab. Sollte Fuchs doch sein, wie er wollte. Seit vier Jahren arbeiteten sie hier auf der Tangstedter Polizeiwache zusammen. Cornelius Fuchs war aus Berlin gekommen, wo die Beziehung zu einem Restaurantbesitzer auf schmutzige Art auseinandergegangen war. In Tangstedt wollte er ein neues Leben beginnen. „Die Tangstedter sind toleranter als sämtliche Städter", hatte Fuchs erklärt und ihm, seinem Chef, die Geschichte seines Lebens erzählt. Frei und selbstverständlich ging er mit seiner Homosexualität um, und Delft musste seine Hamburger Erfahrungen im Milieu neu sortieren und Vorurteile ablegen, denn Fuchs war ein verlässlicher Kollege, intelligent, sensibel und charmant. „Nicht alle Schwulen haben Lust auf die ‚typische Szene' mit schmierigen Spelunken und schalem Bier, Hannes! Und nicht alle Polizisten haben Bock auf Knarre, Schlagstock und Keilerei!" Dieser Kollege schärfte seine Sinne und öffnete sein Herz. Wie gut das tat! Wäre er selbst nicht so schüchtern und unsicher in menschlichen Belangen, hätte er ihn gern um Freundschaft gebeten. Er fühlte sich wohl in Fuchs` Gesellschaft, aber er war sein Chef, und das machte alles komplizierter.

Delft bog in die menschenleere Hauptstraße ein. Nur eine alte Dame trottete mit hochrotem Gesicht langsam auf den Bäckerladen zu. Zu dieser Zeit war auch der Dorfkrug gegenüber noch geschlossenen, die Terrassenstühle lehnten gekippt an den Tischen. Ab 11 Uhr gab es hier Mittagstisch und in einem Sommer wie diesem traf sich abends das halbe Dorf zum Bier im Dorfkrug. Man nannte ihn deshalb auch scherzhaft „Tangstedts größtes

Wohnzimmer".

An bescheidenen Einfamilienhäusern mit ihren gepflegten Gärten und den dahinter liegenden Wiesengrundstücken vorbei, die alle bis zum Waldsaum reichten, fuhr Delft durch den Ortskern. Die laue Brise, die durch das offene Fahrerfenster wehte, tat ihm gut. Er drückte den Knopf des Kassettenrecorders. Das eingelegte Band gab ein quietschendes Leiern von sich, bevor die ersten Klänge von Neil Diamond zu hören waren. Jedes Mal fragte er sich, wann die Kassette reißen würde, seit über drei Jahrzehnten lief sie jetzt in diesem Auto.

„Stargazer" weckte seine Lebensgeister, und er sang leise mit. Den Titel hatte er Marlies vorgespielt, als sie ihn das erste Mal in seiner Junggesellenbude in Barmbek besuchte und er bereits Hals über Kopf in sie verliebt gewesen war. Es hatte ihn schon erwischt, als er sie nachts in der Notaufnahme des Krankenhauses gesehen hatte. Damals hatte er als junger Polizist einen verletzten Mann ohne Ausweis dorthin begleitet und sie hatte ihn in ihre Obhut genommen. Das Haar hochgesteckt und auf den Lippen ein freundliches Lächeln, blieb sie trotz der Hektik um sie herum vollkommen gelassen. Selbst das Neonlicht in der Ambulanz wirkte milder. Ewig schien das her zu sein! Dreiundzwanzig Jahre, dachte Delft, und sein Blick fiel auf die verblichenen Babyschühchen seines Sohnes, die am Rückspiegel baumelten.

Die ersten Tannen tauchten vor ihm auf, und bald ließ er die Dorfstraße hinter sich, durchquerte den Wald und erreichte schließlich die Wohnsiedlung. Von der Waldstraße mit ihren schlichten Backsteinhäusern ging rechts der Pappelweg ab. Gegenüber dem Haus mit der Nummer 36 parkte er am Straßenrand und stieg aus. Graue Steinplatten teilten den Vorgarten in zwei akkurat gemähte Rasenstücke, umrahmt von kugelförmig gestutzten Buchsbaumbüschen, dahinter ein schmuckes Einfamilienhaus: weißer Klinker mit schwarzen Fensterrahmen und massiver Eingangstür aus dickem Buchenholz. Auch ohne den Marmorengel auf der linken Rasenhälfte, der demütig sein Haupt zum gewässerten Grün hinabsenkte, war hier Wohlstand zu erkennen. Ein Sportfahrrad lehnte am Metalltor der Garage rechts am Haus, die Speichen reflektierten das gleißende Sonnenlicht.

Die Nachbargärten zu beiden Seiten bildeten einen traurigen Kontrast. Im Unkraut des linken Gartens lag ein umgestoßener ausgeblichener Plastikliegestuhl, auf dem rostigen Campingtisch daneben thronte ein von Zigarettenkippen überquellender Aschenbecher. Im Garten zu seiner Rechten durchzogen geharkte Gehwege die penibel angelegten Blumenbeete, die eine wohlüberlegte Farbenpracht ahnen ließen. Jetzt jedoch, in diesem Sommer, waren die Blumen der Hitze zum Opfer gefallen, lagen braun und strohig auf staubtrockener Erde.

Delft öffnete das gusseiserne Gartentor der Nummer 36 und ging langsam den Weg bis zur Haustür. Er registrierte Außenjalousien vor jedem Fenster und Überwachungskameras an beiden Hausecken. Sämtliche Kellerfenster waren vergittert. Er drückte den polierten Messingknopf der Klingel, woraufhin etwas zeitversetzt zwei dumpfe Glockenschläge im Inneren des Hauses erklangen. Doch nichts regte sich und Delft drückte erneut.

Dann waren Schritte im Hausflur zu hören, zwei Türschlösser wurden entriegelt und im Türspalt erschien ein schmales, blasses Mädchengesicht über der Sperrkette.

„Ilvy Münch?"

Er blickte in zwei große, blaue Augen.

„Ja."

„Ich bin Kommissar Hannes Delft. Wir haben vorhin telefoniert."

„Ja", wiederholte sie.

Sie wirkte seltsam ungerührt, fand Delft, obwohl sie sich doch angeblich um ihre Eltern sorgte. Das Gesicht verschwand, von innen wurde die Sperrkette gelöst und die Tür öffnete sich ganz. Delft seufzte leise vor Erleichterung, als er in einen dämmrigen, angenehm kühlen Flur trat. „Hallo Ilvy", sagte er und streckte dem Mädchen seine Hand entgegen.

„Hallo." Sie ignorierte die Geste und sah ausdruckslos zu ihm auf. Verwundert betrachtete er ihre seltsame Erscheinung. Zwei Köpfe kleiner als er, schmal wie ein Kind, zupfte sie nervös an ihrem grauen Faltenrock. Dürre Knie und Beine ragten darunter hervor, weiße Kniestrümpfe saßen stramm an zarten Waden. „Kommen Sie bitte herein, Herr Delft. Hier entlang", forderte sie ihn auf und klang fast wie ein Butler. Er folgte ihr durch den Flur in ein abgedunkeltes Wohnzimmer, dabei starrte er auf ihre geflochtenen, schwarzen Zöpfe, die bei jedem Schritt über ihren schmalen Rücken wippten. Ihm fiel die weiße Baumwollbluse auf, hoch geschlossen und langärmelig. Altmodisch, aber vor allem viel zu warm, dachte Delft. Doch was wusste er schon über Modetrends bei Teenagern? Sein Sohn Jonas trug Jeans und T-Shirt, seit er zwölf war, so wie er selbst als Jugendlicher, egal wie warm oder kalt es draußen gewesen war.

Dieses Mädchen aber schien wie aus der Zeit gefallen. Sie sah aus wie eine Mischung aus Manga-Figur und einer Amischen aus dem letzten Jahrhundert, auf keinen Fall wie ein moderner siebzehnjähriger Teenager. Englische Schuluniformen kamen Delft in den Sinn, Gehorsam, Zucht und Ordnung.

Sie drehte sich unvermittelt zu ihm um. „Möchten Sie ein Glas

Wasser oder Eistee?" Ihre Gesichtszüge blieben starr, nur ihre Augen belauerten ihn, vollkommen ausdruckslos.

„Gern ein Wasser." Delft nahm auf dem weißen Ledersofa Platz und sah sich um. Auf dem Esstisch aus Schleiflack lag ein Handy. Ansonsten gab es in diesem Raum keinerlei persönliche Spuren. Nirgendwo Nippes oder Fotos. Keine Pflanzen, keine Bilder. Alles war penibel aufgeräumt und über den Möbeln hing der sterile Geruch von Haushaltsreinigern.

„Darf ich dich duzen oder soll ich Sie sagen?", versuchte Delft ein Gespräch zu beginnen.

Ilvy schwieg einige Sekunden. „Sie dürfen mich duzen." Mit ungerührter, ernster Miene sah sie ihn an. „Ich werde erst im kommenden Februar achtzehn."

Delft atmete tief ein. Die leblose Atmosphäre wirkte erdrückend und starr, das Mädchen wie ein verstörtes Kind mit dem Benehmen einer Erwachsenen.

Ilvy ging ein paar Schritte in die offene Küche hinter dem Esstisch, goss Wasser aus einer Karaffe in ein Kristallglas und stellte es vor Delft auf die Rauchglasplatte des Couchtisches. Dann setzte sie sich ihm gegenüber auf die Kante des zweiten Sofas, klemmte beide Hände unter die zusammengepressten, dünnen Oberschenkel und blickte zu Boden. Sie atmete kaum, Delft ließ einige Momente verstreichen.

„Was genau ist gestern passiert?", brach er schließlich das Schweigen.

Ilvys Schultern begannen zu beben, und ihre Stimme war ein raues Fiepsen. „Vor zwei Wochen sind meine Eltern nach Amrum gefahren. Sie haben dort eine Ferienwohnung." Sie schlug die Hände vor ihr Gesicht und schluchzte.

Endlich zeigt sie Gefühle, dachte Delft.

„Und gestern … gestern sollten sie wiederkommen. Aber das sind sie nicht!" Sie zog ein rosa umhäkeltes Stofftaschentuch aus ihrer Rocktasche. „Entschuldigung." Sie schnäuzte sich, faltete das Taschentuch zu einem Quadrat und steckte es zurück in ihren Rock.

Das wird ja immer seltsamer, überlegte Delft, ein Teenager mit einem Taschentuch aus Großmutters Zeiten? Wie war dieses Mädchen in der Lage, es ordentlich zu falten, obwohl sie vollkommen aufgelöst erschien? Was stimmte mit ihr nicht? Immer noch blickte Ilvy regungslos zu Boden, ihr schmaler Körper zusammengesunken und starr, die Schultern hochgezogen, als wolle sie sich in sich selbst verkriechen. Ein Teenager, voller Angst um seine Eltern, eine hilflose Jugendliche, gleichzeitig beherrscht und unnahbar. Hatte Ilvy zwei Wochen alleine in diesem Haus gelebt, ganz auf sich selbst gestellt, und es nicht verlassen, während draußen schönster Sommer war? Ihre Blässe zeigte deutlich, dass sie kaum am Licht gewesen sein konnte.

Delft widerstand dem Impuls, sich neben sie zu setzen und die Hand um ihre bebenden Schultern zu legen. Stattdessen zückte er sein Notizbuch mit dem abgenutzten Bleistift in der Innenlasche und sah Ilvy forschend an. Sie hielt noch immer den Kopf gesenkt, vermied jeden Blickkontakt.

„Kannst du mir einige Fragen beantworten?"

Sie nickte.

"Wie sind deine Eltern nach Amrum gereist? Mit dem Auto und dann mit der Fähre?"

Ilvy nickte erneut, ihre Zöpfe fielen ihr vor das Gesicht. „Sie haben immer die Mittagsfähre genommen."

„Wann haben sich deine Eltern das letzte Mal bei dir gemeldet?"

„Gestern, eine SMS." Sie schluckte und knetete nervös die Hände.

„Aber sie haben sich jeden Tag gemeldet. Immer!", stieß sie mit brüchiger Stimme hervor, und ihre Knie begannen zu zittern. Der Raum war erfüllt von Ilvys Anspannung.

„Was stand in der SMS?", hakte Delft vorsichtig nach.

Ilvy erhob sich mit einem Ruck, nahm das Handy vom Esstisch, schaltete es ein und reichte es ihm. Dann glättete sie sorgfältig ihren Rock und nahm wieder Platz, fiel zurück in ihre kauernde Haltung.

Als Delft das hellblaue Display antippte, öffnete sich mit einem „Pling" eine Nachricht: „Wir warten auf die Fähre. In 2 Stunden sind wir in Dagebüll. Bis später. Mama und Papa"

Er scrollte weiter, bis der Absender erschien: „Eltern 13.07.2014, 10:16" und las auch die anderen Nachrichten: Wetter gut, Essen gut, wir vermissen dich, bitte komm das nächste Mal wieder mit uns – und so weiter. Die Münchs hatten sich in der Tat jeden Tag bei ihrer Tochter gemeldet, nichts an den Zeilen ließ etwas Ungewöhnliches vermuten.

Er gab Ilvy das Handy zurück. Sie schob es in ihre Rocktasche und starrte stumm auf ihre gefalteten Hände.

„Und seitdem nichts mehr?"

Ilvy schüttelte den Kopf.

„Hast du versucht, deine Eltern anzurufen?"

Einen Moment schwieg sie, doch plötzlich schnellte ihr Kopf hoch und eine völlig andere Person starrte ihn aus weit aufgerissenen Augen an. Bebende Nasenflügel und ihr verzerrter Mund verwandelten das Gesicht in eine hasserfüllte Grimasse. Ein Krampf durchfuhr ihren gekrümmten Körper und die Finger bohrten sich in ihre Handflächen. Schwer ging ihr Atem.

„Natürlich habe ich das!", schrie sie ihn an. „Aber niemand nimmt ab!" Ihre Stimme überschlug sich.

Unheimlich, dieser stechende Blick, dachte Delft, als habe er ein Wesen aus einer anderen Welt vor sich. Was war los mit ihr? Er griff nach seinem Glas und trank einen Schluck Wasser. Für Sekunden hörte man nur Ilvys Atmen.

„O Gott, sie sind bestimmt tot! Und Sie sitzen hier und trinken Wasser!" Ihre Stimme schraubte sich in gellende Höhen. „Was soll ich jetzt bloß machen?" Sie schlug mit der Hand auf das Sofa neben sich und schnaufte zwischen zusammengebissenen Zähnen. Dann begann sie panisch vor und zurück zu schaukeln und an ihrem Daumennagel zu kauen. Winzige Schweißperlen schimmerten auf ihrer Stirn. „Sie können mich doch nicht einfach alleine lassen!"

Wie eine Welle brach sich die Angst des Mädchens Bahn und riss sie mit sich. Delft konnte förmlich sehen, wie sie hinweggespült wurde. Er musste sie herausreißen aus dem Szenario, das sich in ihrer Phantasie abspielte, und sie zurück in die Realität holen.

Statt auf Ilvys Verzweiflung einzugehen, stand er auf, zog sein Handy aus der Hosentasche und stellte sich vor sie hin, sah sie an. „Ich brauche alle Informationen über deine Eltern", sagte er. „Marke und Kennzeichen ihres Autos, Adresse der Ferienwohnung, Reisedaten. Alles. Ich werde sämtliche SMS deiner Eltern auf mein Diensthandy laden, und ich brauche eine genaue Personenbeschreibung. Fühlst du dich in der Lage dazu?"

Sie schien weit weg zu sein, schaukelte immer noch hin und her und nagte weiter mit ausdruckslosem Gesicht an ihrem Daumennagel.

„Kannst du das?" Fast brüllte er und endlich schaute sie erschrocken zu ihm auf, holte Luft und nickte.

„Und noch was, Ilvy." Delft blickte sich um, wurde sanfter. „Gibt es jemanden, der ein paar Tage hier bei dir sein kann? Oder kannst du zu jemandem gehen? Du solltest in dieser Situation nicht alleine sein!"

Er klappte sein Handy auf und wollte gerade Fuchs` Nummer wählen. Da sah er im Augenwinkel, wie Ilvy mit einem Ruck aufstand und sich vor ihm aufbaute.

„Ich brauche keinen Aufpasser!" Ihre Augen sprühten vor Zorn, während sie versuchte ihre Stimme zu beherrschen. „Und ich bin nicht allein!", fügte sie leiser hinzu. Ihre Bluse war verrutscht, und die dunkel umwölkten Augen stachen aus ihrem bleichen Gesicht hervor und gaben ihm etwas Unmenschliches. Ihr Atem ging gepresst und schnell. Sie ließ Delft nicht aus den Augen. In ihrem Blick lag etwas, das mehr war als Sorge um ihre Eltern. Es war Todesangst. Und darunter: zügellose Wut.

Instinktiv trat er einen Schritt zurück. Wollte sie ihn angreifen? Welche Gewalt und Kraft konnte sie in ihrer Wut entfesseln? Vielleicht sollte er einen Krankenwagen rufen? Er hatte Angst. Da vernahm Delft plötzlich hinter sich das Geräusch von knarrenden Dielenbrettern. Er drehte sich um und sah in der Wohnzimmertür einen schlaksigen Jungen stehen. Er hatte ihn nicht kommen hören. Wie lange stand er schon da?

Als Delft sich wieder dem Mädchen zuwandte, war aus ihrem Gesicht jegliche Wut verschwunden, als hätte es sie nie gegeben. Sanft wie Mona Lisa lächelte Ilvy über seine Schulter hinweg den Jungen an.

16. September 2005

Liebe Alma,

ich war heute in der Kirchenstunde. Schade, dass du nicht dabei sein konntest, wir hätten riesigen Spaß zusammen gehabt. Wir haben Lieder gesungen und gebetet. Ich habe mich sehr angestrengt, damit Mama und Papa stolz auf mich sind. Ich konnte fast alle Lieder und Gebete ohne Hilfe hersagen. Aber von uns werde ich ihnen niemals erzählen, versprochen. Das ist unser Geheimnis.

In Liebe für immer,

Deine Fi

Kapitel 2

Für Augenblicke herrschte Stille im Wohnzimmer, als wäre die Welt stehengeblieben. Delft musterte die schmächtige Gestalt des Jungen. War er durch einen Hintereingang gekommen oder schon die ganze Zeit irgendwo im Haus gewesen? Bleich zeichnete sich sein schmales Gesicht im Zwielicht ab, dünnes weißblondes Haar kräuselte sich um Stirn und Wangen. Ein Hauch von Eukalyptus wehte Delft entgegen, der von dem Jungen auszugehen schien.

„Und wer bist du?"

„David", sagte er und blickte ihn gleichgültig an.

Als wäre seine Antwort ein Startsignal, bewegte sich Ilvy vom Sofa weg an Delft vorbei und drängte sich an den Jungen, der seinen dünnen Arm um ihre Schulter legte.

„David ist mein Freund." Bewundernd sah sie zu ihm auf. „Und er beschützt mich."

David nickte wortlos, musste husten und holte dann pfeifend Luft.

Stirnrunzelnd betrachtete der Kommissar das seltsame Paar. Beim besten Willen konnte er sich nicht vorstellen, wie dieser dürre Junge Ilvy in irgendeiner Weise beschützen könnte. Neben ihm wirkte sie, obwohl selbst so schmal, fast kräftig.

Delft seufzte, zog sein Notizbuch hervor und bedeutete den beiden, sich zu setzen. Einträchtig nahmen sie auf dem Sofa Platz, dessen Leder leise knarzte.

„Ich werde dir jetzt einige persönliche Fragen stellen", wandte er sich an Ilvy. „Möchtest du, dass David dabei ist?"

Sofort griff sie nach seiner der Hand. „Er soll bleiben!" Sie warf David einen panischen Seitenblick zu. „Wir haben keine Geheimnisse voreinander."

21

„Nun gut, wie du willst!" Delft nahm die Personalien der beiden auf, und während David Ilvys Hand hielt, erfuhr er die ersten Details. Mit leiser Stimme beantwortete das Mädchen seine Fragen. Am Sonntag, den 29. Juni 2014, waren Doris und Matthias Münch nach einem gemeinsamen Frühstück nach Amrum aufgebrochen. Mittags hatten sie die Autofähre von Dagebüll genommen, sich am Abend aus ihrer Ferienwohnung in Norddorf gemeldet und seither jeden Tag mindestens einmal ein Zeichen gegeben. Nichts deutete darauf hin, dass ihnen etwas zugestoßen sein könnte.

„Alles war so wie immer, wenn sie nach Amrum gefahren sind!"

„Warum bist du nicht mitgefahren?", warf Delft ein und sah Ilvy an. Sie schüttelte den Kopf. „Es ist langweilig! Ich bin jahrelang mitgefahren und kenne die Insel in- und auswendig!" Delft gab sich mit der Antwort zufrieden, zumindest sie schien ihm für ein siebzehnjähriges Mädchen normal. Ilvy nannte das Kennzeichen des weißen Volvo und die Adresse der Ferienwohnung.

Delft kannte Amrum gut genug, um sofort zu wissen, wo die Wohnung lag. Der Sanddornweg war eine beliebte Adresse direkt am Norddorfer Strand mit weitem Blick über die Nordsee. „Du hast deine Eltern das letzte Mal am Morgen ihrer Abreise gesehen?" Er schaute hoch und registrierte, dass Ilvy bei dieser Frage leicht in sich zusammensank.

„Ja", presste sie hervor.

„Und gestern Mittag war der letzte Kontakt per SMS?" Ilvy nickte stumm und vergrub ihr Gesicht in Davids Brust.

„Ich hab's doch schon gesagt!", schluchzte sie in sein Shirt. "Sie waren auf dem Rückweg und warteten schon auf die Fähre. Abends wollten sie hier sein!"

„Gibt es Probleme in eurer Familie? Streit? Haben deine Eltern

Ärger mit anderen Leuten? Feinde?" Wie Zündstoff hingen diese Fragen im Raum, und schlagartig richtete Ilvy sich auf.

„Was wollen Sie damit sagen?" Wütend funkelte sie den Kommissar an und schüttelte Davids Hand ab, die er besänftigend auf ihren Arm gelegt hatte. „Meine Eltern hatten nie Streit miteinander und auch keine Feinde!" Ihre Stimme schwoll an. „Unsere Familie ist super in Ordnung!" Jetzt schrie sie fast. „Und sie lieben mich!"

Schutzsuchend schmiegte sie sich an David, der vorwurfsvoll zu Delft hinübersah und unbeholfen den bebenden Rücken des Mädchens streichelte.

„Kannst du was dazu sagen, David?" Delft fixierte ihn und bemerkte, wie er in Atemnot geriet. Die aufgelöste Ilvy im Arm und einen Kommissar als Gegenüber, der ihm unliebsame Fragen stellte, überforderte ihn anscheinend. Einen Moment lang war nur das pfeifende Geräusch seines angestrengten Atems zu hören.

Mit einem Mal war es in dem stickigen Raum kaum mehr zu ertragen. Abgestandene Luft und der Geruch von Eukalyptus gaben dem Wohnzimmer eine Atmosphäre, die Delft an das Sterbezimmer seiner Großmutter erinnerte. Er lockerte seinen Hemdkragen und veränderte die Sitzposition.

David hustete und strich sich müde eine verschwitzte Haarsträhne aus der Stirn. „Ilvys Eltern sind okay, wirklich", sagte er, drückte Ilvy fester an sich und blickte unsicher zu Delft hinüber. „Normale Leute eben. Ich habe sie nur ein- oder zweimal getroffen. Sie waren nett zu mir." Er zuckte mit den Schultern und musste erneut husten.

„Und woher kennt *ihr* euch?" Delft nahm sein Glas und trank den letzten Schluck Wasser.

„Wir gehen in dieselbe Klasse", antwortete David. „Schulzentrum

Süd. Mathe-Leistungskurs."

Die nahegelegene Schule am Hamburger Stadtrand war Delft bestens bekannt, sie war das schulische Zentrum in dieser Region. Auch Jonas besuchte dort die elfte Klasse am Gymnasium. Kannte er die beiden womöglich? Delft beschloss, ihn danach zu fragen, und warf einen Blick zum Fenster.

Draußen war die Sonne weitergewandert, und Schatten von Bäumen und Wolken verdüsterten zusätzlich den abgedunkelten Raum. Ilvy hatte sich von Jonas gelöst und war aufgestanden, um einen Schalter neben der Tür zu betätigen, worauf sich die Jalousien surrend in Bewegung setzten und ein Himmel, durchzogen von schwarzen Gewitterwolken, sichtbar wurde. Sie öffnete ein Fenster und starrte sekundenlang nach draußen, bevor sie sich wieder neben David auf das Sofa setzte.

Delft spürte Erleichterung, als es im Raum heller und trotz der Schwüle ein wenig luftiger wurde. Jetzt konnte er David genauer betrachten und erschrak. Erst im Licht war das ganze Ausmaß seiner Blässe zu erkennen. Bläulich schimmerten seine schmalen Lippen, und seine Augen lagen in tiefen, dunklen Höhlen, umgeben von teigiger, fahler Haut.

Dieser Junge war keinesfalls gesund, so viel stand fest.

Delft dachte an seine Noch-Ehefrau. Sie war Krankenschwester und hätte sofort gewusst, was hinter Davids Blässe und dem Husten steckte. Aber sie sprachen schon seit einem Jahr nicht mehr miteinander. Als er noch darüber nachsann, was Marlies ihm zum Zustand des Jungen hätte sagen können, fuhr David plötzlich aus dem Sofa hoch. Wie ein Vampir, der vor der Helligkeit die Flucht ergriff.

„Ich muss jetzt los. Ein Ferienjob." Ilvy sah erschrocken zu ihm auf.

„Nein, bitte bleib!" Wie ein kleines Kind zerrte sie an seinem Shirt, zog es lang, bis es zu zerreißen drohte, und zischte unverständliche Worte. Während David sich aus ihrem Griff zu befreien versuchte, krallte sie den Stoff seines T-Shirts nur noch fester.

„Lass los, Ilvy!", schrie David sie da mit einer tiefen Stimme an, deren Kraft Delft überraschte, befreite sich aus ihren Fängen und hastete hustend zur Haustür. „David!" Wie von Sinnen rief sie ihm hinterher und trommelte mit den Fäusten auf das Sofa.

An der Tür drehte David sich nochmals um. „Ich komm später wieder!", sagte er, und schon klackte die Haustür hinter ihm ins Schloss.

Delft sah Ilvy forschend an, ihr Gesicht war jetzt ohne jeden Ausdruck. „Das nenne ich mal flott! Trifft dein Freund immer so schnelle Entscheidungen?"

Sie schwieg, dann erhob sie sich steif und räumte das leere Glas vom Couchtisch, ihre Augen schimmerten feucht. „David ist in Ordnung!", sagte sie auf dem Weg in die Küche und wechselte unvermittelt das Thema. „Wann fangen Sie endlich an, meine Eltern zu suchen?" Fordernd stellte sie die Frage und knallte das Glas auf die Arbeitsplatte. Eben noch weich, brodelte jetzt in ihr ein unkontrollierter Vulkan. „Warum interessiert Sie David? Sie sollen herausfinden, was mit meinen Eltern passiert ist!" Ihre Stimme kiekste vor glühendem Zorn, der sich bei jeder Gelegenheit zu entladen schien.

„Wissen deine Eltern von David? Dass ihr befreundet seid?" Delft war Ilvy bis zur Küche nachgegangen. „Ich meine, über den Mathe-Leistungskurs hinaus?"

Ilvy warf ihm einen verächtlichen Blick zu und verschränkte die

Arme vor der Brust.

„Natürlich wissen sie von ihm!", stieß sie hervor.

„Er ist krank, oder?"

„David hat Asthma", erklärte sie knapp und schob sich an ihm vorbei ins Wohnzimmer. „Aber er kommt damit klar. Nur Situationen wie heute sind Gift für ihn." Sie machte eine Pause und sah zu Boden. „Sind Sie jetzt fertig?"

Dieses Mädchen gab ihm Rätsel auf. In einem Moment vernünftig wie eine Erwachsene und sittsam wie eine Nonne, versprühte sie schon im nächsten Augenblick den Jähzorn eines Racheengels. Lag das allein an der Pubertät? Delft fand keine plausible Antwort. Und Doris und Matthias Münch? Ilvy beschrieb die beiden als liebevolle und perfekte Eltern. So perfekt wie dieses Haus mit seinen teuren Möbeln, in dem alles makellos und sauber war? Aber was machte Ilvy dann so wütend?

„Nein", beantwortete er ihre Frage schließlich und trat in den Hausflur. "Nicht ganz. Ich werde mich hier noch ein wenig umsehen. Wohin führt diese Tür?" Er wies auf eine schmale Tür am Ende des Flurs. Sofort war Ilvy an seiner Seite, Delft spürte ihre Anspannung. Hatten die Münchs doch etwas zu verbergen?

„In den Keller. Da sind Vorräte, Lebensmittel und was man sonst nicht immer braucht. Staubsaugerbeutel, Reinigungsmittel ..." Als Delft nicht von der Tür wich, öffnete Ilvy sie zögernd und betätigte einen Lichtschalter.

Am Ende einer kurzen Betontreppe breitete sich ein kleiner Raum aus, dessen Wände mit Vorratsregalen bestückt waren. Eine Gefriertruhe und eine Tür, auf der „Waschkeller" stand, vervollständigten das Bild. Er stieg die Stufen hinab, es roch staubig nach abgestandener Luft; auf dem Deckel der Gefriertruhe blendete das Neonlicht der Deckenlampe. Delft trat zur Truhe und öffnete sie, als Ilvy hinter ihm tief Luft holte.

Auf den ersten Blick war da nichts Ungewöhnliches. Vereistes Gefriergut, Brötchen in Tüten, TK-Gemüse, einige Pizzen und alles, wie erwartet, nach Art der Lebensmittel fein säuberlich sortiert. Da stutzte er plötzlich und beugte sich hinab. Jetzt sah er deutlicher, was ihn irritierte. Winzige rote Punkte waren wie Sprühregen auf dem Paket mit Fischfilet verteilt. „Was ist das?" Er drehte sich zu Ilvy um, die jetzt näher herantrat und fast furchtsam seinem Blick folgte. Es war Blut, ohne jeden Zweifel bedeckten kleine gefrorene Blutsprenkel die Tiefkühlpackung, und an einem der roten Eiskristalle klebte eine winzige flaumige Feder. Ilvy atmete erleichtert aus, „Ach so!" Sie verdrehte die Augen. „Meine Eltern stehen auf Bio-Hähnchen, frisch geschlachtet vom Hof. Die werden nur in Papier eingefroren und bluten oft noch." Sie wandte sich ab. „Das ist so eklig!"

Insgeheim gab Delft ihr Recht und schloss den Deckel der Truhe, der sich sofort geräuschvoll am Rand festsaugte.

Dann öffnete er die Tür zum Waschkeller. Auch hier war nichts Auffälliges, nur eine Waschmaschine mit leerer Trommel und an der Wand daneben ein Bügelbrett, dessen Bezug angekokelt war. Er schloss die Tür wieder und stieg hinter Ilvy die Kellertreppe hinauf in den Flur.

Er blickte sich um. Elegant verborgen hinter der Garderobenwand befand sich eine Treppe aus polierten Buchenholzstufen, gehalten von einem schmiedeeisernen Geländer. „Und oben?"

„Da ist mein Zimmer und das Schlafzimmer meiner Eltern. Außerdem unser Bad. Was suchen Sie eigentlich? Glauben Sie, ich habe meine Eltern versteckt?"

Ihre Stimme klang spöttisch und Delft stellte sich vor, wie sie hinter seinem Rücken eine Grimasse zog. Er ließ ihre Frage unbeantwortet und ging hinauf in den ersten Stock.

Kaum hatte er den kleinen Flur im Obergeschoss erreicht, drängte Ilvy an ihm vorbei und öffnete rechterhand eine Tür, die den Blick auf ein enges, düster wirkendes Zimmer freigab. An der Wand gegenüber der Tür stand ein faltenfrei bezogenes Doppelbett, das fast den gesamten Raum einnahm und über dessen Kopfende ein schlichtes, aber mächtiges Holzkreuz hing. Zweifellos die Arbeit eines Künstlers, das erkannte selbst Delft als Laie sofort. Durch die schwarze Lackierung kamen die feine Maserung und die filigranen Schnitzereien besonders zur Geltung. Der deckenhohe Kleiderschrank links daneben wirkte im Vergleich dazu wie ein verirrtes Nutzmöbel. Sein champagnerfarbener Schleiflack nahm die gesamte Raumseite ein. Abgesehen von den beiden großen Möbeln und dem Holzkreuz war das Zimmer leer. Kein Spiegel an der Wand, keine Pflanzen, nicht einmal Gardinen, nur vor dem kleinen Fenster der obligatorische Rollladen, blickdicht verschlossen, um die Sonne abzuschirmen.

Edel, aber nicht sehr einladend, dachte Delft, und ganz anders als das Schlafzimmer, das er mit Marlies geteilt hatte. Wild zerwühlt war meist das Bett gewesen, der Duft zweier sich liebender Menschen hatte den Raum erfüllt. Hier hingegen roch es nach gestärkter Wäsche, und das Kreuz verströmte eine Atmosphäre erdrückender Sittsamkeit.

Er schloss die Tür.

„Gibt es ein Adressbuch deiner Eltern?", wandte er sich an Ilvy, die einige Schritte hinter ihm im Flur an der Wand lehnte. „Mit Namen von Freunden, Bekannten?"

Sie schüttelte den Kopf. „Das haben sie mitgenommen, um Postkarten zu schreiben." Delft warf einen Blick in das Badezimmer, das neben dem Schlafzimmer lag, und sah sofort, dass außer Reinlichkeit dort nichts Interessantes auf ihn wartete. Vielleicht höchstens der vollkommen leere Spiegelschrank über dem Waschbecken, der sperrangelweit offenstand wie die Kasse eines Ladens nach Ladenschluss.

Delft griff an die Klinke der letzten Tür gegenüber, das musste Ilvys Zimmer sein. Es war abgeschlossen.

„Nanu, du schließt ab?" Ilvy zögerte einen Moment, bevor sie ein dünnes Kettchen aus ihrer Bluse hervorzog, sich hinabbeugte und mit dem Schlüssel, der daran hing, das Zimmer öffnete.

Stumm ging sie hinein und blieb neben der Tür stehen. Als Delft den Raum betrat, stieß er einen bewundernden Pfiff aus. Das Zimmer war riesig und nahm mindestens die Hälfte des Obergeschosses ein, der Traum eines jeden Teenagers.

„Alles dein Reich?", staunte er.

Durch das Panoramafenster gegenüber der Tür fielen senffarbene Sonnenstrahlen, die sich vereinzelt ihren Weg durch die schwarzen Gewitterwolken bahnten, und tauchten das Zimmer in gespenstisches Licht.

Ilvy schloss lautlos die Tür. „Ja."

Während er sich umsah, musste Delft an das Jugendzimmer seines Sohnes denken: Poster von Bands und Muskelprotzen pflasterten die Wände, Comics lugten zwischen Schulbüchern hervor, und überall lagen Klamotten verstreut, dazwischen Chipstüten, Energiedrinks, dampfende Turnschuhe. Eine kleine Wildnis jugendlicher Unordnung.

Dieses Zimmer sah vollkommen anders aus.

Bis auf eine mit Bilderschnipseln aus Tierzeitschriften und Memos gespickte Pinnwand waren drei der schneeweißen Wände kahl. Doch die rechte Zimmerwand weckte augenblicklich Delfts Aufmerksamkeit. Über die gesamte Wandbreite zog sich eine Fototapete, die ein sturmgepeitschtes Meer bei Nacht zeigte. Turmhohe Wellen leckten am schwarzen Himmel, ein greller Blitz stieß durch die brodelnde Wolkendecke und schlug in die schaumige Gischt. Eine Apokalypse, die Welt schien unterzugehen.

„Du magst das Meer?" Er wandte sich zu Ilvy um.

„Ich mag seine ungebändigte Kraft!" Verlegen senkte sie den Blick. Hatte ihr noch niemand eine so persönliche Frage gestellt? Oder hatte er mit seiner Frage einen verborgenen Teil ihrer selbst angerührt, den sie lieber geheim hielt? Als sie den Blick hob, war ihr Gesichtsausdruck vollkommen verändert. Aus dem wutentbrannten Teenager, dessen Aggressionen er noch kurz zuvor gefürchtet hatte, war wieder das zerbrechliche Kind geworden, das Beschützerinstinkte in ihm wachrief.

„Warum bist du nicht mit nach Amrum gefahren?", fragte er nun noch einmal, während er seine Augen nicht von der Fototapete lassen konnte, deren Motiv ihn faszinierte und zugleich so bedrohlich wirkte. Die Kraft, mit der hier die entfesselten Naturgewalten miteinander kämpften, schien so real, dass man fast meinte, das Tosen und Brüllen des Meeres im Zimmer zu hören. Er riss seinen Blick los und wandte sich wieder zu Ilvy um.

„Stattdessen bleibst du zwei Wochen lang allein?"

Sie hatte sich auf das Bett gegenüber der Fototapete gesetzt, ein weißes Metallgestell, das aussah wie ein ausgedientes Lazarettbett aus dem Krieg, und nahm eine abgewetzte Stoffpuppe in die Hand.

„Auf Amrum wäre ich allein." Gedankenverloren strich sie die buntgeblümte Puppenschürze glatt. „Hier habe ich zumindest David."

„Aber du wärst doch mit deinen Eltern zusammen", entgegnete Delft und nahm ein Bild in sich auf: ein Teenager, wochenlang allein zuhause mit seinem vielleicht ersten Freund, eine Stoffpuppe aus Kindertagen, die in ihren Händen wirkte wie ein Rettungsanker, der Freund, der eher wie ein Beschützer auftrat und nicht wie ein verliebter Junge, und dann die Eltern, die wie vom Erdboden verschwunden schienen.

„Das ist etwas anderes." Ilvy legte die Puppe behutsam zurück auf das Kopfkissen und ordnete deren dicke Wollzöpfe sorgfältig beidseitig ihres Köpfchens.

Delft überlegte, wie viel Lust Jonas wohl hätte, mit Marlies und ihm Urlaub zu machen, wenn sie noch eine Familie wären, und stellte erschrocken fest, dass er keine Ahnung hatte, was sein siebzehnjähriger Sohn nicht nur in dieser Hinsicht, sondern auch sonst dachte und fühlte. Er sollte sich mehr mit ihm befassen, überlegte er, hatte nicht auch Marlies das immer bemängelt? Dass er endlos lange Arbeitstage im Büro statt Zeit mit seinem Sohn verbrachte, geplante Ausflüge ohne Zögern platzen ließ, weil er im Präsidium gebraucht wurde, und am Abend oft viel zu erschöpft war, um zumindest zu fragen, wie es Jonas ging und was er erlebt hatte?

Geräuschvoll zog er Luft durch die Nase und nahm wieder diesen süßen pudrigen Geruch wahr, der ihm schon beim Betreten von Ilvys Zimmer aufgefallen war. „Wonach riecht es hier?", fragte er daher, auch um nicht länger über seine verfahrene Familiensituation nachdenken zu müssen.

Ilvy wies auf die Fensterbank. Dort standen ordentlich aufgereiht mehrere mit feinem Sand gefüllte Glasschalen. Die hereinfallenden Sonnenstrahlen ließen die winzigen Körnchen glitzern. „Anis und Citrus." Sie ging zum Fenster, nahm eine der Schalen und hielt sie Delft unter die Nase. „Es ist Vogelsand, der so duftet."

„Tatsächlich, das riecht gut." Er sah sie an, und in diesem Moment lächelte Ilvy zum ersten Mal. Wie ein Schleier fiel der verschlossene Gesichtsausdruck von ihr ab und gab eine Sanftmut preis, in die sich pure Freude mischte. Verblüfft registrierte Delft die erneute Verwandlung und empfand unmittelbar Sympathie für diese Jugendliche mit ihren vielen Gesichtern, die ihm jetzt ein freundliches Lächeln schenkte.

Hier in ihrem Zimmer ist sie ein vollkommen anderer Mensch, dachte er. Vielleicht gelingt es mir doch, ihr Vertrauen zu gewinnen.

„Und wo ist der Vogel?", knüpfte er vorsichtig an und blickte sich suchend um, bis er hinter sich, verborgen in einer Nische und flankiert von zwei mannshohen Grünpflanzen, an einem Deckenhaken einen Vogelkäfig entdeckte. Neugierig trat er näher, um das Kleinod zu betrachten. Hängebrücken aus geflochtenem Bast bildeten kreuz und quer Klettermöglichkeiten zwischen den zwei Grünpflanzen, und Naturäste ragten aus den Blättern hervor. Von der Käfigtür bis hinunter zum Boden reichte eine Holzleiter, gespickt mit Glöckchen und Spiegeln. Delft war beeindruckt von diesem Einfallsreichtum, an alles schien gedacht - ein Paradies für einen Wellensittich oder einen kleinen Papagei, allein der Käfig war leer, die Futternäpfe ohne Inhalt.

„Er ist tot." Ilvys Stimme klang hohl, das Strahlen auf ihrem Gesicht war erloschen. Als sie neben ihn trat, fuhr sie zärtlich über die abgeknabberte Sitzstange an der offenen Käfigtür. „Caruso, mein Wellensittich ... jeden Tag haben wir zusammen verbracht." Rau vor Trauer drangen die Worte zu ihm, während sie am Holz puhlte, in Gedanken weit weg.

„Was ist passiert?"

Sie schien ihn nicht zu hören, legte den Kopf schief, als lausche sie der Stimme des Vogels, die jetzt verstummt war.

„Ist er weggeflogen?", versuchte Delft mehr zu erfahren. Er erinnerte sich an den Wellensittich seiner kleinen Schwester, Butzi, der Familienclown, der nach zehn Jahren durch die Küchentür nach draußen entwischt und nie wiederaufgetaucht war. Krank vor Kummer war seine Schwester tagelang durchs Haus geschlichen und hatte den verwaisten Käfig erst ein Jahr später hergeben können.

„Ja, weggeflogen ...", murmelte Ilvy und starrte in den Käfig, als realisierte sie erst in diesem Moment Carusos Abwesenheit.

„Das tut mir leid, ich weiß ..."

„Schon gut", unterbrach sie ihn barsch und schob sich eine Haarsträhne hinters Ohr, als wäre damit die Weltordnung wiederhergestellt. Dann sah sie Delft nochmals kurz an und öffnete demonstrativ die Tür.

Er folgte ihrer Aufforderung. Mit einem letzten Blick auf die „Gedenkstätte", die Fotowand und Ilvys Schreibtisch, auf dem selbst jetzt in den Ferien Dutzende Schulbücher und Hefte lagen, verließ er das Zimmer. Vorerst hatte er genug gesehen. Doch etwas an diesem Raum irritierte ihn, nur kam er nicht drauf, was es war.

An der Haustür angekommen, sah er sie prüfend an. Wie sich die tosenden Wellen auf ihrer Fototapete nach dem Sturm in eine glatte, ruhige Wasseroberfläche zurückverwandeln würden, stand Ilvy jetzt in aller Seelenruhe vor ihm. Die Zöpfe auf ihrem schmalen Rücken, blickten zwei große Augen vertrauensvoll zu ihm auf, als hätte es

33

die wütende und tobende Ilvy nie gegeben. Sie war wieder das Kind, das allein und verlassen in der Tür eines großen Hauses stand und ihre vermissten Eltern beklagte. Ilvy starrte ihn an, Tränen schimmerten in ihren Augen. Delft wollte etwas sagen, doch sie unterbrach ihn.

„Sie müssen sich nicht um mich kümmern, Herr Kommissar! Ich brauche keinen Babysitter!", sagte sie unvermittelt und reichte ihm zum Abschied die Hand. „Sie sollen nur meine Eltern finden."

Er fühlte sich ertappt. War es ihm so deutlich anzusehen, dass sie ihn trotz allen Jähzorns auch anrührte und seine väterlichen Beschützerinstinkte geweckt hatte? Wie konnte sie seine innersten Regungen erkennen, die er meinte immer so meisterhaft zu verbergen? Verwirrung stieg in ihm auf, gepaart mit der Angst, die Kontrolle über seine Gefühle zu verlieren.

Er erinnerte sich an Marlies' Worte, als sie ihm ihre Schwangerschaft mitgeteilt hatte. „Du bist ein Mädchenpapa, das spüre ich, sensibel und weich und leicht um den Finger zu wickeln!" Aber dann kam Jonas auf die Welt, und er war einfach nur stolz. Wäre alles anders geworden, wenn sie eine Tochter bekommen hätten? Wäre es mit einem Mädchen für ihn leichter gewesen, ein guter Vater zu sein? Vielleicht hatte Marlies mit ihrer treffsicheren Menschenkenntnis recht, wie so oft, und die Distanz zu Jonas rührte nur daher, weil er ein Junge war und kein Mädchen? Jonas hatte noch nie seine Beschützerinstinkte geweckt. Er war gern mit ihm zusammen, und er liebte ihn, schließlich war er sein Sohn. Aber nie hatte er ihn wie einen Menschen betrachtet, der wie ein rohes Ei beschützt werden musste. Dennoch: Ilvy löste in ihm genau diese Gefühle aus. Marlies hatte vielleicht recht gehabt. Mädchenpapa! Doch er wollte nicht weiter darüber nachdenken.

Entschlossen trat Delft in die drückende Hitze hinaus und sah zum immer noch schwarz verhangenen Himmel auf. „Ruf mich sofort an, wenn du etwas hörst!", sagte er, bevor er sich zum Gartenweg wandte. Die schwüle Luft nahm ihm fast den Atem, während er hinter sich Ilvys Blick spürte. Er musste sich beherrschen langsam zu gehen, am liebsten wäre er im Sturmschritt geflüchtet. Dabei hatte sie nur einen Satz hingeschleudert, Worte eines gedankenlosen Teenies, kaum der Rede wert! „Ich brauche keinen Babysitter!" Er schlug die Gartentür zu.

„Finden Sie sie!", schrie Ilvy ihm nochmals hinterher, wie ein Echo seiner Gedanken, dann knallte die Haustür.

Delft ließ sich auf den heißen Fahrersitz fallen und kurbelte das Seitenfenster herunter. Er spürte die Erleichterung, in seinem geliebten unvollkommenen Käfer zu sitzen, selbst bei der Bullenhitze. Seinen Kopf gegen die fadenscheinige Kopfstütze gelehnt, verflog allmählich die Anspannung und ließ wieder Raum für klare Gedanken. Delft lugte zum Haus hinüber, nichts regte sich. Warum hatte das Haus der Münchs so deprimierend auf ihn gewirkt - trotz aller Perfektion, oder gerade deswegen? Das weiße, glänzende Interieur täuschte nicht über die sterile Leere hinweg. War es der Putzmittelgeruch, die akribische Ordnung? Es gab nichts Buntes, keine Farben in der ganzen Wohnung außer der Fototapete in Ilvys Zimmer. Keine Bilder an den Wänden, nur das schwarze Holzkreuz im Elternschlafzimmer. Keine Zeitung, kein Buch lagen achtlos herum, es fehlt jede Spur von Leben, das hier doch wohl stattfand.

Er erinnerte sich an sein eigenes Haus, das ihm allerdings nicht mehr gehörte, seit Marlies sich vor einem Jahr von ihm getrennt hatte. Jedes Zimmer war mit Leben gefüllt gewesen, auf dem Küchentisch lagen mittags noch die Krümel vom Frühstück, blühende Pflanzen in jedem Raum. Er spürte Sehnsucht in sich aufkeimen. Wie es ihm fehlte, das alte Leben, Tag für Tag. Vielleicht saßen Marlies und Jonas gerade gemeinsam auf der Terrasse im Garten und löffelten selbstgemachtes Erdbeereis, während er in seine einsame Wohnung zurückkehren würde, wo noch immer unausgepackte Kartons herumstanden, Bilder an die Wände gelehnt waren, die er nicht aufhängen mochte, und Pflanzen vernachlässigt in verstaubten Töpfen vor sich hin schrumpelten.

Er verscheuchte die trüben Gedanken und startete den Motor. Jonas' Kinderschuhe schaukelten am Rückspiegel hin und her. Was er jetzt brauchte, war ein starker Kaffee und dazu die gute Laune von Cornelius Fuchs, die ihm zu anderer Zeit oft auf die Nerven ging. Heute aber würde sie ihn auf andere Gedanken bringen.

Kaum hatte er das Auto gewendet, sprang der Kassettenrekorder an, und Neil Diamonds „Beautiful noise" wummerte durch den Innenraum. Er war schon ein Stück gefahren, da fiel es ihm plötzlich wie Schuppen von den Augen!

Musik! Das hatte ihn an Ilvys Zimmer irritiert: Sie war ein siebzehnjähriges Mädchen, und egal, wie verschroben sie ihm erschien; siebzehnjährige Teenies hören Musik, bändigen ihre Hormone beim Tanzen im Rhythmus ihrer Lieblingssongs oder heulend auf der Bettdecke. Lauschen jedem Wort ihrer Idole, als sängen sie nur für sie. Das kannte er doch selbst! Seit dreißig Jahren war Neil Diamond an seiner Seite und verstand ihn wie kein anderer.

Aber in Ilvys Zimmer standen weder Computer noch CD-Player! Selbst ihr Handy war ein altes Modell, mit dem man keine Musik hören konnte. Gab es die in ihrem Leben nicht, sondern nur Schulbücher? Und den verwaisten Vogelkäfig, der vergeblich auf Carusos Rückkehr wartete? In Gedanken durchschritt er auch das Wohnzimmer noch einmal, und tatsächlich: Auch dort hatte es weder einen Fernseher noch andere Unterhaltungsgeräte gegeben. Warum war ihm das nicht gleich aufgefallen? Hatte das womöglich eine Bedeutung?

Noch während er darüber nachdachte, erreichte er den kleinen Parkplatz vor der Polizeiwache. Neil Diamonds Stimme erstarb mitten im Refrain von „Jungletime", als er den Zündschlüssel abzog und ausstieg. Er würde gleich mit Fuchs über seine Beobachtungen sprechen, entschied er und eilte in das Gebäude.

Aber als Delft das Büro betrat, war Fuchs ganz in seine Recherche vertieft. Über die Tastatur seines Computers gebeugt, fixierte er gebannt den Bildschirm, sprungbereit schwebten seine Finger über den Buchstaben und Zeichen. „Es ist kurios", begrüßte er ihn. „Die Münchs sind ein unbeschriebenes Blatt, quasi unsichtbar!" Er wandte sich kurz Delft zu, der sich Kaffee einschenkte, und wechselte mit einem Mausklick die Internetseite. „Keine Vorstrafen, keinerlei Unregelmäßigkeiten bei den Steuern, das Haus ist schuldenfrei, nicht ein einziges Foto auf Facebook oder Twitter und kein Eintrag im Telefonbuch. Nichts!"

Delft verbrannte sich an dem brühendheißen Kaffee und fluchte, doch Fuchs redete unbeirrt weiter: „Nicht mal bei Rot über die Ampel gefahren oder jemals geblitzt worden. Null Punkte in Flensburg. Beide! Das ist schon fast unheimlich, oder?"

Er lehnte sich im Bürostuhl zurück und warf einen strafenden Blick auf den dampfenden Kaffee. Delft war inzwischen neben ihn getreten und beugte sich zu ihm hinunter, starrte auf den Bildschirm wie auf ein exotisches Insekt, unschlüssig, ob er es abstoßend oder anziehend finden sollte.

„Aha." Er seufzte. "Und woher hast du diese ganzen Informationen?" Ein weiterer Schluck Kaffee rann durch seine Kehle. „Die bekommt man auch im Internet nicht mal eben so, das weiß sogar ich!" Sein Blick bohrte sich herausfordernd in die Augen seines Kollegen.

„Ich habe nach Anhaltspunkten für das Verschwinden der Münchs gesucht!", verteidigte sich Fuchs und zögerte einen Moment, bevor er fortfuhr. „Du kennst doch Nils, Feuerwehr-Nils? Der lange Kerl, der auf dem Sommerfest immer am Grill steht. Hin und wieder machen wir Radtouren zusammen". Er sah wieder auf den flimmernden Bildschirm. "Er ist ein echter Kumpel, hilfsbereit und verschwiegen. Na ja … und wenn er nicht gerade bei der Freiwilligen Feuerwehr Tangstedt löschen muss, richtet er beim Amt Computerprogramme ein." Fuchs schmunzelte. „... und er ist ein Computerfreak wie ich!" Er schwieg, als wäre das Erklärung genug, und äugte vorsichtig zu seinem Chef hinüber, in dessen Augen es gefährlich blitzte.

„Fuchs!", grummelte er warnend, aber der nahm kaum Notiz von dem Einwurf und wies auf den Bildschirm. Delft sah ihm die blinde Begeisterung über den Fund im Netz deutlich an, und Ärger kochte in ihm hoch, während Fuchs wie im Rausch weitersprach.

„… und da kommt man dann ohne es zu wollen manchmal auf die *eine* Taste und schwupp" - in gespielter Unschuld riss er die Augen auf - "… sind alle Daten da, wie von Zauberhand!"

„Cornelius!" Delft schlug mit der Hand auf den Tisch, sodass Fuchs zusammenzuckte. „Das ist hart an der Grenze zur Illegalität, das weißt du! Hör auf damit! Ich hau dich da nicht raus, wenn es jemand spitzkriegt und du ein Verfahren am Hals hast! "

Schuldbewusst senkte Fuchs den Blick und schluckte. „Okay, Chef!"

„Da kann Nils Kumpel sein wie er will." Delfts Empörung war grenzenlos. „Du bringst auch ihn in Teufels Küche. Verdammt noch mal, das ist nicht in Ordnung!"

Fuchs nickte betreten. „Das war das letzte Mal, versprochen!" Delft glaubte ihm kein Wort, zu gut kannte er seine Leidenschaft für alles Technische. Auf der Suche nach neuesten Computerprogrammen machte er seinem Namen alle Ehre und trieb mit seinen Fragen die Verkäufer im Laden an ihre Geduldsgrenzen. Die verschlungensten Wege durchs Internet zu finden, war ihm der reinste Sport, und immer wieder staunte Delft, wenn Fuchs ihm spielerisch aus der Patsche half, wo er selbst an den banalsten Links scheiterte. Immer noch wütend schlug er sein zerfleddertes Notizbuch auf. Manchmal machte Fuchs ihn wahnsinnig. So klug er oft seine Schlüsse zog, so unvernünftig konnte er bisweilen handeln. Oder war er selbst schon ein alter, langweiliger Knochen, dem einfach der Mumm fehlte, bei der Lösung eines Falls auch ungewöhnliche Wege zu beschreiten, wenn es dem Erfolg diente?

Er seufzte resigniert und packte dann seine schlechte Laune zur Seite. Die Suche nach den Münchs war wichtiger als persönliche Befindlichkeiten. So schilderte er zunächst knapp und bündig die Begegnung mit Ilvy und David, teilte Fuchs alle Fakten mit. Die kühle Sterilität des Hauses, Ilvys wechselhaftes Verhalten und die Fototapete in ihrem Zimmer, von der er annahm, dass sie eine tiefere Bedeutung hatte, auf die er noch nicht kam. Als er vom Fund der Blutstropfen in der Tiefkühltruhe erzählte, verzog Fuchs eine säuerliche Miene. „Das blutige Bio-Hühnchen in Papier passt aber gar nicht zur Sterilität des Hauses", murmelte er. „Die scheinen komisch zu ticken, die Münchs!" Gedankenverloren nickte Delft und sann nochmals über Ilvys Satz nach. „Ich brauche keinen Babysitter!" Sollte er Cornelius davon erzählen? Er beschloss, es nicht zu tun, denn er wollte vor dem Kollegen nicht auch noch seine inneren Kämpfe ausbreiten. Es reichte schon, als Computeridiot geoutet zu sein!

Sie mussten jetzt planvoll vorgehen. Das hieß zuerst einmal den Reiseweg der Münchs nachverfolgen und die Fahndung nach dem Auto aktivieren. Er sichtete seine Notizen und durchquerte dann mit nachdenklicher Miene das kleine Büro. Vor dem Fenster blieb er stehen und sah in den wolkenverhangenen Himmel.

Womit sollten sie beginnen?

„Zuerst brauchen wir die Passagierlisten sämtlicher Fährverbindungen Dagebüll-Amrum vom neunundzwanzigsten Juni." Er hielt kurz inne und blätterte um. „Und zwar vollständig. Jedes registrierte Fahrzeug, alle Reisenden. Und die Fahndung nach dem Auto der Münchs muss heute noch raus. Ein weißer Volvo, Baujahr 2010." Das Kennzeichen kritzelte er auf einen Zettel.

Fuchs sah ihn kopfschüttelnd an. „Ein Tablet oder Smartphone wären vielleicht auch für dich eine Erleichterung!" Er stand auf und fischte sich einen Apfel aus seiner Satteltasche. „Du könntest jederzeit und überall auf alle Daten zugreifen, die du gerade brauchst. Ein Paradies!"

Delft knurrte nur und stürzte seinen restlichen Kaffee hinunter, der inzwischen kalt geworden war. „Ich hasse den Computerkram, der macht mich ganz kirre und ich verstehe einfach diese Sprache nicht. Browser … Account … ich bin doch nicht bei CSI New York oder so!"

Fuchs biss krachend in den Apfel und kaute eine Weile. „Ist aber praktisch, schnell … und zeitgemäß!", sagte er dann. „Ich könnte es dir beibringen."

Genervt winkte Delft ab. „Ich hab ja dich", erwiderte er und ließ den Zettel mit dem Autokennzeichen auf Fuchs´ Schreibtisch segeln. „Meine Handschrift kannst du schon noch lesen, oder?" Er grinste versöhnlich. „Lass erst mal die Fahndung rausgehen, so ganz altmodisch!"

Augenblicklich rollte Fuchs zurück an den Schreibtisch und begann, den Blick auf den Bildschirm geheftet, in die Tasten zu hämmern.

„Cornelius?" Delft hatte sich auf seinen Drehstuhl gesetzt, die Arme hinter dem Kopf verschränkt, und lehnte sich zurück, während er die Frage stellte, die ihn nicht losließ, seit er das Haus der Münchs verlassen hatte. „Was hältst du davon, wenn es in einem Haushalt mit einem Teenager weder PC noch Fernsehgerät oder Musikanlage gibt?"

Fuchs sah ihn an, als wäre allein schon die Frage absurd.

„Entweder haben sie alle eine Stromallergie, oder irgendetwas ist ganz besonders lebensfeindlich in diesem Haushalt!" Er schüttelte den Kopf. „So ein Leben kann man doch gar nicht mehr führen, wenn man normal tickt! Und zudem ein Teenager ist!"

Delft nickte bedächtig. „Von Allergie war nicht die Rede!"

Fuchs hob alarmiert die Augenbrauen.

In diesem Moment brach vor dem Fenster ein ohrenbetäubendes Gewitter los.

15. Juli 2006

Liebe Alma,

gestern durfte ich in die Kirche zum Nachtgebet. Zum ersten Mal, weil ich jetzt neun Jahre alt bin und schon fast groß. Ich habe mich sehr gefreut.

Mariam und Janine waren auch dabei. Weil es so spät war, fast halb elf, waren alle sehr müde. Wir hatten ja den ganzen Tag nicht ausruhen können. Zu jeder vollen Stunde haben wir ein Lied aus dem Liederbuch gesungen und dazwischen alle Fragen aus dem Segensbuch beantwortet. Es waren über hundert, schlimmer als in der Schule. Und es gab bis zum Abendgebet nichts zu essen, weil wir rein bleiben sollten. Das gehört zur ersten Prüfung beim Eintritt in unserer Kirche.

Aber ich habe es geschafft und den ganzen Tag durchgehalten.

Es ist schwer, Alma, eine Stunde muss man auf dem Gottesbänkchen knien und immer wieder das Gebet von der Sünde hersagen. Ich habe das Knien heimlich geübt, weil ich es schaffen wollte, damit Mama und Papa stolz auf mich sind.

Mariam hat schon früh aufgegeben und Janine kurz vor dem Schluss, sie hat angefangen zu weinen. Das würde ich nie tun.

Ich hab als Einzige bis zum Schluss durchgehalten und dafür eine Kerze bekommen, auf der mein Name steht. Ich bin sehr stolz.

Freust Du Dich für mich?

Bis ganz bald,
Deine Fi

Kapitel 3

Das tosende Gewitter am Nachmittag hatte nur Blitz und Donner gebracht, aber keinen Tropfen Regen, von dem sie sich endlich Abkühlung erhofft hatten. So behielt die erbarmungslose Hitze das Dorf weiterhin im Griff, die Luft im kleinen Büro der Polizeiwache war zum Schneiden. Sogar das Aroma des Kaffees, der pausenlos in der Maschine blubberte, hatte seine anregende Wirkung verloren. Delft stierte nach Stunden konzentrierter Arbeit bloß noch müde vor sich hin, und selbst Fuchs stöhnte.

„Ich habe hier die erste Vorabinformation der Fährgesellschaft!" Er wies auf den Bildschirm, auf dem lange Listen mit Autokennzeichen flimmerten. „Der Volvo der Münchs ist auf keiner der Fähren am neunundzwanzigsten Juni registriert", fasste er zusammen, „und ebenso an keinem der folgenden vierzehn Tage. Ihr Kennzeichen ist definitiv nicht dabei."

Delft stand ächzend auf und massierte sich den Nacken.

„Vielleicht sind sie ohne Auto auf die Insel und haben es am Festland geparkt? Auf Amrum braucht man kein Auto."

Sofort wurde ihm klar, wie unwahrscheinlich das war! Ilvy hatte ihm zwei große Koffer beschrieben, die ihre Eltern dabeihatten. Außerdem wollten sie vor Abfahrt der Fähre im Bredstedter Discounter noch Lebensmittel einkaufen, weil auf der Insel alles viel teurer war. Das alles konnte man unmöglich ohne Auto transportieren.

Auch Fuchs schüttelte den Kopf. „Daran habe ich auch schon gedacht und den Fährparkplatz kontaktiert!" Viele Urlauber mieteten einen überwachten Parkplatz direkt am Fähranleger, um ihr Auto für die Dauer ihres Amrumaufenthalts sicher und geschützt zu wissen. „Kein Volvo mit dem gesuchten Kennzeichen weit und breit! Das Auto ist wie vom Erdboden verschluckt."

„Das heißt, sie sind einfach wer weiß wohin verschwunden und haben ihrer Tochter zwei Wochen lang vorgegaukelt, auf Amrum zu sein?" Delft schwieg kurz, um seinen Gedanken wirken zu lassen, und sah zu Fuchs hinüber. „Scheiße!"

„Ja." Fuchs stand auf. „Sieht ganz danach aus!" Er griff sich eine Flasche Mineralwasser und trank wie ein Verdurstender.

„Was ist da los?" Delft stellte sich ans Fenster und starrte in den bleiernen Himmel, der ein weiteres Gewitter ankündigte. „Ich habe vorhin alle Nachrichten der Münchs auf Ilvys Handy gelesen. Vierzehn Tage lang: Hallo Liebes! ... super Wetter hier ... Wir sind am Strand ... Hallig Hooge ... wir vermissen dich ... Kuss Mama und Papa! Er wandte sich wieder zu Fuchs um, der ihn ratlos ansah. „Lauter solche Grüße, jeden Tag bis gestern, und seitdem nur die Standardansage `Nicht zu erreichen`."

Delft nahm an seinem Schreibtisch Platz, schlug sein Ledernotizbuch auf und starrte auf seine Aufzeichnungen in der Hoffnung, einen Zusammenhang zu entdecken. Was übersah er gerade? Erneut nahm er sich die Aussage des Mädchens vor:

Das Ferienhaus auf Amrum lag am Sanddornweg in Norddorf und bestand aus vier einfachen Wohnungen. Die Wohnung Nr. 4 im Obergeschoss gehörte seit Jahren den Münchs. Ilvy hatte ihm die Telefonnummer einer Frau Hinrichsen gegeben, die das Haus sauber hielt und die Wohnungen vorbereitete, wenn sich Gäste oder die Eigentümer ankündigten. Sie selbst bewohnte mit ihrem Fritzi, einem ewig stinkenden, inkontinenten Pudel, „der jeden hasst außer Frauchen", eine Wohnung im Erdgeschoss, so hatte Ilvy es beschrieben.

44

„Ich rufe die Hinrichsen an!" Delft suchte in seinen Notizen nach ihrer Telefonnummer. "Sie wird mir sagen können, ob die Münchs in der Wohnung gewesen sind! Und du, Cornelius …" - er hielt den Hörer ans Ohr und wählte - „lass bitte noch für heute Abend eine Personensuchmeldung im Radio schalten, und zwar überregional: Hamburg, Schleswig-Holstein, Niedersachsen und alle nordfriesischen Inseln! Ich habe den Eindruck, wir sollten ein wenig forscher vorgehen. Mir gefällt das Ganze nicht!"

Während Fuchs alle nötigen Schritte in die Wege leitete, lauschte Delft dem monotonen Freizeichen.

Er sah den Sanddornweg vor sich.

Amrum war ihm vertraut wie kaum ein anderer Ort. Jahrelang hatten Marlies, Jonas und er dort den Sommerurlaub verbracht, oft auch Weihnachten. Wenn er nur daran dachte, hörte er Möwengeschrei und das Gezänk der Austernfischer, die im Schlick nach Wattwürmern suchten, untermalt vom Pfeifen des Windes. Ihn packte die Sehnsucht.

„Hinrichsen!", bellte da plötzlich eine Frauenstimme an sein Ohr und riss ihn aus seinen Erinnerungen. Eilig stellte er sich vor und erkundigte sich nach der Ferienwohnung Nr. 4 und den Münchs, ob sie dort gewesen seien. Zugleich aktivierte er die Taste zum Mithören, sodass Fuchs das Telefonat verfolgen konnte, während er gleichzeitig am Computer weiterarbeitete. Dennoch lauschte auch er gespannt.

„Die Münchs?" Die krächzende Altfrauenstimme schraubte sich Oktaven höher, im Hintergrund kläffte hysterisch ein Hund. Das musste Fritzi sein. Delft hielt den Hörer auf Abstand.

„Die sollen sich was schämen! Tauchen monatelang nicht auf und ich kann da oben putzen und mich um die Blumen kümmern, ohne

45

dass ich nur einen Euro dafür sehe. Und dann kommen sie nicht einmal, wo sie doch gesagt haben, dass sie kommen würden. Mein Rücken ist nicht mehr der Jüngste. Aber mit mir kann man´s ja machen! Der Balkon ... schlimm sieht der aus!" Sie stockte. „Was sagen Sie? Polizei?" In der Leitung war ein dramatischer Seufzer zu hören, begleitet vom heiseren Gebell des aufgeregten Hundes.

„Frau Hinrichsen, wann genau haben Sie Familie Münch zuletzt in der Wohnung gesehen?" Er versuchte, das Gekläffe zu übertönen und schrie fast in den Hörer. Fuchs verkniff sich ein Schmunzeln und schob ihm eine frische Tasse Kaffee zu.

„Na, zu Weihnachten. Da haben sie mir einen Stollen gebracht. Mit Rosinen, die vertrag ich zwar nicht, aber ich sag immer: Einem geschenkten Gaul ...!" Weiter kam sie nicht, offensichtlich forderte der Hund ihre ganze Aufmerksamkeit, denn Delft hörte ein „Fritzi, jetzt aber aus!", worauf das Gekläffe noch lauter wurde.

Trotzdem wollte Delft etwas entgegnen, als plötzlich der Drucker ratterte und Fuchs die „Daumen hoch"-Geste zeigte, während er kritisch die ankommenden Papiere studierte.

Delft versuchte erneut, gegen Fritzis Gebell anzukommen. „Das heißt, die Münchs waren seit Weihnachten letzten Jahres nicht mehr in der Wohnung?", fragte er.

„Ja, so ist das, Herr Kommissar! Die ganze Zeit haben sie sich nicht blicken lassen", fuhr sie in ihrer Litanei fort. „Die Blumen sind hin bei dieser Hitze, da kann man gar nicht gegenangießen, was das an Wasser kostet! Aber ist schließlich nicht mein ...!"

Delft hatte erfahren, was er wissen wollte, und es jetzt eilig, das Telefonat zu beenden. Das Gekläffe am anderen Ende der Leitung raubte ihm den letzten Nerv.

„Danke für Ihre Hilfe, Frau Hinrichsen. Sie hören von mir, wenn weitere Fragen auftauchen!" Ohne eine Antwort abzuwarten, legte er auf. Fuchs reichte ihm die Ausdrucke mit den Passagierlisten der Amrum-Dagebüll-Fähre und den Parkplatzreservierungen, die bestätigten, was ihre Recherche schon ergeben hatte: Niemand hatte den weißen Volvo der Münchs gesehen, weder auf der Fähre noch auf dem dazugehörigen Fährparkplatz war das Fahrzeug registriert.

Fuchs wedelte noch mit einem weiteren Blatt Papier. „Letzte Fährbuchung der Münchs mit ihrem Auto: zweiundzwanzigster Dezember zweitausenddreizehn bis zweiter Januar zweitausendvierzehn! Also letzte Weihnachten."

„Dann stimmt, was die Hinrichsen mir gerade erzählt hat." Wenigstens etwas passte zusammen. Aber wo war das Auto? Wo waren Doris und Matthias Münch?

Fuchs sah seinen Chef eindringlich an. „Die regionale Fahndung nach dem Volvo ist bisher ohne Ergebnis." Er erhob sich, trat an den kleinen Kühlschrank, öffnete ihn und griff nach einer Wasserflasche. „Du auch, Chef?" Zischend öffnete er den Schraubverschluss und trank, als Delft verneinte, die Flasche in einem Zug leer. Fuchs riskierte glatt einen Herzinfarkt, dachte Delft, wenn er das eiskalte Zeug so hinunterstürzte. Doch den schien das nicht zu kümmern, er setzte sich sofort wieder vor seinen Bildschirm.

Über Ilvy Münch war im Netz nichts zu finden, ihr Freund David wurde nur einmal als Drittplatzierter beim Radrennwettbewerb des Schulsportvereins erwähnt. Ansonsten keine Präsenz der beiden im Internet; es gab niemanden, der sich für sie interessierte.

Delft klopfte nervös auf die Tischplatte.

„Ein rätselhafter Teenager, Eltern, die wie vom Erdboden verschluckt scheinen, ein Auto, das unauffindbar ist, und eine leere Ferienwohnung, die eigentlich belegt sein sollte. Da stimmt eindeutig etwas nicht!"

Jetzt kam Leben in seinen Kollegen. „Ich schalte die Fahndung nach den Münchs bundesweit!", schlug Fuchs vor. Seine Finger rasten förmlich über die Tasten. "... und Vermisstenanzeige über *alle* Medien? Oder schießen wir mit Kanonen auf Spatzen, wenn wir das jetzt schon anleiern?"

Delft schüttelte den Kopf. „Nein, Fuchs, ich vermute, wir haben es hier nicht mit Spatzen zu tun!" Er starrte ins Leere und schien hochkonzentriert. „Wir brauchen aktuelle Fotos der Münchs, möglichst schnell. Vielleicht können wir eine Belohnung aussetzen? Ich kümmere mich später darum."

Im tiefsten Inneren ihrer Polizistenseelen war beiden klar, dass eine besondere Herausforderung auf sie zukam, die ihr gesamtes kriminalistisches Können erforderte. Endlich mal etwas anderes als Ruhestörung, verschwundene Katzen und Falschparker, die eine Garagenausfahrt blockierten. Noch am Morgen hatte Delft sich eine geruhsame Woche auf der Wache gewünscht, doch daran war jetzt nicht mehr zu denken. Und es war gut so! Hin und wieder vermisste er seine aufregende Zeit im Hamburger Morddezernat.

„Cornelius, bitte besorg du die Fotos." Er stand auf und stellte seinen Kaffeebecher in die winzige Spüle. „Ich habe noch eine Verabredung, die nicht warten kann, in spätestens zwei Stunden bin ich zurück!"

„Okay, ich fahr gleich zur Tochter."

Sie waren eben doch ein eingespieltes Team. Fuchs war ein Glücksfall und in Momenten wie diesen schämte Delft sich, weil er anfangs Vorbehalte gehabt hatte, mit einem männerliebenden Kerl zusammenzuarbeiten.

„Aber noch kein Wort vom verschwundenen Auto!" Delft fuhr mit der Hand über seine Fast-Glatze und betrachtete sich prüfend im Spiegel über dem Waschbecken. „Solange wir nichts Endgültiges wissen, geben wir nichts raus. Keine Auskunft zu irgendwas!"

Fuchs erhob sich und betrachtete seinen Chef mit wohlmeinender Neugier. „Hannes?" Er lächelte verschwörerisch. "Hast du ein Mädchen am Start? Ich meine, ich würde mich für dich freuen, du bist ein toller Mann, und ich finde …!"

„Hör auf!", unterbrach Delft ihn schroff und äugte missbilligend zu Fuchs hinüber, erschrocken über dessen Worte: *toller Mann* … verdammt, er war hetero! „Ich treffe mich mit Jonas! Seit einer Woche habe ich es ihm versprochen." Er wandte sich zur Tür. „Und wenn es ein Date gäbe, dann mit einer Frau … nicht mit einem *Mädchen*!"

Er bemerkte noch den vielsagenden Blick seines Kollegen, bevor er das Büro verließ. Fuchs hatte das Talent, ihn mit seiner Offenheit in Verlegenheit zu bringen. Er sprach einfach aus, was er dachte, und traf nicht selten genau das Thema, das er selbst lieber vermied: Frauen und die Liebe. Dann wäre Fuchs auf Marlies zu sprechen gekommen. Schließlich kannten sie sich jetzt vier Jahre, und Fuchs hatte das ganze Elend ihrer Trennung hautnah miterlebt.

Gut, dass er jetzt aus dem Büro verschwinden konnte, sonst hätte er sich den bohrenden Fragen seines Kollegen stellen müssen und wäre vielleicht schroff und abweisend geworden. Niemand konnte ihn zwingen, einen Seelenstriptease hinzulegen.

Zwanzig Minuten später hielt er vor dem Haus, das einstmals sein Zuhause gewesen war. Jonas stand schon an der Straße und wartete auf ihn. Delft beugte sich über den Beifahrersitz und gab der alten Autotür einen Schubs, worauf sie sich knarzend öffnete und Jonas sich auf den Sitz plumpsen ließ.

„Hey Dad!" Zur Begrüßung klopfte er ihm auf den Oberschenkel und verstaute seine Sporttasche zwischen seinen großen Füßen.

„Hallo, mein Junge!" Delft lächelte ihn an. „Und du meinst, Schwimmen in der Kieskuhle ist eine gute Idee? Es sieht nach einem Gewitter aus."

„Ja, total gute Idee!" Jonas grinste. „Wahrscheinlich ist kein Mensch da, und wir haben unsere Ruhe! Ich bin da später noch verabredet, passt gut!"

Delft nickte. Er war unschlüssig, ob er seiner väterlichen Neugier nachgeben und Jonas fragen sollte, mit wem er verabredet war, oder war das zu aufdringlich? Seit der Trennung von Marlies sorgte er sich ständig, etwas Wichtiges im Leben seines Sohnes zu verpassen, jetzt, da sie sich seltener sahen. Doch war Jonas fast erwachsen und er wollte nicht wie ein Übervater wirken, der alles wissen und kontrollieren musste. Die Balance war eine schwierige Aufgabe und überforderte ihn regelmäßig.

„Alles okay bei dir?", fragte er vorsichtig und musterte seinen Sohn von der Seite, bog dann rechts ab.

„Ja, alles bestens!" Jonas blickte aus dem Seitenfenster. „Ich würde dir sagen, wenn es anders wäre."

Delft seufzte. Es fiel ihm schwer, unbefangen und zwanglos mit ihm zu sprechen. Das Schweigen, das sich oftmals zwischen ihnen ausbreitete, wenn sie länger zusammen waren, war ihm unangenehm. Er kam sich unzulänglich vor, ihm fiel nichts zu erzählen, zu fragen ein, und auch jetzt suchte er fieberhaft nach den richtigen Worten.

Jonas schaltete das Autoradio an. Nur Rauschen und Wortfetzen waren zu hören. Kopfschüttelnd drehte er den Knopf nach rechts, bis es klickte und der Ton klarer wurde.

„Ein CD-Player oder noch besser Bluetooth wäre geil, oder?" Er schmunzelte. „Aber für Bluetooth bräuchtest du ein kompatibles Handy. Nicht so eine Möhre wie dein Diensthandy! Ich würde dir sogar die ‚Best Of' von Neil Diamond herunterladen."

„Lass mal, Jonas! Mein alter Kasten hier macht es noch ganz gut!" Delft musste lachen. Inzwischen hatten sie den fast vollbesetzten Waldparkplatz erreicht und ergatterten noch ein schattiges Plätzchen unter einer Eiche.

„Na dann, mein Sohn, ab in die Fluten!" Delft angelte seine Handtuchrolle vom Rücksitz und stieg aus. Jonas schlug die Beifahrertür zu und blieb dann stehen. Über das Autodach hinweg blickte er seinen Vater an und zögerte kurz, bevor er aussprach, was ihm durch den Kopf ging.

„Dad, ich weiß, du willst es nicht hören, aber ich bin ein gut erzogener Sohn, also sag ich´s dir: Mum lässt dich grüßen und wünscht uns viel Spaß!"

Delft erstarrte innerlich. Wann würde es aufhören wehzutun? Ein Jahr lag die Trennung inzwischen zurück. Für ihn war es immer noch wie gestern, als wäre sein Leben seitdem stehengeblieben, die kleine Wohnung nur ein Übergangslager. Es war ihm egal, wie es dort aussah.

Marlies dagegen fiel es offenbar leicht, ein Leben ohne ihn zu führen. Schließlich war sie es auch gewesen, die sich getrennt und es nicht mehr ertragen hatte mit ihm, „einem arbeitsbesessenen Autisten", neben dem sie sich „wie ein Möbelstück" fühlte. So lauteten damals ihre Worte, und er hatte ihnen nichts entgegenzusetzen gehabt.

Er verriegelte das Auto und ging zu Jonas hinüber. „Ist schon gut", sagte er und klopfte ihm auf die Schulter. „Jetzt lass uns einfach abtauchen!"

Mit plötzlichem Übermut lieferten sich Vater und Sohn einen Wettlauf in das kühle Nass, durchpflügten mit kräftigen Stößen die Kieskuhle, bis Delft ganz außer Atem war, und alberten herum wie früher, als Jonas klein gewesen war. Laut schallte ihr Lachen über die Wasseroberfläche. Delft genoss die Leichtigkeit im Wasser, Jonas' Unbefangenheit, die es auch ihm ermöglichte, sich ein wenig gehenzulassen. Prustend warf er sich auf das Handtuch neben Jonas, und sie ließen sich von der Sonne trocknen. Er hatte vergessen, wie schön das Leben sein konnte!

Erfrischt vom Schwimmen kehrte Delft nach der gemeinsamen Stunde mit seinem Sohn gutgelaunt zur Polizeiwache zurück. Auf der Fahrt dröhnte Neil Diamonds „Beautiful noise" in voller Lautstärke durch das Auto, und ebenso laut sang er mit, egal, ob die Menschen auf der Straße sich kopfschüttelnd nach ihm umdrehten. Für Momente fühlte er sich einfach wohl. Der Fahrtwind trocknete sein licht gewordenes Haar, und er lächelte sich im Rückspiegel zu, hob spontan den Arm und schnupperte in seiner Ellenbeuge. Eine alte Angewohnheit, denn nichts roch so gut nach Sommer wie Haut, die gerade von Kieskuhlenwasser umspült und von der Sonne getrocknet war.

Vor allem Jonas' Vorschlag, sich am nächsten Tag wieder zu einer gemeinsamen Kieskuhlen-Stunde zu treffen, machte ihn glücklich. Dann würde er eben abends länger im Büro bleiben, und auch der Fall der verschwundenen Münchs musste etwas warten.

Delft bog auf den kleinen Parkplatz der Polizeiwache ein. Die Nachmittagssonne warf jetzt längere Schatten. Bis zum Feierabend um siebzehn Uhr waren es noch gute zwei Stunden, angefüllt mit Bürokram, die Zeit würde schnell vergehen. Morgen würde er Jonas nach Ilvy und David fragen, dafür war ihm die kurze Zeit heute zu schade gewesen. Als er schwungvoll die Bürotür öffnete, blickte Fuchs vom PC auf und pfiff durch die Zähne. „Was ist passiert, Chef?", fragte er und sah Delft nach, der sich eifrig an der Kaffeemaschine zu schaffen machte. „Du strahlst wie jemand, der sechs Richtige im Lotto gewonnen hat!"

„Das trifft den Nagel fast auf den Kopf!", antwortete der. „In meinem Fall genügt allerdings ein Richtiger, und das ist mein Sohn!" Er ließ sich in seinen Stuhl fallen, der knarzend wippte, und nahm das Notizbuch zur Hand.

„Das freut mich!" Fuchs beeilte sich, die Augen wieder auf den Bildschirm zu richten, er wollte ihn mit dieser flapsigen Frage nicht schon wieder in Verlegenheit bringen, doch aus den Augenwinkeln registrierte er den glücklichen Gesichtsausdruck seines Chefs.

„Wie war es bei Ilvy? Hast du ein Foto ihrer Eltern bekommen, mit dem wir etwas anfangen können?" Delft spürte noch den Schwung aus der Stunde mit Jonas und schaltete mühelos um. Er war gespannt, was Fuchs zu berichten hatte. „War dieser David bei ihr? Vorhin ist er förmlich aus dem Haus geflüchtet, als ich dort gewesen bin."

„Ja, David war bei Ilvy. Die beiden spielen Erwachsensein", begann Fuchs. „Mir kommt es vor, als hätte Ilvy die Hosen an und David gehorcht ihr aufs Wort. Er scheint ganz vernarrt in sie zu sein."

Fuchs reichte Delft ein großformatiges Foto. „Das aktuelle Fahndungsfoto der Münchs", wechselte er das Thema, „heute Abend wird es im gesamten Überregionalprogramm gesendet". Auf dem Bild standen die Münchs vor einem grauen Hintergrund steif nebeneinander und blickten ernst in die Kamera. Ihr Aufzug war festlich, ohne besonders geschmackvoll zu sein. Ein Foto zum Hochzeitstag? Offensichtlich war diese Aufnahme bei einem Fotografen gemacht worden und wegen der gut ausgeleuchteten Gesichter für die Fahndung bestens geeignet. Dann drückte Fuchs ihm noch drei weitere Fotos in die Hand, auf denen Doris und Matthias Münch in einer Menschentraube zu sehen waren, offenbar Besucher einer Veranstaltung. Vor einer zugeklappten Wandtafel standen mehrere Stehtische mit Getränken.

Bieder war das erste Wort, das Delft beim Anblick der beiden in den Sinn kam. Doris Münch war eine zierliche, blasse Frau mit harten Zügen um Mund und Augen. Dunkles Haar, dem ihrer Tochter ähnlich, war straff zu einem Knoten gebunden und zeigte einzelne graue Strähnen. Sie trug Rock und Pullover in einem tristen Beige und blickte ernst in die Kamera, als wäre es ihr unbehaglich, fotografiert zu werden. Delft fielen ihre ausgeprägten Augenringe auf, als hätte sie seit Tagen nicht geschlafen. Oder war sie krank? Auf den Veranstaltungsfotos stand ihr Mann zwar neben ihr, doch er blieb in gewisser Distanz, ohne sie zu berühren. Eine Kopflänge größer als sie, wirkte Matthias Münch im Gegensatz zu seiner Frau fast entspannt. Zu einer schwarzen Stoffhose trug er ein graues Oberhemd mit brauner Strickweste und blickte gleichgültig-freundlich in die Kamera. Das Ehepaar wirkte so unscheinbar, dass man sich ihre Gesichter nicht unbedingt einprägen würde, wenn man ihnen begegnete. Beide arbeiteten als Dozenten in einer Einrichtung für Erwachsenenbildung an Hamburgs Stadtgrenze, nur wenige Kilometer von Tangstedt entfernt, wie Fuchs Delft unterrichtete. Obwohl Ferien waren, hatte er im Institut angerufen und eine Nachricht auf dem Anrufbeantworter hinterlassen, in der er um schnellstmöglichen Rückruf bat.

„Gute Arbeit, Cornelius!", lobte Delft und hoffte, die Fahndung nach den Münchs würde Erfolg haben. Ein Ehepaar, das in einem Institut dozierte, war schließlich vielen Personen bekannt. Es musste Menschen geben, die etwas zu ihrem Verbleib sagen konnten. „Sonst noch irgendetwas Neues?"

Fuchs schüttelte den Kopf. „Ilvy versucht weiter, ihre Eltern zu erreichen. Aber ohne Erfolg. Wir haben alle SMS der Münchs an sie gespeichert, und die Kollegen der Technik aus Kiel versuchen gerade, das Handy zu orten." In Fuchs' Stimme schwangen Zweifel mit, Delft sah ihn fragend an. „Wenn es allerdings über Prepaid läuft", erläuterte Fuchs, „ist Orten nicht möglich. Dann finden wir es nie!"

„Gelobt seien Fortschritt und Technik!", entfuhr es Delft zynisch. Er spürte Frustration in sich aufsteigen, sie kamen nicht voran. Die Entspannung, die er nach den Stunden mit Jonas empfunden hatte, war schlagartig verflogen. „Welchen Eindruck hast du von Ilvy? Mir gibt das Mädchen Rätsel auf." Er starrte auf seine Notizen, als würde er dort eine Antwort auf seine vielen Fragen finden.

„Sie ist seltsam, stimmt. Schon die Klamotten! Alles an ihr wirkt widersprüchlich. Auch der Umgang mit ihrem Freund, dieser David. Er war wieder bei ihr, als ich kam. Einerseits gibt sie sich bei ihm hilflos wie ein Kind, gleichzeitig kommandiert sie ihn herum. Dann behauptet sie, ihre Eltern wären die besten Eltern der Welt, und findet trotzdem kein Foto von ihnen. Sie will cool wirken, doch geht sie bei den banalsten Anlässen in die Luft …" Fuchs überlegte kurz, bevor er fortfuhr. „Niemand weiß, was wirklich in ihr vorgeht" - er machte eine nachdenkliche Pause. „Gut, dass dieser David bei ihr ist", sagte er dann, wie um sich selbst zu beruhigen, „und seine

Mutter scheint sich auch um sie zu kümmern."

„Ach", merkte Delft überrascht auf. „Das hat sie mir gegenüber nicht erwähnt." Er dachte an Ilvys Worte vor der Haustür, die ihn so irritiert hatten. Manipulierte sie ihn und Fuchs etwa, indem sie Informationen streute und dem einen erzählte, was sie dem anderen vorenthielt?

„David behauptet, Ilvy sei andauernd bei ihm zuhause", unterbrach Fuchs seine Gedanken, „sie gehöre quasi zur Familie."

Eine Weile schwieg Delft. „Dann sollte ich wohl mal mit der Dame reden!", erwiderte er schließlich mit einem Blick auf die Bürouhr und griff zum Telefon. Es war kurz vor sechs, eigentlich längst Zeit, Schluss zu machen nach zehn Stunden Dienst. Dennoch folgte er seinem Impuls und rief Davids Mutter an.

Eine erschöpfte Stimme meldete sich am anderen Ende der Leitung, sie war kaum zu verstehen. „Jacobsen", nuschelte sie in den Hörer.

Delft hätte sich gern erst am nächsten Tag mit ihr getroffen. Er war müde und wollte Feierabend machen, doch Davids Mutter ließ es sich nicht nehmen, sofort auf der Polizeiwache zu erscheinen, nachdem er angedeutet hatte, sie gern persönlich sprechen zu wollen. Was hatte das zu bedeuten? Die Jacobsens wohnten in der Dorfstraße nahe der Polizeiwache, und schon Minuten später saß vor den Polizisten eine zarte Frau, die viel älter wirkte, als sie vermutlich war. Delft schätzte sie, Davids jugendliches Alter eingerechnet, auf Ende vierzig, doch sie sah mindestens zehn Jahre älter aus.

Tiefe Furchen gaben ihrem grauen Gesicht etwas Kummervolles. Ihre Kleidung wirkte abgetragen, aber sauber, das braune, strohige Haar war zu einem Dutt geknotet. Sie strömte den Geruch von

Bohnerwachs und billigem Haarspray aus, der die ärmliche Erscheinung der Frau noch unterstrich. Wie ihrem Sohn haftete auch Frau Jacobsen etwas Kränkliches an und Delft fragte sich, was für ein Leben sie führen mochte. Dankbar nahm sie die dampfende Tasse Kaffee entgegen, die Fuchs ihr gereicht hatte, trank einen Schluck und schien unsicher, was sie sagen sollte.

„Ich bin so froh, dass David jetzt eine Freundin hat", begann sie leise und hielt ihre Handtasche krampfhaft auf den zusammengepressten Knien fest. „Wissen Sie, David hat seit vielen Jahren schlimmes Asthma, alles fällt ihm schwer. Er ist ein guter Junge und deshalb ..." - sie flüsterte fast und versuchte ein tapferes Lächeln - „freue ich mich so für ihn. Es geht ihm viel besser, seit er Ilvy kennt. Sie ist ein liebes, sanftes Mädchen." Schüchtern äugte sie zu Delft hinüber, der sich über diese Beschreibung wunderte. Offenbar hatte Frau Jacobsen noch nicht die Bekanntschaft mit Ilvys wütender Seite gemacht.

„Ihr Sohn hat erzählt, dass Ilvy oft bei Ihnen ist?"

Sie nickte, und ein Lächeln huschte über ihr Gesicht. „O ja, das stimmt. Als ihre Eltern nach Amrum gereist sind, hat sie sich gefürchtet in dem großen Haus, so ganz allein, und ist zu uns gekommen ... zumindest für die ersten Tage."

Delft und Fuchs wechselten einen erstaunten Blick.

„Und danach?"

Irritiert blickte Frau Jacobsen in die Runde.

„Ist sie nach den ersten Tagen weiterhin bei Ihnen gewesen?", hakte Delft nach.

„Ja, immer mal wieder. Oder David war bei ihr. Junge Leute wollen ja auch mal ungestört sein ... in dem Alter!"

Delft stutzte.

„Alleinsein ist kein Problem!", hatte Ilvy am Telefon mit Nachdruck behauptet. War das nur die halbe Wahrheit gewesen, oder womöglich eine Lüge? Warum sonst hatte sie so viel Zeit bei den Jacobsons und mit David verbracht? Delft unterbrach seine Gedanken und kehrte zum Gespräch zurück. Würde er erfahren, warum Frau Jacobson ein so vollkommen anderes Bild von Ilvy hatte als er selbst?

„Ach, Ilvy!" Schwärmerisch hob sie da schon zu einer Lobeshymne an. „Sie ist einfach ein Engel ... Gut zu meinem Jungen. Sie liebt Tiere und ist in der Schule eine der Besten. Niemandem kann sie etwas zuleide tun, das habe ich gleich gemerkt. Sie sollten sie mal sehen, wenn jemand sich an wehrlosen Geschöpfen vergreift! Kinder, die Katzen quälen oder Steine nach Enten werfen! Es braucht auch nur jemand ein kleines Kind anschreien... dann wird sie wütend, dass man sich wundern muss!" Sie machte eine Pause. „Sie hat ein reines, gutes Herz!"

Delft seufzte. Diese Beschreibung war die einer besorgten Mutter, deren Sohn endlich eine Freundin hatte. Darauf war nicht viel zu geben.

„Kennen Sie Ilvys Eltern?"

Bedauernd schüttelte Frau Jacobsen den Kopf. „Nur von den Elternabenden in der Schule. Die Münchs sind sozial sehr engagiert, sie kümmern sich um die Hamburger Mittagstafel für Kinder aus schwierigen Familien und sammeln Geld für ein Waisenhaus in Rumänien. Das weiß ich von Ilvy, sie ist sehr stolz auf ihre Eltern."

Ihr flackernder Blick wanderte zwischen Delft und Fuchs hin und her, nervös knetete sie ihre Handtasche auf dem Schoß. „Wissen Sie, mein Mann ist lange tot, er hatte Krebs", fuhr sie schließlich mit zittriger Stimme fort. „David ist das Einzige, was ich noch habe ...

ich würde alles für ihn tun, wirklich alles ... und für Ilvy ebenso! Gerade jetzt, wo ihre Eltern verschwunden sind!" Sie hob den Blick zu den beiden Polizisten, und zum ersten Mal lag Stärke und Entschlossenheit darin.

Nachdem Delft sie hinausbegleitet hatte, warf er ärgerlich die Bürotür ins Schloss.

„Herrgott, Cornelius!", rief er frustriert. "Das stinkt doch alles zum Himmel! Wenn die Familie so heilig und in Ordnung ist, wie Frau Jacobson behauptet, warum zum Teufel sind Doris und Matthias Münch dann spurlos verschwunden, ohne der Tochter noch ein Zeichen zu geben?"

Fuchs starrte seinen Chef erstaunt an, der sich nur selten so laut und kraftvoll äußerte. Höchste Zeit, diesen langen Tag zu beenden.

„Du hast vollkommen recht, die Geschichte ist faul!" Er fuhr den Computer runter. „Aber wir können gerade nichts tun außer auf das Ergebnis der Fahndung warten. Schleswig-Holstein arbeitet auf Hochtouren, die Leitungen zur Landeszentrale in Kiel sind die ganze Nacht offen! Auch Hamburg und Niedersachsen sind aktiv. Vielleicht wissen wir schon morgen mehr!" Beide Kollegen waren froh, so nah an Hamburgs Stadtgrenze zu arbeiten. Zwar war Kiel für sie als Schleswig-Holsteiner Polizei zuständig, doch die dienstlichen Verbindungen in die Hansestadt funktionierten ebenso schnell und reibungslos, auch weil Delft dort noch viele ehemalige Kollegen hatte, die ihn nur zu gerne unterstützten.

Delft nickte und fuhr sich erschöpft mit der Hand über den Kopf. „Komm, Fuchs, Schluss für heute!" Er klopfte ihm auf die Schulter und schüttete die letzte Pfütze kalten Kaffees in seine ausgedörrte Kehle. Der abkühlende Computer knackte noch leise, als die beiden

Männer das Büro verließen.

Zehn Minuten später stemmte Delft die Kneipentür auf und steuerte auf den menschenleeren Tresen des Dorfkruges zu. An diesem warmen Sommerabend saßen fast alle Gäste draußen und genossen Bier und Cocktails auf der Terrasse. Sein Magen knurrte vernehmlich, und auch in seinem Kopf herrschte gähnende Leere. Schlaff und kraftlos fühlte er sich plötzlich und war erleichtert, allein am Tresen zu sitzen, von niemandem gestört oder gar zu einem Smalltalk aufgefordert. Nur rechts in der schummrigen Ecke kauerte Horst und stierte dumpf in das halbvolle Bierglas zwischen seinen großen Händen. Jeder im Dorf kannte ihn. Inzwischen ungefähr sechzig, arbeitete er mal hier und mal da und bewohnte eine kleine Kammer über der Küche der Kneipe. Er hatte nie eine Schule besucht, weder Frau noch Kinder und Margitta, die Kneipenwirtin, sorgte aus Freundlichkeit für ihn; dafür fegte er den Hof des Dorfkrugs, mähte Rasen und machte sich bei ihr nützlich, wo es nur ging.

Delft hievte sich auf einen abgewetzten Barhocker, nickte Horst kurz zu und blickte in den Raum zu seiner Linken, der als Restaurant diente. Hier saßen ein paar Leute, die vor der Hitze draußen geflüchtet waren. Um sie herum verbreiteten dunkel getäfelte Holzwände eine rustikale Gemütlichkeit. Die Stirnseite des Raumes schmückte ein Portrait des ersten Dorfkrugbesitzers, ein Ölschinken aus dem vorletzten Jahrhundert, der dem Ausschank historische Würde verlieh. Mit strenger Miene blickte der ehrwürdige Wilhelm aus seinem Bilderrahmen auf die Gäste hinab, ihm zu Füßen sein treuer Jagdhund. Antike Messinglaternen an den Wänden, die einstmals die Stallungen beleuchtet hatten, verbreiteten ein behagliches Licht. Es duftete nach Bratkartoffeln und Schweinebraten.

Vier der sieben Restauranttische waren mit Gästen besetzt, die sich angeregt unterhielten und mit Weingläsern anstießen - eine Familienfeier, wie es schien, die auf der Terrasse nicht mehr Platz gefunden hatte und deren entspannte Heiterkeit zu Delft am Tresen herüberwehte. Sie schien wie aus einer anderen Welt zu kommen.

„Hannes!", riss da Margitta ihn aus seinen Gedanken. Die pausbäckige Frau strahlte ihn an, als ihr üppiger Körper schwungvoll aus der Küche wuchtete und sie an den Zapfhahn hinter dem Tresen trat, um ein Glas zu füllen. „Lange nicht gesehen. Ein Bier?"

Grüßend hob Delft die Hand. „Gern ein Duckstein. Und eine von deinen sagenumwobenen Frikadellen dazu."

Margitta schmunzelte. „Mit Specksalat wie immer?" Sie stellte das volle Glas beiseite und begann, ein zweites für ihn zu zapfen.

Ihm lief schon jetzt das Wasser im Mund zusammen, und er nickte. Schuldbewusst dachte er kurz an seinen Vorsatz abzunehmen, aber der konnte bis morgen warten; nach diesem Tag hatte er sich ein sündiges Mahl mehr als verdient. Margitta nahm das erste schäumende Bier und machte sich auf den Weg in den Gastraum. „Einmal großen Polizeichefteller!", rief sie auf Höhe der Schwingtür in die Küche, und zu Delft gewandt: „Bin gleich wieder da."

Er nickte und trommelte mit den Fingern auf den Bierdeckel vor sich.

„Pozei ... Pozei!", dröhnte da plötzlich Horst' Stimme vom anderen Ende des Tresens zu ihm herüber. Müde hob Delft seinen Blick.

„Alles klar, Horst?"

Der kratzte sich am Kopf. „Ja, all's kla!" Über seine vorgestülpte Unterlippe lief Speichel, den er mit einer tapsigen Bewegung seiner derben Hände fortwischte. Ein Rest der Erde, die von der Gartenarbeit noch an ihnen haftete, zog eine dunkle Spur über sein stoppeliges Kinn. Delft grüßte zu ihm hinüber, als sich schon die Küchenschwingtür öffnete und Margitta auf ihn zusteuerte und einen dampfenden, üppig beladenen Teller vor ihn hinstellte.

„Dann lass es dir schmecken."

Er nickte schweigend zum Dank und begann zu essen.

„Was ist los?", Margitta stellte das Bier vor ihn hin und beäugte ihn eingehend. „Die letzten Tage wohl kein Auge zugetan, oder?" Sie stemmte ihre Hände auf den Tresen und blickte ihn abwartend an.

„Diese Hitze", brachte Delft mit vollem Mund hervor und schnitt die saftige Frikadelle klein. "Ich halte sie einfach nicht aus, sie macht mir zu schaffen." Nur kurz sah er auf und zog die Augenbrauen hoch, wie um sich für seine Schwäche zu entschuldigen.

„Aha." Margitta nahm ein Bierglas und polierte es vor ihrem wogenden Busen. „Die Hitze also … und nicht eher dieses Ehepaar, das verschwunden ist?" Sie hielt das Glas prüfend ins Licht und stellte es zufrieden in das Regal über dem Zapfhahn.

Delft schluckte seinen Bissen mit einem kräftigen Schluck Bier hinunter.

„Was weißt du davon?" Immer wieder staunte er, wie schnell Neuigkeiten im Dorf die Runde machten.

„Naja, man erzählt sich, die Münchs seien verschwunden." Sie wischte mit einem Lappen über den Tresen und blickte ihn herausfordernd an.

„Veswunden, veswunden!", echote Horst aus der Ecke. "Bäng bäng, mausetot!", rief er und klatschte in die Hände wie ein Kind, das ein Spielzeug entdeckt hatte.

Delft schob ein Stück Frikadelle in seine rechte Wangentasche und richtete sich auf. „Hör auf, so einen Quatsch zu reden!", fuhr er Horst an. Seine Stimme klang härter als beabsichtigt. Er hob sein Glas, trank und stellte es polternd auf den Tresen zurück. Augenblicklich fiel Horst in sich zusammen und starrte erschrocken auf sein Bier. Seine linke Hand zupfte nervös an der speckigen Schirmmütze, die ihm fast über die Augen rutschte.

Margitta stoppte in ihrer wischenden Bewegung, funkelte Delft empört an und sah zu Horst hinüber. „Hast du was gesehen?", fragte sie in besänftigendem Ton.

Horst holte Luft und wollte etwas sagen, ließ es aber bleiben und machte sich ganz klein auf seinem Stuhl.

„Du hast ihn zu Tode erschreckt, Hannes!" Sie sah Delft an und ließ ihren Wischlappen wütend über den Tresen fahren.

„Margitta!" Beschwichtigend hob er seine Hände. „Es ist kein Mord passiert. Sie sind nur aus dem Urlaub nicht zurückgekommen, und niemand weiß, wo sie jetzt sind. Mehr nicht!"

„Aber Horst ist nicht blöd!" Wieder sah sie zu ihm hinüber, der noch immer keinen Mucks von sich gab und wie ein geprügelter Hund in der Ecke hockte. „Unser Horsti ist nicht blöd, oder?", wiederholte sie.

Unsicher äugte Horst in ihre Richtung und schüttelte schüchtern den Kopf. Delft tupfte seinen Mund mit der Serviette ab, schob den leeren Teller an die Seite und leerte in einem Zug sein restliches Bier.

„Tut mir leid, es sollte nicht so hart klingen. Aber man muss aufpassen, was man sagt. Der Dorfklatsch, Margitta, du kennst das! Wie ein Lauffeuer rasen die Gerüchte durch Tangstedt!" Er nickte unmerklich zu Horst hinüber. „Und ihm schaden sie am meisten."

„Schon gut, du hast ja recht." Sie seufzte und warf den Wischlappen in das trübe Wasser. „Noch ein Bier?"

Delft schüttelte den Kopf.

„Und du, Horst?"

Der nahm sein Glas und trank den letzten Schluck. Wieder wischte er sich den Bierschaum von den spröden Lippen und starrte ins Leere, als hätte er die Frage nicht gehört.

„Cordens!", stammelte er dann. „Cordens!"

Delft blickte zur Decke und verdrehte die Augen. „Ich muss nach Haus, war viel heute", sagte er entschuldigend, stand auf, zog sein Portemonnaie aus der Gesäßtasche und öffnete es.

„Cordens ...", wiederholte Horst und hielt krampfhaft sein Glas fest.

Margitta ignorierte den Geldschein, den Delft ihr hinhielt, und beugte sich zu Horst hinüber.

„Was ist mit Cordens?", fragt sie und nickte ihm aufmunternd zu.

Horst hob den Blick und sah in das einzige Gesicht, dem er vertraute. Er sprach mit lauter Stimme, sodass selbst die Gäste aus dem Restaurant in ihren Gesprächen innehielten und zum Tresen schauten.

„Cordens brüllt ‚ich bring euch um … ich bring euch um', er schreit im Garten!" Wütend schlug Horst gegen seine Mütze, sackte dann in sich zusammen und schwieg, während die Gäste im Restaurant wieder zu plaudern begannen.

Margitta drehte sich zu Delft um und lächelte triumphierend. „Da hast du es, Hannes!" Sie nahm sein Geld, zog die alte Schublade unter dem Tresen auf, in der sich ihre Kasse verbarg, und klaubte das Wechselgeld heraus.

„Auf Cordens würde ich an deiner Stelle mal genauer gucken." Sie blickte ihn an, als sei er ein Kind, das die einfachsten Zusammenhänge nicht begreift, und reichte ihm die Münzen, doch Delft schüttelte den Kopf. „Stimmt so!" Er schob sich am Barhocker vorbei und sah Margitta müde an. Die Unterhaltung hatte ihn erschöpft, und er hatte die Nase voll von diesem Tag. Das Gerede von Horst, auf dessen Seite Margitta sich geschlagen hatte, schien ihm unsinnig. Allerhöchste Zeit, sich zu verziehen, doch der Kriminalbeamte in ihm war noch hellwach und verlangte nach einer Antwort: "Und wer ist Cordens? Ich kenne hier fast jeden in Tangstedt, aber Cordens? Den Namen hab ich noch nie gehört."

Margitta wischte sich die Hände am Spültuch ab. „Erich Cordens?" Sie verzog die Lippen zu einem säuerlichen Grinsen. „Das ist der Nachbar der Münchs. Ihm hat früher das gesamte Grundstück am Pappelweg gehört, bevor er anfing zu trinken. Die Cordens waren stinkreich, aber dann musste er verkaufen. Hat alles versoffen ..."

Delft merkte auf, gab es hier womöglich eine Spur? Da begann Horst plötzlich aus seiner dunklen Ecke zu lachen, wie hämmernder Donner hallte es durch den Schankraum. Er warf den Kopf in den Nacken, marode Zähne und ein verzerrter Mund verwandelten sein Gesicht in eine Fratze.

„Bäng bäng, mausetot. Cordens ..." Sein Lachen ging in ein Wiehern über, völlig außer Atem starrte er Delft an, wie im Fieber. Seine Mütze war verrutscht, Speichel rann ihm am Kinn entlang.

„Cordens ist ein böser, böser Mann!" Horst fuhr vom Stuhl auf und schob den linken Ärmel seines Hemdes bis zum Ellenbogen hoch.

Auf der Innenseite seines Armes schlängelte sich eine hässliche tiefe Narbe entlang, die kurz vor dem Handgelenk in breiten Fransen endete. Er streckte Delft den Arm entgegen.

„So was macht Cordens … immer böse ist er!" Sein Kinn begann zu zittern, seine Stimme klang verzweifelt, und wütende Tränen schwammen in seinen Augen. „Horst passt auf, dass nichts passiert, und dann hat Cordens das Messer … er packt Horst … aber wehe, Horst sagt was … wehe, dann bringt Cordens ihn um!" Von der Erinnerung eingeholt, starrte Horst stumm auf seine Narbe.

Delft sah zu Margitta hinüber, in deren Gesicht blankes Entsetzen stand. Sie kannte Horst so gut wie niemand sonst, hatte selbst sie von dem Vorfall nichts gewusst?

„Mach uns noch zwei Bier!" Delft ging auf Horst zu, bedeutete ihm, sich wieder zu setzen, und nahm neben ihm Platz. Offenbar wusste Horst Dinge, die dem Fall eine entscheidende Wende geben könnten. Er musste nur geduldig sein und ihm zuhören.

22. Februar 2007

Liebe Alma,

jetzt bin ich zehn. Mein Geburtstag war sehr schön, aber auch etwas traurig.

Zuerst sind wir in die Kirche gegangen, haben gebetet und gesungen. Dann gab es Milch und von den Mandelkeksen, die Du so gern magst.

Ich hatte einen Wunsch frei und mir einen Wellensittich gewünscht, dem ich das Sprechen beibringen kann. Am liebsten wollte ich einen Grünen, in der Tierhandlung neben der Schule sitzt so einer im Fenster, und ich bleibe immer stehen, um ihn anzuschauen. Er guckt mich so süß an, bestimmt will er mit mir kommen.

Ich hatte mich schon gefreut, weil keiner geschimpft hat, dass es ein schlimmer Sündenwunsch ist wie letztes Mal, als ich mir eine Blockflöte gewünscht habe. Und dann stand am Geburtstagsmorgen in meinem Zimmer tatsächlich ein Vogelkäfig. Ich bin fast erstickt vor Freude, aber ich musste zuerst zur Kirche. Das Warten hab ich fast nicht ausgehalten.

Und dann, Alma, lag im Käfig ein grüner Zettel. Ich habe keinen Wellensittich bekommen, aber ich darf mit dem Mann aus der Kirche im Sommer in den Vogelpark gehen. Dabei wollte ich so gern einen eigenen Vogel. Nur Mama sagt, Tiere, die singen können, sind Teufelswerk und man darf sie nur aus der Ferne betrachten. Wie kann etwas Teufelswerk sein, das mir so viel Freude macht? Ich verstehe es nicht.

Liebe Alma, Du fehlst mir.

Für immer,

Deine Fi

Kapitel 4

Am nächsten Morgen saß Delft bereits kurz nach acht an seinem Schreibtisch und starrte auf die Flasche Mineralwasser, die vor ihm stand. Sein Schädel dröhnte.

Insgesamt acht Bier und drei Schnäpse für jeden hatte es ihn gestern Abend gekostet, Horsts Vertrauen und Freundschaft zu gewinnen. Im Gegenzug hatte Horst ihm eine selbstgeschnitzte nackte Frau geschenkt. Sie passte in die Hosentasche und sah eher aus wie ein missratenes Krokodil. „Damit du nicht mehr allein bist!", hatte er gesagt und ihm dann die Informationen zu Erich Cordens aufgetischt, auf die er es eigentlich abgesehen hatte.

Delft schraubte die Wasserflasche auf und nahm widerwillig den ersten Schluck, den er gleich mit Kaffee hinunterspülte. Ölige Milchfettaugen schwammen auf der Oberfläche, er würde ihn wieder munter machen, hoffte er. Jetzt galt es, Cordens ins Visier zu nehmen, wozu er einen klaren Kopf brauchte! Er seufzte und rekapitulierte, was er zwischen den diversen Bieren und Schnäpsen aus Horst hatte herausbringen können.

Erich Cordens war einst sehr wohlhabend gewesen. Früher hatte ihm das gesamte Grundstück gehört, auf dem sein Haus und das der Münchs stand, wie Horst ihm mit glänzenden Augen erzählte. Delft erinnerte sich an den verwahrlosten Zustand von Cordens´ Haus, der ihm schon beim ersten Besuch bei den Münchs aufgefallen war. Cordens hatte offenbar schon immer viel getrunken und sich damit Schritt für Schritt ruiniert. Zuerst verlor er seinen Job als Vorarbeiter im Holzwerk, dann sein Grundstück und schließlich seine Frau.

2004 hatten die Münchs das Grundstück gekauft, auf dem jetzt ihr Haus stand, und waren fortan Cordens Feinde. Denn obwohl sie das

Grundstück gut bezahlt hatten, galten sie ihm als Eindringlinge, die ihm seinen Plan, dort eine eigene Schreinerwerkstatt aufzubauen, zunichte gemacht hatten. Die zügellose Wut über sein verpatztes Leben hatte er seitdem an seiner Frau ausgelassen, das wusste bald jeder in Tangstedt. Grün und blau habe er sie geschlagen, hieß es, niemand sie mehr zu Gesicht bekommen, und dann ...

Horst hatte seine Hand an die Kehle gelegt, die Augen verdreht und ruckartig den Kopf zur Seite geknickt. Cordens' Frau habe nur noch den einen Ausweg gesehen und sich am Morgen des Heiligabends im Schuppen erhängt. Das Jahr wusste Horst nicht mehr, aber Margitta erinnerte sich noch genau an den klirrend kalten Tag vor fünf Jahren, denn sie hatte einige Tage später den Leichenschmaus ausgerichtet.

Obwohl Hilla Cordens im Dorf sehr beliebt gewesen war, waren zu ihrer Beerdigung nur zehn Trauergäste erschienen. Denn niemand wollte mit Erich Cordens etwas zu tun haben, der schon in der Kirche zu schimpfen und zu toben anfing und eine Flasche Schnaps aus seiner schmutzigen Anzugtasche zog. Man konnte ihn vorübergehend beruhigen, bis er dann torkelnd am offenen Grab seiner Frau stand und Flüche gegen sie und die ganze Welt ausspie.

„Arme Hilla, arme Hilla!" So ergriffen war Horst von der eigenen Erzählung, dass seine Tränen nur so flossen, als hätte er Hilla retten können. Sie war seine große Liebe gewesen, das wussten alle, auch Hilla selbst. Stets war sie besonders freundlich zu ihm gewesen und hatte ihm im Winter selbstgestrickte Socken und Mützen zugesteckt, wenn ihr Mann es nicht bemerkte. Bevor sich schließlich um Mitternacht ihre Wege trennten, hatte Delft ein letztes Bier spendiert ... und es gab noch einen Schnaps auf Margittas Kosten. Betrunken wie lange nicht, war er irgendwie nach Hause und in sein

Bett gelangt.

Den schweren Kopf auf die linke Hand gestützt, versuchte er angestrengt, sich alle Fakten, die er am Abend erfahren hatte, zu vergegenwärtigen und sie chronologisch in sein Notizbuch einzutragen. Ergab die Sache mit Cordens ein Motiv für eine Straftat und hatte womöglich er mit dem Verschwinden der Münchs zu tun? Gründe, sich an ihnen zu rächen, gab es für ihn offenbar mehr als genug.

Da öffnete sich die Tür, und ein strahlender Cornelius Fuchs betrat das Büro, schweißnass schon so früh und im Radrennoutfit. Als er Delft am Schreibtisch sitzen sah, brach er in Gelächter aus.

„Chef, *du* trinkst Wasser?"

Delft kniff die Augen zusammen und versuchte, kein zu elendes Bild des Jammers, den er empfand, abzugeben. „Nicht so laut, Fuchs!", stöhnte er gequält. „Ich hab die Zimmermänner im Dachgeschoss!"

„Oh-oh!" Fuchs legte Helm und Satteltasche zur Seite und hörte sich die ganze Geschichte an, während er in Jeans und T-Shirt umstieg.

„Stimmt. Wir sollten Erich Cordens mal genauer unter die Lupe nehmen. Wenn überhaupt jemand ein Motiv hat, den Münchs an den Kragen zu wollen, dann er!" Fuchs öffnete seine Satteltasche und warf Delft zwei Tabletten zu. "Nimm erst mal Aspirin … das bringt dich wieder in Schwung. Und dazu mindestens noch zwei Liter Wasser!", sagte er grinsend.

Nur eine Stunde später standen Delft und Fuchs vor einer verwitterten Eingangstür, von der die ehemals weiße Farbe schmutziggrau abblätterte, und klopften lautstark, da die Klingel über dem verrosteten Namensschild „Cordens" nicht funktionierte.

Obwohl es noch früh am Tag war, brannte die Sonne bereits heiß vom blauen Himmel und Delft lief der Schweiß über die blanke Stirn. Warum hatte er gestern Abend nur so haltlos trinken müssen? Schon nach dem zweiten Bier mit Schnaps hatte er die Wirkung gespürt und gewusst, dass ihm heute ein Kater blühen würde, wenn er weitertrank. Aber ihm hatte die Leichtigkeit im Kopf gefallen, die der Alkohol auslöste. Wie elektrisiert hatte er sich nach den Informationen über Cordens gefühlt und am Ende gedacht, er könne den Fall in Windeseile lösen, bis sich die Trunkenheit über sein Hirn senkte. Doch Wasser und Aspirin begannen zu wirken und allmählich kehrte das Leben in Kopf und Körper zurück. Er wechselte einen Blick mit Fuchs und klopfte ein weiteres Mal an die Tür, als sich im Inneren schlurfende Schritte näherten, ein Schlüssel im Schloss knirschte und die Tür geöffnet wurde.

Vor ihnen stand ein ausgemergelter Mann in speckigem Unterhemd, der sie unrasiert und nach Schnaps stinkend aus blutunterlaufenen Augen anglotzte, eine qualmende Zigarette im Mundwinkel.

„Was´n?", brachte er zwischen braunen Zähnen hervor und hielt sich am Türrahmen fest.

„Herr Erich Cordens?" Delft war schlagartig nüchtern, niemals würde er so tief sinken. „Ich bin Kommissar Hannes Delft, Polizei Tangstedt. Das hier ist mein Kollege Cornelius Fuchs. Wir haben ein paar Fragen an Sie zu Ihren Nachbarn, der Familie Münch."

Cordens geriet ins Schwanken. „n´Scheiß …!", nuschelte er.

„Dürfen wir kurz reinkommen?" Delft schob sich an Cordens vorbei in den Flur, in dem es nach Urin und gärendem Abfall stank.

Fuchs folgte ihm und bugsierte den verblüfften Cordens den Flur entlang in das nächste Zimmer, dessen Tür offen stand und in dem ein laufender Fernseher ohne Ton in einer eichenen Schrankwand flimmerte, deren Regale mit einer dicken Staubschicht überzogen waren. Porzellankätzchen und kitschige Souvenirs aus südlichen Urlaubsländern zeugten von offenbar besseren Zeiten, während sich jetzt auf einem niedrigen Couchtisch Bierdosen und Schnapsflaschen um einen überquellenden Aschenbecher drängelten. Delft verspürte blanken Ekel in dieser verwahrlosten Umgebung.

„He!", protestierte Cordens matt, als Fuchs ihn zum abgewetzten Sofa dirigierte, und ließ sich schwer auf das Polster fallen. Er stierte auf den Bildschirm, als wären die beiden gar nicht anwesend.

Delft öffnete die Terrassentür. Warme, aber frische Luft wehte in das stickige Zimmer. Unter einem zerknitterten Pornoheft auf der Anrichte neben ihm entdeckte er die Fernbedienung und schaltete den Fernseher aus, woraufhin Erich Cordens lahm protestierte. Ohne seinen trüben Blick vom Gerät abzuwenden, starrte er weiter dumpf auf den jetzt schwarzen Bildschirm.

„Herr Cordens, können Sie uns einige Fragen beantworten?", fragte Delft in einer Lautstärke, als hätte er einen Schwerhörigen vor sich. Cordens schnaubte, und Asche fiel von seinem Zigarettenstummel aufs Sofa. Delft wechselte einen Blick mit seinem Kollegen. „Wir können auch später wiederkommen, wenn Sie erst mal Ihren Rausch ausschlafen wollen."

„Schon gut … ja … ja!" Cordens hob ergeben die Hände.

Fuchs war neben der offenen Terrassentür stehen geblieben und inhalierte die frische Luft, während sich Delft, sein zerfleddertes Notizbuch in der Hand, dem Betrunkenen zuwandte.

„Wie gut kennen Sie die Münchs von nebenan?"

Wie eine Rakete schnellte Cordens hoch.

„Die Münchs! Abknallen sollte man die … wohnen auf meinem Grund und Boden … das hat alles mal mir gehört!" Fahrig suchte er nach einer Flasche, die noch Alkohol enthielt.

„Wann haben Sie die Münchs zum letzten Mal gesehen?"

Cordens hob eine Bierdose an seine Lippen und schüttete die letzten Tropfen in sich hinein. Ein Rülpser entfuhr ihm, dann schien er in seinem benebelten Kopf nach einer Erinnerung zu graben. „Keine Ahnung, aber …" Er zerdrückte die leere Dose und wedelte damit in der Luft herum. „Ihre komische Tochter schleicht hier andauernd rum … bis ans Fenster kommt die und spioniert mir nach!"

„Ilvy?" Delft machte sich Notizen und warf Fuchs einen fragenden Blick zu. Was hatte Ilvy auf Cordens Grundstück zu suchen?

„Was weiß ich, wie die kleine Schlampe heißt … die ist schon genauso schlimm wie ihre Eltern! Das sollte meine Tochter sein, anständig durchprügeln würd ich die!" Cordens drückte seine Zigarette wütend auf der Tischplatte aus und suchte fahrig nach einer neuen Kippe.

„Warum schlimm?", hakte Delft nach.

Cordens winkte ab und fluchte kurz, als er unter den Zeitschriften auf dem Tisch nur eine leere Zigarettenschachtel fand. Er zerknüllte sie und feuerte sie neben sich. „Wieso schlimm, Herr Cordens?" Jetzt kam auch Fuchs in Fahrt, was hatte sich zwischen den Nachbarn abgespielt? Delft rollte mit den Augen, als ihre Blicke sich trafen. „Raus mit der Sprache, sonst geht's vielleicht doch besser zur Ausnüchterung auf die Wache! Ist auch gesünder!", schob Fuchs nach. Cordens grunzte und warf abschätzig die Hände in die

Luft. "Na, das ganze Gefasel von Gott ...!", rief er aus. „Die rennen dauernd in diese beknackte Kirche, kommen sogar zu mir rüber und wollen mich bekehren ... ich scheiß auf Gott, das hier ist meine Religion!" Er langte nach einer Schnapsflasche und ließ sie achtlos neben sich fallen, als er feststellte, dass sie leer war. „Sollen die Münchs doch verrecken, das war alles meins, bevor sie gekommen sind, es mir abzuknöpfen. MEINS!", lallte er, kippte dann zur Seite und begann zu schnarchen wie ein Bär. Delft klappte sein Notizbuch zu.

„O mein Gott!" Fuchs schauderte, als sie das Haus verließen und zum Auto gingen.

Delft hatte den Betrunkenen noch zugedeckt und seine Visitenkarte auf das Pornoheft gelegt. Dort würde Erich Cordens sie ganz sicher finden, sollte er jemals wieder nüchtern sein. Delft schüttelte den Kopf und schloss die Autotür auf. „Niemals ist dieser Mann körperlich in der Lage, zwei Menschen alleine beiseite zu schaffen, geschweige denn ..."

Fuchs blieb abrupt stehen.

„Du denkst an Mord, Chef?"

Delft nickte, schwang die Fahrertür auf und stieg ein. „Inzwischen ja", sagte er und drehte den Zündschlüssel. „Erich Cordens werden wir im Auge behalten. Er hat zumindest jeden Grund, die Münchs zu hassen, wenn sie seinen Lebensplan zunichte gemacht haben." Am Ende der Straße wendete er. „Aber was hatte Ilvy bei ihm zu suchen? Das werden wir am besten sie selbst fragen, und zwar jetzt sofort!" Sein Kopf war klar, er funktionierte wieder wie der eines kompetenten Kommissars.

Statt den Pappelweg zurückzufahren, bremste er vor dem Haus Nr.

36 und eilte den Gartenweg entlang, noch bevor Fuchs etwas erwidern konnte. Das Münch`sche Haus wirkte beinahe unbewohnt, vor allen Fenstern waren die Jalousien heruntergelassen, nichts regte sich.

Er klingelte mehrmals, klopfte. Nichts.

Wo war Ilvy?

Er drehte sich zu Fuchs um und zuckte mit den Schultern. Im Auto sah er ihn das Handy ans Ohr heben, warten, dann ebenfalls den Kopf schütteln. Ilvy ging auch nicht ans Handy.

Schweigend fuhren sie zurück zur Polizeiwache. Die Mittagssonne brannte erbarmungslos auf das Autodach, heiße Luft wehte durch die geöffneten Fenster.

Gegen dreizehn Uhr verließ Delft die Wache, um Jonas zum Schwimmen abzuholen, und war froh, nach der Begegnung mit Cordens ins kühle Wasser abtauchen zu können und allen Schmutz, alle Armseligkeit und das Elend dieses Mannes einfach abzuwaschen.

Fuchs hatte sein Angebot mitzukommen abgelehnt und zog es vor, seinen Obstsalat im Büro zu verzehren und dabei „vergnüglich im Internet zu surfen", wie er ihm augenzwinkernd erklärte. Außerdem wollte er vor Ort sein, wenn Hinweise aus der Bevölkerung eingingen oder womöglich die Fahndung nach dem Volvo Erfolg zeigte. Am Abend zuvor waren in allen Medien der Region Fotos der Münchs und Suchmeldungen gesendet worden, doch bis jetzt gab es keinerlei neue Anhaltspunkte, auch das Auto blieb wie vom Erdboden verschluckt.

Insgeheim war Delft froh, mit Jonas allein zu sein, denn was würde Fuchs von ihm denken, wenn er ihn plötzlich in der Rolle des schüchternen Vaters erlebte, unsicher und linkisch im Umgang mit dem eigenen Sohn? Die Peinlichkeit wollte er sich ersparen.

Seufzend bog er auf die Hauptstraße und schlug den Weg ein, der ihm so vertraut war. Noch immer erfüllte es ihn mit einer brennenden Traurigkeit, wenn er den vertrauten Weg zu seinem einstigen Zuhause entlangfuhr. Schmerzliche Erinnerungen säumten die Strecke wie Mülltüten, die am Straßenrand auf ihre Abholung warteten. Nach den Wohnhäusern breitete sich der Ausläufer des Tangstedter Forstes vor ihm aus, bis sich schließlich hinter Pferdekoppeln und einem kleinen Reitstall eine gemütliche Wohnstraße schlängelte, deren Asphalt Kreidebilder zierten, an einem Zaun lehnte ein Dreirad. „Am Seeberg" stand auf dem Straßenschild. Delft kannte hier jeden Grashalm, das vorletzte Haus auf der rechten Seite war es. Sein Magen zog sich zusammen, aber er schob es auf den gestrigen Abend, während das unbehagliche Gefühl blieb, als er aus seinem Käfer stieg und das kleine Gartentor öffnete. Auch ein Jahr nach der Trennung kostete es ihn noch Überwindung, durch seinen ehemaligen Garten zu gehen, vorbei an Beeten, die er selbst angelegt hatte, um dann wie ein Fremder vor der Haustür zu stehen, die er zusammen mit Marlies ausgesucht hatte. Jahrelang war er mit ihr in diesem Haus glücklich gewesen, und als Jonas geboren wurde, schien ihr Leben perfekt.

Er drückte die Klingel, und auch der vertraute Ton weckte die Wehmut in ihm, aber da schwang schon die Haustür auf. Hatte Jonas sein Auto kommen hören? Doch das Lächeln in seinem Gesicht erstarb, als nicht Jonas, sondern Marlies plötzlich vor ihm stand. Frühdienst, hatte Jonas doch gesagt, sodass es zu keiner Begegnung kommen würde. Hatte er im Chaos der Ermittlungen etwas falsch verstanden? Er brachte kein Wort heraus, starrte Marlies nur an, ein rotes Leinenkleid umspielte ihre weichen Hüften.

„Hallo Hannes!" Sie lächelte und strich sich eine braune Haarsträhne hinter das linke Ohr. Verlegen sah er zu Boden, diese Geste kannte er. Immer wenn sie sich wohlfühlte, strich sie sich so die Haare hinters Ohr. Wie elend ihm zumute war, am liebsten wäre er geflüchtet.

Kurz hob er den Blick, sah aber an ihr vorbei in den Flur. „Ist Jonas fertig?", fragte er grußlos. Sie nickte und öffnete die Haustür jetzt ganz. „Bestimmt!", antwortete sie und legte den Kopf schief. „Komm doch rein solange. Da ist noch frischer Kaffee, du siehst müde aus."

Warum war sie so freundlich? Viel einfacher wäre es, wütend auf sie zu sein und ihr alle Schuld an seinem Elend zu geben, wenn sie nicht so verdammt freundlich zu ihm wäre!

Er wagte einen Blick in ihre blauen Augen und erstarrte innerlich, der Duft ihres Parfums wehte zu ihm herüber. Undenkbar, über diese Schwelle zu treten und an Marlies vorbei in ihr Leben einzudringen, das sie hier jetzt führte, wo einstmals auch sein Platz gewesen war, bis sie ihn hinausgeworfen hatte.

Die Wunde riss wieder auf, in ihm brüllte der Schmerz, und er trat einen Schritt zurück. „Ich warte im Auto!", sagte er kurz angebunden und drehte sich um, dabei spürte er ihren Blick im Nacken.

„Hannes, das ist doch albern! Komm schon rein!"

In dem Moment flog Jonas die Treppenstufen herunter, schnappte sich seine Sporttasche und blieb neben seiner Mutter stehen.

„Was is`n los?" Er blickte in das ausdruckslose Gesicht seines Vaters, der jetzt stehen geblieben war, dann zu Marlies.

„Dein Vater!" - ihre Stimme klang enttäuscht und ärgerlich - "…

will nicht mal kurz reinkommen!"

Jonas schulterte seine Tasche und bugsierte sich an ihr vorbei.

„Dann lass ihn doch! *Du* hast ihn schließlich vor die Tür gesetzt!"

„Jonas!" Sie starrte ihn verletzt an.

„Ist doch wahr, sorry!" Er gab ihr einen flüchtigen Kuss auf die Wange. „Mich nerven eure Streitereien."

Ohne sich noch einmal umzudrehen, lief er den Gartenweg hinab, hob schließlich winkend den Arm zu Marlies, die ihm nachschaute, und setzte sich seufzend zu seinem Vater ins Auto, der es eilig hatte, weg zu kommen.

Das kühle Wasser der Kieskuhle vertrieb die letzten Spuren seines Katers und nachdem er einige Runden geschwommen war, ließ Delft sich erschöpft neben Jonas auf das Handtuch fallen. Inmitten des fröhlichen Kreischens plantschender Kinder, dem Zwitschern der Waldvögel und dem schläfrigen Gemurmel anderer Badegäste herrschte Schweigen zwischen ihnen. Diesmal war es ein angenehmes Schweigen.

Dass dieser Tag doch noch Entspannung für ihn bereithalten würde, hätte Delft nicht erwartet. Jonas lag neben ihm, keine Worte waren nötig, und für eine Weile durfte er getrost an nichts denken und seinen ewig grübelnden Kopf ausschalten.

Die Sonne wärmte ihre nassen Körper, der balsamische Geruch von sonnenheißen Tannennadeln aus dem umliegenden Wald wehte über ihre Köpfe hinweg. Abgeerntete Felder schickten ihren aus Kindertagen vertrauten Duft nach trockenem Heu zu ihm herüber.

Delft liebte diesen Ort, seit er zum ersten Mal zufällig nach einem langen Arbeitstag hierhergekommen war. Nach und nach hatte er einige verborgene Plätze rund um das Gewässer entdeckt, abgeschiedene Oasen der Ruhe, wo er oft nächtelang allein oder mit Marlies am Ufer gelegen hatte.

Bis vor wenigen Jahren war das Baden in der Kieskuhle noch streng verboten gewesen. Das Areal gehörte einer Hamburger Baufirma, die dort Sand förderte und keinen Ärger durch Badeunfälle oder liegengelassenen Müll haben wollte. Trotzdem war die Kieskuhle seit Jahren ein heimlicher Treffpunkt der Jugendlichen, da hier am Abend nie jemand zum Kontrollieren kam. Oftmals übernachteten sie in den Senken der Sandberge, Liebespaare verbrachten unbeobachtete Stunden zwischen den Bäumen am Ufer. Erste Zigaretten wurden hier geraucht, Lagerfeuer entfacht, Schnapsflaschen machten die Runde. Fast jeder in Tangstedt hatte wenigstens eine Geschichte zu erzählen, die mit diesem Ort verknüpft war, inzwischen ein legaler, gut besuchter Badestrand mitten im Wald. Dennoch kannte Delft ein verborgenes Uferstück, an dem er sich fühlte wie Robinson Crusoe, weil es nur selten andere Besucher dorthin verschlug. Er lächelte in sich hinein.

Langsam drehte er sich zu Jonas um, stützte seinen Kopf in die Hand und betrachtete ihn. Wassertropfen glitzerten auf der gebräunten Haut seines Sohnes, und erstaunt registrierte er die Brustbehaarung, starrte auf die durchtrainierten Muskeln der Arme. „Hallo, Herr Kommissar", ermahnte er sich in Gedanken, „dein Sohn ist fast erwachsen, begreif es endlich!" Wie eine Bestätigung war über den Tannenwipfeln der heisere Ruf einer Krähe zu hören. Er klang wie ein Jajaja!

„Kennst du eine Ilvy Münch aus deiner Schule?" Erwartungsvoll sah er Jonas an, der einen Lacher ausstieß, ohne sich zu rühren.

"Ja, die kenne ich!" Jetzt rollte er sich auf die Seite und blinzelte seinen Vater gegen das Sonnenlicht an. „Die kennt jeder! Ihre Eltern sind verschwunden, stimmt`s?"

„Ja." Delft setzte sich auf. „Was ist mit Ilvy? Warum kennt jeder sie?"

Jonas stöhnte. „Womit soll ich anfangen?" Er sammelte kurz seine Gedanken. „Ilvy Münch ist *die* Super-Streber-Tussi der ganzen Schule", sagte er dann. „Nur Einsen in jedem Fach. Kennt nichts außer Lernen. Sie ist nie dabei, wenn in der Schule was läuft, Party oder so. Voll extrem irgendwie." Er strich sich eine feuchte Haarsträhne aus der Stirn hinter das Ohr. Wie Marlies, dachte Delft plötzlich, und eine Welle von Einsamkeit fegte durch sein Innerstes.

„Keiner kommt an sie ran", fuhr Jonas fort. „Sie könnte auch Klosterschwester sein oder ein Roboter aus einem SciFi-Schinken. Schon ihre Klamotten …" Delft verstand sofort, was Jonas meinte. Ilvys Kleidung war auch ihm als Erstes aufgefallen, weil es so seltsam auf ihn gewirkt hatte, dass ein moderner Teenager sich wie ein englischer Internatsschüler des vorletzten Jahrhunderts kleidete.

„Und ihre Eltern?"

„Keine Ahnung! Die sollen total sozial sein, überall Ehrenämter und so. Aber man sieht sie nie in der Schule. Vielleicht haben sie die Flucht ergriffen vor so viel Intelligenz ihrer Tochter?" Er schnalzte mit der Zunge, drehte sich zurück auf den Rücken und schloss die Augen. „Sorry, das ist nicht lustig. Aber immerhin hat Frau Superhirn wohl jetzt einen Freund. David Jacobsen. Auch so eine Leuchte. Passt schon, glaub ich. Wenigstens *ein* Mensch, der mit ihr Kontakt hat."

Jonas' Beschreibung bestätigte seine eigenen Eindrücke: Ilvy war sonderbar, schien einsam und nicht in die schillernde Welt von flippigen Teenagern zu passen. Alles, was sie verkörperte, war rätselhaft und anders.

Er sah auf die Zeitanzeige seines Handys.

„Ich muss los." Wie gern hätte er noch etwas mehr Zeit mit Jonas verbracht, er bedauerte das abrupte Ende ihres Badevergnügens, aber er musste zurück ins Büro.

„Dad?" Jonas setzte sich eilig auf. "Ich wollte dir noch etwas sagen, bevor du gehst ..." Er ließ heißen Sand durch seine Finger rieseln, die Zeit schien kurz stillzustehen. Gab es Probleme, die Delft übersehen hatte? Er sah ihn mit angespannter Aufmerksamkeit an. „Schieß los, mein Junge."

Plötzlich wirkte Jonas schüchtern und verlegen.

„Also, es gibt da ..."

In dieser Sekunde klingelte Delfts Handy, und Cornelius Fuchs' Nummer erschien auf dem Display. Leise fluchte er und warf Jonas einen entschuldigenden Blick zu.

„Vergiss deine Worte nicht ..." Ungehalten nahm er das Gespräch an, aber im nächsten Moment sprang er auf die Füße.

„Scheiße!", zischte er ins Handy. "Okay, ich bin sofort da!", klappte das Handy zu und schlüpfte in Hemd und Hose.

„Was ist los, Dad?" Jonas war aufgestanden und starrte ihn an.

„Das Auto der Münchs wurde gefunden!" Er stieg eilig in seine sandigen Schuhe. „Auf dem alten Friedhof. Leer!"

Ohne noch daran zu denken, dass Jonas ihm hatte etwas mitteilen wollen, stürmte Delft los.

12. Juli 2008

Liebe, liebe Alma,

draußen scheint die Sonne. Wenn Du hier wärst, könnten wir schwimmen gehen. Ich würde Dir zeigen, wie man vom Dreier springt, ohne Wasser in die Nase zu kriegen. Das holen wir bald nach, versprochen!

Nur nicht heute. Denn heute war wieder der schlimme Tag, immer dieser eine! Hätte ich es geahnt, wäre ich weggelaufen oder hätte mich versteckt.

Sie haben mich geweckt, als es noch dunkel war, und ich musste mit Ihnen gehen. Da unten ist es eiskalt, obwohl Sommer ist. Dann haben sie mich alleingelassen und die Tür verriegelt. Stundenlang habe ich auf dem Beton gekniet und jetzt tun mir meine Knie weh. Sie sind voller Schorf, aber Mama gibt mir keine Salbe. Als sie mich rausgelassen haben, war es wieder dunkel und ich durfte in mein Bett.

Jetzt heule ich wieder, aber ich will nicht heulen. Nur fühl ich mich so allein. Ich habe gehört, wie sie mein Zimmer abgeschlossen haben, als sie vorhin weggegangen sind.

Ich hab solchen Hunger, Alma, und Durst. Meine Arme zittern. Wenn Mutter erfährt, dass ich heimlich mein Pipi getrunken habe, wird sie mich strafen! Es ist auch so eklig, doch ich bin so durstig gewesen. Bitte erzähl keinem davon, ich schäme mich zu sehr!

Aber wenn ich an Dich denke, scheint alles nicht mehr so schlimm.

In Liebe für immer, immer, immer

Deine Fi

Kapitel 5

Unweit des alten Tangstedter Friedhofs warf eine mächtige Eiche am Feldweg den einzigen Schatten. Delft rumpelte seinen Käfer auf die Grasnarbe, parkte dicht am Stamm und stieg aus.

Hinter der monotonen Fertighaussiedlung aus den Siebzigerjahren bildeten verstreut liegende Häuser und Bauernhöfe die nördlichste Grenze des Dorfes. Noch vor dem alten Friedhof ging die schmale Teerstraße in einen Wirtschaftsweg über, der sich durch Felder und Wiesen bis zum Moor schlängelte. Kühe standen wiederkäuend im Schatten der Hecken, mit den Schwänzen gleichmütig nach Fliegenschwärmen schlagend. Gegenüber dem Friedhof, etwas abgelegen und durch eine Zufahrt mit der staubigen Straße verbunden, strahlte majestätisch das älteste Gebäude der Gegend: ein ehemaliges Gutshaus, dessen große Ländereien niemand mehr bewirtschaftete. Delft blickte kurz zu dem Anwesen hinüber, das von einer efeuberankte Steinmauer umfriedet war, und steuerte auf den alten Friedhof zu.

Vor dreihundert Jahren hatte der damalige Pastor der Gemeinde diesen Friedhof angelegt. Inmitten eines dichten Kastanien- und Lindenhains fanden bis vor hundert Jahren die Tangstedter hier ihre letzte Ruhe. Der morsche Holzzaun, der den Friedhof umgrenzt hatte, war zusammen mit dem zerbrochenen Friedhofstor längst unter wucherndem Gestrüpp begraben. Verwitterte Grabsteine waren von Moos und Flechten überzogen, die Inschriften unleserlich. Zwischen ihnen huschten Eichhörnchen über eingesunkene Grabplatten und bleiche Tierknöchelchen lagen überall verstreut auf den ehemals gepflegten Ruhestätten. Längst wurden die Tangstedter auf dem weitläufigen Gelände hinter der Dorfkirche beerdigt, wo gepflegte Baumgräber, Holzbänke zum Ausruhen und eine Marmorsäule am Urnenhain mit den Namen der Verstorbenen dem neuen Friedhof Eleganz und Würde gaben.

Wer von dem alten Friedhof nicht wusste, würde hier unter dem Gestrüpp niemals eine Ruhestätte der Toten vermuten. Nur selten wurde Delft an diesen gespenstischen Ort gerufen, wenn Jugendliche zwischen den Grabsteinen mal wieder Feuer gemacht hatten oder jemand glaubte, Schreie gehört zu haben. Absonderliche Geschichten von erhängten Hunden und erfrorenen Säuglingen rankten sich um die Totenstätte. Selbst Hundehalter, die vor nichts zurückschreckten, benutzten lieber die Feldwege, die weiträumig um den Friedhof herumführten.

Zwischen zwei Kastanienbäumen entdeckte Delft schließlich seinen Kollegen Fuchs, bei ihm zwei ältere Leute, eine Frau und ein Mann. Die Frau redete heftig gestikulierend auf ihn ein, während er eifrig Notizen in sein iPad tippte. Offenbar hatten die beiden das Auto entdeckt. Als Delft auf sie zuging, atmete Fuchs erleichtert auf und stellte ihn den Fremden vor.

„Wir sind Alfred und Elsa Seidelmann", ergriff die Frau sogleich das Wort. „Wir kommen jeden Tag hier entlang, mein Alfred und ich, seit Jahren", begann sie aufgeregt zu berichten. „Es gibt hier den besten Bärlauch, die schönste Kamille und ..."

„Und Sie haben das Auto gefunden?", unterbrach Delft den Redefluss der Frau. „Ja, genauso war es! Dort hinten habe ich gestanden!" Die alte Frau wies mit ihrem Gehstock in die Richtung. „Ich hatte gerade eine prachtvolle Kamillenpflanze entdeckt, da seh ich dieses Auto! Mitten auf dem Friedhof!", schimpfte sie erbost. „Man kann doch nicht einfach ein Auto auf einem Friedhof abstellen!" Ihr fassungsloser Blick suchte den ihres Mannes, der einfach dastand und nickte.

Delft dankte dem alten Paar, folgte Fuchs bis zur Fundstelle und blieb vor dem Fahrzeug stehen. Er betrachtete das Nummernschild. Zweifellos war das hier der weiße Volvo der Familie Münch.

Unter Gestrüpp und Blättern war das Weiß inzwischen schmutziggrau, die Fenster vom Lindensaft klebrig und trüb und ein giftgrüner Farn eroberte durch den offenen Türspalt den Fahrersitz.

Delft spähte durchs Seitenfenster hinein. Bis auf zerknülltes Bonbonpapier auf dem Beifahrersitz war der Wagen leer, doch der Zündschlüssel steckte. Auf den Sitzen identifizierte er die eingetrockneten Hinterlassenschaften kleiner Tiere. Es stank bestialisch nach Urin, Kot und feuchtem Schimmel. Unvermittelt blickte Delft sich um, als erwarte er, dass auch das Ehepaar Münch gleich vor ihm stehen würde, nach langer Zeit zurückgekehrt.

Hinter dem Volvo führten tiefe Reifenspuren bis zum Wegesrand. Das Auto musste mit hoher Geschwindigkeit quer über den Friedhof gerast sein, bis es in einer abgesunkenen Grabstelle zum Halten kam. Die Wucht des Aufpralls hatte einen Grabstein aus der Erde gerissen und die gesamte rechte Wagenseite aufgestemmt. Wie ein kaputtes Spielzeug lag das Auto versunken im dichten Gestrüpp, als hätte man es dort achtlos liegen gelassen und vergessen. Aber wo waren die Münchs?

„Der Wagen muss schon lange hier stehen", sagte Delft mehr zu sich selbst. „So zugewachsen, wie er ist." Vorsichtig hob er die dornigen Ranken auf der Motorhaube an. „Ist die Spurensicherung informiert?"

Fuchs nickte. „Sind unterwegs, Chef!"

„Gibt es irgendwelche Spuren der Münchs?" Delft ließ seinen Blick über den Friedhof schweifen. "Das Gepäck! Wo ist das

Reisegepäck?"

„Wir haben nichts angerührt, Chef. Vielleicht finden wir was im Kofferraum, wenn die Spusi da ist und ihn öffnet?"

Delft hielt für Sekunden die Luft an. „Wir öffnen ihn sofort!", entschied er dann und hatte bereits die Hand am Kofferraumschloss. Doch ein plötzliches, ohrenbetäubendes Motorengeheul unterbrach sein Vorhaben. Auf dem Wirtschaftsweg rollte eine Staubwolke auf den Friedhof zu, die sich als Zivilfahrzeug der Kieler Polizei entpuppte. Mit quietschenden Bremsen stoppte es nur wenige Meter von Delft entfernt und aus dem Wagen schwang sich ein großgewachsener Kollege mit weißem Schutzanzug, der dynamisch auf Delft zueilte und breit lächelte. Makellose Zähne blitzten aus einem Dreitagebart, der die markanten Gesichtszüge betonte.

„Hannes, altes Haus!" Ehe sich Delft versah, wurde er von zwei muskulösen Armen gepackt und beherzt gedrückt, dazu ein kräftiger Schlag auf die Schulter, sodass er fast ins Taumeln geriet. Er trat einen Schritt zurück, blickte fragend zu dem Hünen auf und erkannte plötzlich seinen alten Studienfreund Max, mit dem er so manchen Kneipenabend verbracht hatte.

„Max!" Perplex reichte er ihm seine Hand, die sofort in dessen warmer Pranke verschwand. „Was machst du hier?"

„Bin jetzt Chef der Spusi Kiel!" Max boxte Delft kumpelhaft gegen die Brust. „Weißt du doch: Max, der Spusichef. Das war schon immer mein Traum! Vor drei Jahren hat´s endlich geklappt!"

Überschwemmt von Erinnerungen an seine Studentenzeit, an qualmende Köpfe über dicken Lehrbüchern, musste Delft schmunzeln. „Ja, das weiß ich noch!" Seine Wiedersehensfreude war riesig, aber er war zu schüchtern, um sie heraus zu posaunen.

„Und?" Max zog den Reißverschluss seines Schutzanzuges bis

zum Kinn, strich sein graumeliertes Haar in Form und fuhr mit dem kleinen Finger an der linken Augenbraue entlang. Das hatte er schon früher immer gemacht, wenn eine Sache versprach interessant zu werden, und ein kniffliger Fall auf ihn wartete. „Was gibt's hier? Leichen? Blut? Gehirne?"

Frau Seidelmann, die mit ihrem Mann zu ihnen getreten war, stieß einen spitzen Schrei aus.

Mit wenigen Worten erklärte Delft die Sachlage. „Wir müssen den Kofferraum öffnen, vielleicht ..." Mit einem Mal kam er sich vor wie in alten Zeiten: aufgeputscht vom Adrenalin und voller Tatendrang. Wie oft war er gemeinsam mit Max zu einem Tatort aufgebrochen und stets hatten sie wie auf Kommando in schweigender Eintracht zu ermitteln begonnen. Es war wie eine chemische Verbindung zwischen ihnen, zwei Moleküle verschmolzen zu einem Element.

Sein alter Studienfreund lachte und hielt das Mikrophon des mobilen Aufnahmegerätes so vor sein Gesicht, dass er während der Bestandsaufnahme frei sprechen konnte. „Du glaubst, da sind die Leichen drin?" Er schüttelte den Kopf. "Es stinkt hier nicht nach Aas, und das würde es bei diesem Wetter. Wie das Kühlhaus eines Schlachthofes nach einem langen Wochenende ohne Strom. Hannes, glaub mir, das hättest du bis ins Dorf gerochen! Außerdem würde es hier von dicken, grünen Schmeißfliegen nur so wimmeln." Mit einem schnappenden Geräusch zog Max Latexhandschuhe an und ging ungerührt auf das Autowrack zu.

Delft war beeindruckt. Wortlos gesellte er sich zu Fuchs, der nah an das Auto getreten war und mit gebanntem Interesse jede von Max' Handlungen beobachtete. Gemeinsam verfolgten sie, wie er mit geübtem Blick den Volvo umrundete, während sein Begleiter unentwegt Fotos schoss, jedes Detail in sein Aufnahmegerät diktierte. „Wagen seit mindestens zehn Tagen stehend, Gräser zirka fünfzehn Zentimeter hochgewuchert, Fundstück umschließend." Er beugte sich zu den Reifen hinab. „Alle Reifen intakt, aber mit Spinnennetzen und Vogelkot überzogen. Motorhaube mit Gestrüpp verdeckt, Patina aufgrund von Witterung fortgeschritten." Mit einem Wink bedeutete er seinem Begleiter, auch das zu fotografieren.

Dann öffnete er alle vier Türen des Wagens, blickte in den Innenraum und beschrieb Tierspuren, Verwitterungszustand der Polster und das leere Handschuhfach. Keine noch so winzige Einzelheit ließ er aus, jede Beobachtung nahm er akribisch auf und kommentierte sie. Das Bonbonpapier vom Beifahrersitz verschwand in einer nummerierten Plastiktüte, der Zündschlüssel ebenfalls. Dann war der Kofferraum an der Reihe und Delft hielt den Atem an, als die Heckklappe mit schrammendem Geräusch hochschnellte.

Aber hier fanden sie, wie Max erwartet hatte, nichts. Vollkommen leer war der Kofferraum bis auf einen eingeschweißten Verbandskasten und da rief Max schon „Inspektion des Innenraumes, Ende!" in das Mikrophon, schlug die Heckklappe zu und gab dem Fotografen ein Zeichen, die Aufnahmen zu beenden. In diesem Auto war mehr nicht zu finden.

Fuchs wandte sich Delft zu. „Ein Könner, oder?"

„Ja." Delft riss seine Augen vom Volvo los, dessen Türen inzwischen alle wieder geschlossen waren. Ein Autowrack, das sein Geheimnis für sich behielt. „Max war schon während des Studiums ein brillanter Kopf, und ehrgeizig bis in die Haarspitzen!"

„Und ein hübscher Kerl!", ergänzte Fuchs.

„Hübsch?"

„Ja, finde ich." Er lächelte in sich hinein, doch Delft kam nicht mehr dazu, die Worte seines Kollegen zu kommentieren, denn in diesem Moment stieß Max einen erstaunten Pfiff aus.

„Oha, was haben wir denn hier? Da wäre mir beinahe was durch die Lappen gegangen!" Er winkte die beiden zu sich und deutete auf die Motorhaube, deren wirres Gestrüpp er gerade zur Seite geschoben hatte. Darunter kam schwarze Sprayfarbe zum Vorschein. Als Max die Haube vollends freigewischt hatte, starrten alle drei stumm auf die Buchstaben, die vor ihnen aufgetaucht waren: PERVERSE KIRCHENSCHWEINE!

Deutlich prangten die Worte auf der zerbeulten Motorhaube. Einen Moment herrschte atemlose Stille, dann hörte Delft hinter sich das Ehepaar Seidelmann flüstern, das neugierig nähergetreten war.

„Was zum Teufel bedeutet das?" Delft fand zuerst die Sprache wieder, nachdem Max schon den Fotografen heran gewunken hatte. „Nahaufnahme aus allen Perspektiven, Fred! Und Fingerabdrücke!" Hinter ihm zupfte Frau Seidelmann an seinem Hemd, ihre Miene eine Mischung aus Furcht und freudiger Erregung. „Herr Kommissar, ich wusste es schon lange! Hier geht es nicht mit rechten Dingen zu!" Sie senkte ihre Stimme zu einem verheißungsvollen Flüstern. „Sie treiben ihr Unwesen, seit sie hier eingezogen sind", raunte sie ganz nah an seinem Ohr. „Dieser Prediger und seine Jünger, sie schlachten Kinder, da bin ich sicher!" Ihr Atem roch nach Kräutertee. „Und jetzt haben sie sich auch das Ehepaar geschnappt! Die Kirche des Schweigens!" Ihre Stimme war kaum noch zu verstehen.

„Was für eine Kirche?", fragte Delft ungeduldig. Was fantasierte die alte Dame da?

Plötzlich stand Herr Seidelmann an seiner Seite. „Die Kirche des Schweigens!" Mit zittriger Hand zeigte der alte Mann an Delft vorbei hinüber zum Gutshof, der schweigend im Sonnenlicht lag. „Dort residieren sie!"

Kaum eine Stunde später bevölkerten Polizeimannschaften mit ihren Spürhunden die Umgebung rund um den alten Tangstedter Friedhof und sogar Männer der Freiwilligen Feuerwehr beteiligten sich an der Suche nach dem verschwundenen Ehepaar. In langen Reihen durchkämmten sie die angrenzenden Wiesen und Felder und selbst in den Gräben wurde jeder Stein umgedreht. Aufgeregte Spürhunde durchpflügten mit ihren Schnauzen jeden noch so versteckten Winkel, als würden sie die Nadel im Heuhaufen suchen; weiße Gipsabdrücke von Reifenspuren und Fußabdrücken leuchteten zwischen den alten Grabsteinen, das Dorf stand Kopf.

Im Handumdrehen hatten sich am Rand des Wirtschaftsweges Schaulustige versammelt und beobachteten das Treiben, während sie über den Verbleib der Münchs spekulierten. Manche Dörfler beteiligten sich sogar selbst an der Suche nach den Vermissten, andere brachten Getränke und Gebäck für die Suchmannschaften und versuchten sich zu erinnern, wann sie die Münchs zuletzt gesehen hatte, oder sonst irgendwelche Hinweise zu geben. Für die meisten war der Gedanke unerträglich, dass in ihrem friedlichen Dorf ein Verbrechen geschehen sein sollte, das ein junges Mädchen zur Waise machte.

Die Übertragungswagen zweier regionaler Fernsehsender hatten sich durch die Menschenmenge gedrängt und spuckten Reporter aus, die unter den Umstehenden schnell auskunftsfreudige Mitbürger fanden, die bereitwillig alle möglichen Spekulationen äußerten, während Journalisten mehrerer Zeitungen die Umgebung fotografierten und den Schaulustigen plüschige Mikrophone vor die

Gesichter hielten in der Hoffnung, bislang wohlgehütete Geheimnisse der Familie Münch aus erster Hand zu erfahren. Über Nacht war aus dem beschaulichen Dorf Tangstedt der Ort eines womöglich schaurigen Verbrechens geworden, an dessen Aufklärung sich jeder beteiligen wollte.

Delft und Fuchs standen am Rande des Geschehens und betrachteten missbilligend das Spektakel. Spätestens jetzt waren letzte Spuren verwischt, niemand hatte mit einem derartigen Ansturm von Schaulustigen gerechnet.

Inzwischen war der Volvo zum Kriminaltechnischen Institut nach Kiel abtransportiert worden und Max hatte Delft das Versprechen gegeben, dieses Unglücksgefährt noch am selben Tag auseinanderzunehmen, und zwar bis auf die letzte Schraube wie die Taschenuhr seines Großvaters, um einen Hinweis zum Verbleib der Münchs zu finden. Mit diesen Worten hatte sich sein alter Freund verabschiedet, nicht ohne von ihm das Versprechen einzuholen, sehr bald auf ein Bier in Kiel vorbeizukommen, "Wie in alten Zeiten, Hannes ..."

Die hektische Betriebsamkeit lenkte Delft von seinen eigenen Überlegungen ab und so zog er sich hinter die Absperrbänder zurück, um in Ruhe nachdenken zu können. Versonnen blickte er über die Felder zum Moor hinüber. Bedeutete das verlassene Auto der Vermissten, dass sie selbst bis an diesen Ort gefahren und dann einfach fortgegangen waren? Nicht einmal den Zündschlüssel hatten sie mitgenommen. Wo war ihr Gepäck abgeblieben? Was hatte es mit dem Geschmiere auf der Motorhaube auf sich? Perverse Schweine! Kirche des Schweigens! Das klang nach mehr als einer Glaubensgemeinschaft. Was hatten die Seidelmanns behauptet: dass sich dort eine Sekte traf? Mit derlei Anschuldigungen musste man vorsichtig umgehen, und was hatten die Münchs damit zu tun? Lauter offene Fragen. Bis zu diesem Zeitpunkt hatte Delft nichts von dieser Glaubensgemeinschaft gehört, aber eines war ihm klar: dass sich hinter dem Fall der Münchs mehr verbarg als Eltern, die sich einen frohen Lenz machen wollten und deshalb nicht aus dem Urlaub zurückgekehrt waren.

Er instruierte Fuchs, für eventuelle Hinweise aus der Bevölkerung noch vor Ort zu bleiben, während er selbst sich auf den Weg zu Ilvy machte, um ihr vorsichtig den Autofund beizubringen, bevor ein anderer es weniger schonend tun würde. Auf der Fahrt zum Haus der Münchs versank er in dumpfes Grübeln, die düstere Stimmung untermalt von Neil Diamonds „Home is a wounded heart". Fuchs' Worte gingen ihm nicht aus dem Kopf.

„Ein hübscher Kerl!", äffte er ihn in Gedanken nach und dachte daran, wie er Max beinahe hinterhergepfiffen hatte, als dieser seinen unförmigen Schutzanzug mit einem gekonnten Ruck ausgezogen und dabei einen durchtrainierten Körper präsentiert hatte, bevor er schwungvoll in sein Auto gestiegen war. Er warf einen kritischen Blick in den Rückspiegel. Nein! Er selbst war wahrlich *kein* hübscher Kerl! Welche Frau würde auf einen fast kahlen, eigenbrötlerischen Kommissar mit Frikadellenwampe schon Lust haben; auf jemanden, der vor lauter Sentimentalität seine Umzugskartons nicht auspackte und lieber vor der Glotze hing, als sein Leben in Ordnung zu bringen? Was hatte er zu bieten außer einer Sammlung sämtlicher Schallplatten und CDs von Neil Diamond und einem staubigen Regal mit Dutzenden gebundener Klassiker der Weltliteratur? Wen interessierte das schon? Da war nichts, das er vorweisen konnte außer einer mäßigen Vaterschaft, dazu noch der Hang, manchmal zu viel zu trinken. Was könnte eine Frau mit einem Mann anfangen, der immerzu das Bedürfnis hatte, sich der Welt zu entziehen?

Delft schnappte sich den Schokoriegel, den er vor wenigen Minuten an der einzigen Tankstelle der Gegend gekauft hatte, biss grimmig hinein und ließ die süße Karamellmasse auf der Zunge zergehen. „So ein Quatsch!", stieß er zwischen den Zähnen hervor, als er ein Gefühl von Neid und Eifersucht in sich aufkeimen spürte. Fuchs war schwul, aber er doch nicht! Warum also wurmte ihn die Bemerkung seines Kollegen beim Anblick eines „hübschen Kerls"? Er drehte die Musik lauter. Dann fiel ihm ein, was Fuchs gestern zu ihm gesagt hatte: „Du bist ein toller Mann, Hannes." Ja, genau. Zufrieden schmunzelte Delft in sich hinein. Aber was zählten schon Äußerlichkeiten? Hübsch, pah!

Vor ihm begann der Wald, er folgte der Straße und hielt schließlich am Pappelweg 36. Mit einem Blick zum dunklen Nachbarhaus fragte er sich, ob Erich Cordens seinen Rausch inzwischen ausgeschlafen oder sich schon in den nächsten hineingetrunken hatte, und stellte erstaunt fest, dass seit dem morgendlichen Besuch schon neun Stunden vergangen waren. Ein langer Tag lag hinter ihm, eigentlich Zeit, Feierabend zu machen, aber er war noch nicht so weit.

„Das macht keine Frau auf ewig mit ...", murmelte er und dachte wieder an Marlies. Genau das war der springende Punkt gewesen, deshalb hatte sie sich schließlich von ihm getrennt: wegen nicht endender Arbeitstage auf dem Hamburger Morddezernat, Wochenenden voller schöner Pläne, die in einem unerwarteten Einsatz platzten, verschobener Urlaube und Verabredungen und schließlich seiner Wortkargheit, wenn er innerlich leer vom Dienst heimgekommen war, für niemanden mehr erreichbar. Da hatte er sich nach Tangstedt versetzen lassen, in ein gemütliches Dorf mit plattdeutscher Theatergruppe, der er sich anschließen wollte. Marlies liebäugelte mit den Landfrauen, deren Verein hier voller Kreativität steckte, und war in der Hoffnung auf ein ruhigeres Leben mit ihm hierhergezogen. Doch er hatte sich gleich wieder in die Polizeiarbeit verbissen, deren dörfliche Banalität ihn oft langweilte und in Aggressionen trieb. Wütend schlug Delft mit der Hand auf das Lenkrad. Wie er sich selbst alles verdorben hatte. Nur nein hätte er ab und zu sagen müssen, sein Dasein nicht immer wieder der Arbeit opfern dürfen, gerade weil sie ihm so nebensächlich schien! Dann war er beim Haus der Münchs angekommen und stieg aus.

Während er den Garten durchquerte, wurde links neben der Eingangstür die Jalousie hochgezogen. Delft erkannt Ilvys Gesicht im Küchenfenster und noch bevor er klingeln konnte, riss sie die Haustür auf.

„Haben Sie sie gefunden?" Ihre Augen bohrten sich flehend in seine. Delft schüttelte den Kopf und trat ein.

„Deine Eltern haben wir leider nicht gefunden." Er blieb im Hausflur stehen und sah sie ernst an. „Aber ihren Volvo."

Ein erstickter Laut entfuhr dem Mädchen, sie schlug die Hände vors Gesicht und glitt an der Wand hinab. Delft beugte sich über sie und berührte behutsam ihre Schulter. Doch wild und voller Wucht begann sie, gegen die kleine Kommode zu treten, und stieß dann einen schmerzerfüllten Schrei aus, der in ein verzweifeltes Weinen überging.

„Steh auf, Ilvy, wir müssen reden!" Es dauerte einen Moment, bis sie sich beruhigte, doch dann ließ sie sich von ihm auf die Beine helfen, torkelte ins Wohnzimmer und sank auf das Sofa.

„Wieso nur das Auto? Wo sind meine Eltern?" Sie atmete so schnell, dass Delft befürchtete, sie würde jeden Augenblick hyperventilieren und in Ohnmacht fallen. Nicht das noch, dachte er und nahm ihr gegenüber Platz.

„Das Auto war leer, nur der Schlüssel steckte", begann er langsam. „Bis jetzt gibt es keine weiteren Hinweise, euer Volvo wird gerade von der Spurensicherung untersucht. Fingerabdrücke, Haare, DNA, jeder kleinste Hinweis, der uns weiterhilft, wird überprüft." Sein Blick ruhte auf dem verzweifelten Mädchen. Er spürte, wie die Informationen Zeit brauchten, in ihren Verstand einzudringen. Sie starrte vor sich hin, stammelte unverständliche Worte und wiederholte, was er gesagt hatte, um zu begreifen.

„Haben Sie die beiden Koffer gefunden? Oder die rote Handtasche meiner Mutter?", brachte sie mühsam hervor. „Sie war ein Geburtstagsgeschenk von mir." Erneut brach sie in Tränen aus.

Delft schüttelte den Kopf. „Leider nein, Ilvy. Wir haben nichts gefunden. Nur das Auto bis jetzt! Wir tun, was wir können!"

„Aber wo sind sie? Ich verstehe das nicht!" Sie wischte sich die Tränen fort und wiegte verzweifelt vor und zurück. „Sie können sich doch nicht in Luft aufgelöst haben!"

Dann stoppte sie unvermittelt in ihren Bewegungen und starrte Delft voller Entsetzen an. In ihren Augen konnte er lesen, dass gerade eine unfassbare Tatsache in ihr Bewusstsein sickerte, die der Fundort des leeren Autos mit sich brachte. Sie klebte wie ein Kaugummi an ihm, seit er durch die Tür dieses Hauses getreten war. Ilvy war intelligent, sie begriff sofort. Langsam öffneten sich ihre Lippen, die unumgängliche Frage zu stellen.

„Meine Eltern sind gar nicht auf Amrum, stimmt's?" Sie verschlang Delft mit ihren Augen. „Und ihre Anrufe und

Nachrichten kamen auch nicht von dort, oder?"

Er holte tief Luft und hielt ihrem Blick stand. „Es sieht alles danach aus, dass deine Eltern nicht auf Amrum waren, Ilvy." Er macht eine Pause. „Zumindest nicht mit ihrem Auto."

Schweigen hing in der Luft und in den Augen des Mädchens lag plötzlich ein Schmerz, der Delft an seinen eigenen erinnerte. An den Schmerz des Verlassenseins, der kaum auszuhalten war, und er hörte Ilvy flüstern: „Meine Eltern haben mich die ganze Zeit belogen, oder?" Jede Regung erstarb in ihrem Gesicht, als sie fortfuhr. „Sie haben mich einfach verlassen und sind abgehauen? Nur wo sind sie?" Ihre Stimme war jetzt rau wie Sandpapier und Delft spürte, wie jede Kraft aus ihrem Körper wich, jeder weitere Gedanke an das Unfassbare sie lähmte. Er konnte förmlich hören, wie in ihrem Inneren ein Schalter „klick" machte und auf pures Funktionieren umstellte. Überlebensmodus. Stocksteif erhob sie sich und ging wie in Zeitlupe in die Küche, füllte ein Glas mit Wasser, kehrte zurück, setzte sich. Sie hob ihr Gesicht und suchte in Delfts Augen nach Antworten, die er nicht geben konnte.

„Ich weiß nicht, was ich jetzt machen soll!" Ihr Gesicht war nur mehr eine ausdruckslose, undurchdringliche Maske. Sie blickte zu Boden, das Glas in ihrer Hand zitterte, Wasser schwappte über ihre Finger, sie bemerkte es nicht.

„Ilvy, wir suchen deine Eltern, bis wir sie gefunden haben!" Delft versuchte, Optimismus in seine Worte zu legen, und merkte gleichzeitig, wie wenig ihm das gelang.

„Sie wollen mich nicht mehr!" Der leere Blick des Mädchens wanderte zum Fenster. Draußen legte sich allmählich die Abenddämmerung über den Wald, der Himmel wie blauer Samt. „Machen Eltern das so? Fortgehen und das eigene Kind einfach alleine lassen? So tun, als würden sie es lieben, und dabei ist jedes Wort gelogen?" Langsam rollte eine Träne ihre Wange hinab und tropfte auf die makellose Bluse. "Ich bin ihnen egal, stimmt's?" Delft wusste nicht, was er ihr entgegnen sollte. Hatte sie womöglich recht mit ihrer Vermutung? Warum sollten Eltern ihrer Tochter täglich liebevolle Nachrichten aus dem Urlaub schicken und gleichzeitig von der Bildfläche verschwinden? Nichts passte zusammen.

„Wir können noch nicht sagen, was wirklich passiert ist." Schal wie abgestandenes Wasser schmeckten die Worte in seinem Mund und Ilvy schien sie nicht zu hören. Er ließ einige Momente verstreichen.

"Warum sollten dich deine Eltern verlassen, Ilvy?" Dieser Gedanke erschien ihm grausam, gleichzeitig war ihm bewusst, wie wenig er über die Familie wusste. Vielleicht war die Antwort auf diese Frage der Schlüssel zum Verschwinden der Münchs, jeder Schmutz und alles Böse konnte hinter der sauberen wohlanständigen Fassade verborgen sein. Was hatte Max immer gesagt, als sie noch studierten und blutige Berufsanfänger waren? „Je weißer, desto scheißer." Wie oft hatte sich dieser Satz schon bewahrheitet! Ob er auch hier, in diesem makellosen Haus zutraf, würde er herausfinden müssen. Aber jetzt war der denkbar schlechteste Zeitpunkt für seine Neugier, und so bohrte er nicht weiter. Ilvy blieb ihm eine Antwort schuldig, es schien, als hätte sie seine Frage überhaupt nicht gehört.

„Willst du heute woanders schlafen?" Behutsam versuchte er herauszufinden, was sie brauchte. Er hatte die plötzliche Idee, Margittas Obhut, ihre Herzlichkeit und ein gesundes Essen könnten dem Mädchen guttun. Doch ohne aufzublicken, schüttelte sie den Kopf. „Nein."

„Kann ich sonst irgendetwas für dich tun?" Herrgott, dachte er, sie ist noch ein Kind und muss erleben, wie ihre Welt zerbricht!

Mit ausdruckslosem Blick sah Ilvy ihn an. „Danke, ich komme zurecht." Ab jetzt schien sie für ihn nicht mehr erreichbar. Er hatte den Wunsch, sie aufzurütteln und dazu zu bringen, sich in ihren Schmerz fallenzulassen, zu schreien, zu toben, irgendeine Reaktion zu zeigen, die es ihm ermöglichte, etwas zu tun und ihre Schockstarre zu lösen. Die wächserne Selbstbeherrschung, ihr totaler Rückzug in sich selbst waren für ihn schwer auszuhalten, umso mehr, als ihn plötzlich wie ein Fausthieb die Erkenntnis traf, wie oft in den letzten Jahren Marlies genau das vergeblich bei ihm versucht hatte: ihn mit ihren Worten zu erreichen, während er immer verstockter wurde, so wie jetzt Ilvy.

Er entschloss sich, die Starre des Mädchens zu durchbrechen.

„Was weißt du über die Kirche des Schweigens?", konfrontierte er Ilvy jetzt damit. „Haben deine Eltern mit dieser Kirche etwas zu tun? Ich mein nur, weil das Auto in der Nähe gefunden wurde und der alte Friedhof so abgelegen ist, dass man nicht ohne weiteres dorthin kommt."

Ilvy reagierte erst nicht, dann zuckte sie mit den Schultern.

„Was soll das für eine Kirche sein?" Abwesend wanderte ihr Blick durch das Fenster in den dämmrigen Abendhimmel. Wie spät mochte es sein, fragte sich Delft und verspürte plötzlich nagenden Hunger.

„Auf dem Auto deiner Eltern standen die Worte: Perverse Kirchenschweine! Was bedeuten die Worte? Und wer könnte einen Grund haben, so etwas auf das Auto deiner Eltern zu schmieren?"

Ilvy schwieg, als hätte sie seine Worte nicht gehört. Es war genug für heute und er selbst merkte die Erschöpfung des langen Tages.

Zeit, Schluss zu machen.

„Ich möchte dich bitten, morgen früh in mein Büro zu kommen." Delft stand auf. „Dann reden wir weiter!" Nachdenklich betrachtete er die reglose, zierliche Gestalt. „Du hast meine Nummer. Ruf an, wenn du doch etwas brauchst."

Er seufzte und ging Richtung Haustür, als das Leben in Ilvy zurückzukehren schien. „In diese Kirche sind meine Eltern immer gegangen!", rief sie plötzlich, als er gerade die Klinke drücken und das Haus verlassen wollte. Er drehte sich zu ihr um. Wie ein schmaler Schatten stand sie im Türrahmen und schien um die Hälfte ihrer Größe geschrumpft, ein Kind, und noch niemals zuvor hatte ein so intensiver Blick ihn getroffen. Wut, Hass und Trauer war er in den Augen von Menschen schon begegnet, selbst Mordlust. Aber Ilvys hoffnungsloser Blick traf ihn so unerwartet, dass er alle Kräfte mobilisieren musste, um einen kühlen Kopf zu bewahren. Dieses Mädchen weckte Emotionen in ihm, denen er sich schutzlos ausgeliefert fühlte: Mitleid, den egoistischen Drang, sie zu beschützen und zu trösten und damit endlich etwas gutzumachen, was er bei seinem eigenen Sohn versäumt hatte - in der Not für ihn da zu sein.

Aber statt Vatergefühle für ein fremdes Mädchen zu entwickeln, sollte er besser mit klarem Verstand ihre Eltern suchen. Er war der ermittelnde Kommissar, musste Abstand und Objektivität wahren! So wie Max, als er das Auto inspiziert hatte. Fakten sammeln und verknüpfen, um herauszufinden, was mit den Münchs geschehen war. Stattdessen gab er sich Vatergefühlen hin, die ihm nicht zustanden. Wie unprofessionell, ermahnte er sich selbst und kehrte wortlos ins Wohnzimmer zurück, nahm Platz und wartete auf Ilvys Erklärungen.

„Sie sind schon ewig in dieser Kirchengemeinde", begann sie leise zu erzählen. „Sie tun Gutes und schweigen darüber. Daher rührt der Kirchenname. Man soll schweigen über seine guten Taten und bescheiden sein. Sie helfen anderen Menschen."

„Wie zum Beispiel eurem Nachbarn, Erich Cordens?"

Ilvy zögerte. „Ihm nicht unbedingt. Er trinkt und zerstört sich selbst!"

„Sie haben ihm sein Grundstück abgekauft, um ihr Haus darauf zu bauen. Das war mehr zu ihrem eigenen Vorteil als zu seinem, und er ist deswegen sehr böse mit ihnen. Aber macht sie das schon zu perversen Schweinen …?" Delft zweifelte an dieser allzu einfachen Erklärung.

„Ich weiß es nicht!"

„Die Kirche des Schweigens ist also eine ganz normale Kirchengemeinde voller mildtätiger, selbstloser Gutmenschen?", versuchte er erneut, etwas über die Gemeinde zu erfahren. Aber sein Ton klang ungeduldig, er könnte Ilvy verschrecken, jetzt, wo sie gerade bereit schien, sich zu öffnen. So holte er tief Luft, lenkte ein.

„Was denkst du darüber?", fragte er. „Gehst du auch in diese Kirche und tust Gutes?"

Ilvy schüttelte heftig den Kopf. „Nein, nicht mehr. Ich war als Kind oft dort, aber irgendwann hat es mir nicht mehr gefallen." Sie nahm einen Schluck Wasser und sah den Kommissar mit trotzigem Blick an, als wäre damit alles gesagt.

Delft glaubte ihr kein Wort. „Was hat dir nicht gefallen?"

Sie zögerte einen Moment. „Es ist eine strenge Kirche mit festen Regeln. Es wird viel gebetet. Sie nehmen ihren Glauben sehr ernst. Das war mir… zu viel!"

„Kennst du das alte Gutshaus?"

„Ja." Sie sah auf ihre gefalteten Hände. „Dort finden die Gottesdienste statt."

Delft ließ einen Moment verstreichen, bevor er seine nächste Frage stellte. „Kannst du dir vorstellen, dass deine Eltern sich dort aufhalten, in ihrer Kirche?" Er hielt Ilvy fest im Blick, doch in ihrem Gesicht war keine Regung zu erkennen.

„Nein", antwortete sie ohne Zögern. „Sie wollten einfach zwei Wochen Urlaub auf Amrum machen. Warum sollten sie sich in der Kirche verstecken und so tun, als wären sie woanders? Ich verstehe Ihre Frage nicht."

Ihre plötzliche Verwirrung wirkte echt auf den Kommissar. „Es ist nur eine Möglichkeit. Bisher haben wir keine Spur von deinen Eltern. Nur das Auto, und das steht in unmittelbarer Nähe des Gutshauses!" Ilvy versank in Schweigen, während er fortfuhr und sie mit den Tatsachen konfrontierte. „Kein Gepäck im Auto, der Zündschlüssel steckte, sie müssen den Wagen fluchtartig verlassen haben, alle Türen standen offen und niemand hat sie gesehen!" Er schwieg.

„Sie würden nie etwas Unrechtes tun!", brachte Ilvy nach einer Weile hervor und Delft spürte ihr Verlangen, ihre Eltern in einem guten Licht stehen zu lassen. Aber die Schmierereien auf dem Auto ließen noch eine andere Seite vermuten. Er erinnerte sich an die Worte der Seidelmanns, auch wenn er nicht glaubte, dass in der „Kirche des Schweigens" Kinder geschlachtet wurden. Trotzdem! Neben all dem Gutgetue musste es etwas geben, das ganz und gar nicht tugendsam und edel war, vielleicht sogar gefährlich.

Stocksteif saß Ilvy auf dem Sofa und wandte ihren Blick von Delft ab. „Ich möchte gern alleine sein", sagte sie unvermittelt und schien gegen die aufkommenden Tränen anzukämpfen, starrte auf ihre

Hände.

„Dann sehen wir uns morgen früh in meinem Büro?" Delft erhob sich, obwohl Ilvy nicht reagierte. Ganz sicher würde er heute kein Wort mehr aus ihr herausbringen. Ohne noch etwas zu sagen, verließ er das Haus, erfüllt von einem brennenden Gefühl des Versagens.

Als er die Haustür hinter sich schloss, lag über dem Garten bereits dunkle Nacht. Laut fluchend trat er gegen ein gestutztes Stückchen Hecke. Warum gab es nur Sackgassen in diesem Fall? Niemand hatte die Münchs gesehen, ihr Handy war immer noch nicht zu orten und seit Montag gab es keine Nachricht mehr, keinen Kontakt zu Ilvy, die allmählich verzweifelte.

Für heute hatte er genug: erst der betrunkene Erich Cordens in seinem verwahrlosten Haus, dann der Autofund ohne Spur der Vermissten, schließlich die Begegnung mit Marlies und obendrein mit Max, der so unerwartet aufgetaucht war und mit ihm eine Welle von Erinnerungen, die ihn fortzuschwemmen drohten.

Nur noch heim wollte er, eine frische Dusche, schlafen. Laut hallte es durch die nächtliche Stille, als er seine Autotür zuschlug. Aber vielleicht würde er bei Margitta noch eine Frikadelle bekommen, dazu ein kühles Bier, überlegte er mit einem Blick auf sein Handy. Es war fast Mitternacht, doch Margitta hatte immer Verständnis für seine Dienstzeiten!

Bevor er den Motor startete, sah er durch die Windschutzscheibe in den sternenübersäten Nachthimmel, der sich samten über den Baumwipfeln ausbreitete. Ringsumher herrschte Stille, nur wenige Fenster in den Häusern waren noch erleuchtet. Delft liebte diese Stimmung, ihre Mischung aus Einsamkeit und Ungestörtsein. Waren es nicht genau solche Momente, in denen Menschen entschieden, aus ihrem alten Leben zu verschwinden, ihr Auto stehen zu lassen, die Pässe zu verbrennen und irgendwo neu anzufangen?

Vielleicht hatten die Münchs genau das getan? Waren verschwunden und saßen gerade am anderen Ende der Welt bei einem Glas Wein, beglückwünschten sich zu diesem gelungenen Abenteuer, während ihre Tochter vor Verzweiflung und Sorge beinahe den Verstand verlor? Aber welche Eltern würden so etwas machen? Delft warf einen Blick hinüber zum dunklen Haus. Dort war Ilvy jetzt ganz alleine, dachte er beklommen. Sollte er doch nochmals zu ihr gehen? Für einen kurzen Moment war er versucht auszusteigen, wieder durch die Gartenpforte zu treten … als ein schwenkendes Licht im Rückspiegel ihn aus seinen Gedanken riss. Instinktiv glitt er tiefer in den Sitz, um nicht entdeckt zu werden. Da der Pappelweg nur spärlich beleuchtet war, konnte er nicht viel erkennen. Aber das Licht schien zu einem Fahrrad zu gehören und steuerte zielstrebig auf den Garten der Münchs zu! Wer mochte das sein? Delft legte die Hand an den Hebel der Fahrertür, bereit hinauszustürzen, um Ilvy zu beschützen, falls …

Im nächsten Moment erkannte er die schmächtige Gestalt des Jungen. Er hielt auf das Haus der Münchs zu und sauste mit präzisem Schwung an Delft vorbei auf die Garagenauffahrt. Ein anspringendes Flutlicht warf gleißende Helligkeit auf die Platten und Rasenkanten. David war zurück! Er lehnte sein Rennrad an das Garagentor und eilte den Gartenweg hinauf, wo ihn die Haustür verschluckte.

Das Ganze hatte kaum zwei Minuten gedauert. Vor der Garage erlosch das Automatiklicht so plötzlich, wie es angesprungen war, und Delfts Augen brauchten einen Moment, um sich wieder an die Dunkelheit zu gewöhnen.

Minutenlang starrte er in die Nacht und bewegte sich nicht. Gut, gut, sagte er leise zu sich selbst, Ilvy ist nicht allein.

Es drängt ihn plötzlich, diesen Ort zu verlassen, er hatte hier nichts mehr verloren. Eilig startete und wendete er den Wagen, schlug aber nicht den Weg zurück nach Tangstedt ein, sondern fuhr in Richtung Kieskuhle. Eine Sehnsucht ergriff von ihm Besitz, die größer war als sein Hunger und die Aussicht auf Margittas Frikadelle und ein kaltes Bier.

Sein Handy zeigte zehn Minuten vor Mitternacht. Kaum ein Mensch würde jetzt noch dort sein, höchstens Bekiffte, Verliebte und … Einsame, so wie er!

Die Wohnstraßen mit den wenigen noch erleuchteten Fenstern waren schnell passiert, dann folgte ein kurzes Stück Landstraße durch den dunklen Wald und schon steuerte er seinen alten Käfer in einen engen, zugewachsenen Weg. Äste schrammten über den Lack, der Wagen rumpelte über unebenen Boden, funkelnde, vom Scheinwerferlicht geblendete Tieraugen huschten verängstigt ins Unterholz. Neben einer wildwuchernden Hecke, hinter der seit Jahren ein kleiner Acker brachlag, stellte er seinen Wagen ab. Hier ging es nicht mehr weiter, selbst Fußgängern versperrte der Wald mit seinen Bäumen und dem dichten Untergehölz den Weg.

Delft öffnete den Kofferraum und griff nach seiner „Notfalltasche". Marlies hatte sie als seine besondere Macke stets akzeptiert. Wie viel Liebe und Respekt in dieser Akzeptanz immer gesteckt hatten. Denn Marlies hatte verstanden, wenn er hin und wieder eine Auszeit brauchte, ein, zwei Stunden nur für sich allein, ohne Forderungen und Verpflichtungen.

„Hannes trifft Hannes", so hatte sie es genannt und zärtlich gelächelt, wenn sie ihn mit dieser Tasche sah. Würde es je wieder eine Frau geben, die das genauso verstand und für einen kleinen Moment in seinem turbulenten Leben zur Seite treten würde, um ihrem Herzensmenschen diese intimen Stunden zu gönnen, ohne Angst, ihn daran zu verlieren?

Delft kämpfte sich einen Weg durch Gebüsch und Dickicht, bis er seinen Lieblingsplatz unter der mächtigen Trauerweide am Ufer gefunden hatte. Das Mondlicht malte eine silberne Schneise auf das schwarze Wasser. Dieser Ort unter den dichten Zweigen der Trauerweide war so weit vom gegenüberliegenden Ufer entfernt, dass niemand sie einsehen konnte. Dort drüben am Strand hatte er noch vor wenigen Stunden mit Jonas gelegen, aber die Erinnerung daran war jetzt weit weg.

Delft ließ sich in den Sand fallen. Die Arme der Trauerweide umfingen das Plätzchen wie ein schützender Vorhang und er lehnte sich an den Baumstamm. Über ihm schimmerten Sterne im wolkenlosen Himmel, im Ufergras schnarrten die Grillen. Sonst lag nächtliche Stille über Wasser und Wald.

Er öffnete die Tasche, entkorkte die Flasche australischen Shiraz, goss das alte Wasserglas seiner Großmutter halb voll und nahm einen Schluck. Aus einer zerknitterten Zigarettenpackung zog er eine Zigarette und trockener Tabak knisterte in der Flamme, als er die Zigarette anzündete. Tief inhalierte er den ersten Zug, spürte Nikotin durch sein Blut fluten wie einen Rausch und Rauch zog in den Himmel, als er genüsslich ausatmete. Es waren genau diese Momente, in denen er nur Hannes war, nicht mehr der Kommissar, nicht mehr der Ehe- oder jetzt Ex-Ehemann und Vater, selbst der ewige Zweifler in ihm gab Ruhe … Er sog den Zigarettenrauch ein und blies kleine Wölkchen in die sternklare Nacht. Mit ihnen verflüchtigten sich seine bösen Gedanken, die Sorgen, die Bitterkeit hinauf in den schwarzen Himmel und mit jeder Minute, die verstrich, fühlte er sich leichter. Rauchend und den Wein langsam genießend lauschte er der Musik, die aus seinem alten Kassettenrecorder mit den abgewetzten Kopfhörern kam. Neil Diamond war für diesen Moment zu fröhlich. Ein Bass dröhnte durch seine Ohren. Van Morrison sang „In the garden", und für zwei Stunden vergaß Hannes, dass er ein eigenbrötlerischer einsamer Kommissar war.

Er wurde wach, weil er fror. Aber vielleicht hatte auch das ohrenbetäubende Zwitschern der Amseln direkt über seinem Kopf ihn geweckt. Schlaftrunken blinzelte er ins Morgenlicht und versuchte, die Augen zu öffnen. Am gegenüberliegenden Ufer krochen erste Sonnenstrahlen durchs Geäst.

Neben ihm lag die leere Weinflasche im Sand und rief augenblicklich die Erinnerung an die vergangene Nacht in ihm wach. Verdammt, er musste eingeschlafen sein!

Steif kam er auf die Füße, klopfte sich den feuchten Sand aus der Kleidung und versuchte, vollends wach zu werden. In der Hoffnung, seinen alten Kassettenrecorder nicht durch die feuchte Kühle der Nacht ruiniert zu haben, klaubte Delft den Inhalt seiner Notfalltasche zusammen, tat alles hinein und stapfte zum Auto.

Sein Magen knurrte, wie spät mochte es sein? Sein Handy zeigte kaum mehr als vier Uhr. Plötzlich musste er schmunzeln. Wie ein Pfadfinder kam er sich vor. Wann war er das letzte Mal um diese Uhrzeit draußen wach geworden?

Im Auto fiel es ihm ein: Er hatte mit Jonas gezeltet, Vater und Sohn im Garten seiner Eltern im Alten Land. Romantisch war es gewesen mit lauter wilden Tieren in der Nacht vor dem Zelt, jedenfalls hatte das sein damals fünfjähriger Sohn geglaubt. Klamm und steif waren sie im Schlafsack wach geworden, als die Morgensonne aufging. Und plötzlich hatte Jonas genug vom Abenteuer, sich seinen Teddy geschnappt und war ins Haus in sein Bett weiterschlafen gegangen. Er selbst hatte sich in der Hofküche einen Kaffee gemacht und neben die Katze auf die Küchenbank gesetzt, die schnurrend sein Kraulen genoss. Damals war er glücklich gewesen.

Delft steuerte seinen VW durch den Wald, kein Mensch begegnete ihm zu dieser frühen Stunde. Die Bilder seiner Erinnerung verschwammen mit der Straße vor ihm. Er gähnte. Jetzt einen Kaffee und eine Dusche! In wenigen Stunden war er mit Fuchs am Gutshaus verabredet, bis dahin musste er in Form sein. Erfrischende Morgenluft wehte durchs Fenster. Allmählich erwachten seine Sinne und er sah das Haus der Münchs vor sich, das Flutlicht über dem Garten.

Ilvy fiel ihm ein, David und das Rennrad.

Kurzentschlossen änderte er seine Route und bog links in die Waldstraße ein. In der morgendlichen Stille klang der Motor seines Käfers fast wie ein Panzergeschwader und er fühlte sich wie ein Störenfried, als er schließlich vor dem Pappelweg 36 hielt. Was wollte er hier? Neugierig blickte er zum Grundstück der Münchs hinüber.

Auch hier regte sich nichts. Tau glitzerte auf dem Rasen vor dem Haus, Davids Rennrad stand unverändert am Garagentor. Er war also noch immer bei Ilvy und das Mädchen nicht allein, was Delft mit einer gewissen Beruhigung registrierte.

Obwohl er genug gesehen hatte, stieg er aus und schlich den Gartenweg entlang, umrundete lautlos das Haus. Alle Jalousien waren heruntergelassen. Kein Geräusch, kein Licht drang nach draußen. Alles schlief.

Gerade wollte er um die hintere Hausecke zurück zum Auto, da hörte er, wie es rechts neben ihm raschelte und knackte. Die Geräusche rührten von einem Strauch auf Cordens Grundstück. War der in seinem Suff durch den Garten getorkelt und hingefallen? Delft zwängte sich durch die niedrige Hecke auf das Nachbargrundstück und versuchte, zwischen dem Gestrüpp etwas zu erkennen. Im nächsten Moment stieß ihm jemand hart gegen den Rücken und er stürzte vornüber auf die Knie.

„Scheiße!", schrie er, denn er war in einen Brombeerstrauch gefallen, und rappelte sich hoch. „He, stehen bleiben!"

Er hörte Wimmern und das Rascheln von Ästen hinter sich.

„Wer ist da?" Delft drehte sich um und stand jetzt mit dem Rücken zum Brombeerstrauch, vor ihm eine gedrungene Gestalt, die wie ein ertappter Täter die Hände erhoben hatte und kein Wort hervorbrachte. Delft kniff die Augen zusammen.

„Horst?"

Der Angesprochene schwieg immer noch.

„Was machst du hier?" Horst starrte ihn an und schien erleichtert, als er ihn erkannte.

„Wenn Cordens böse ist, tut er Ilvy weh!"

Delft zerrte Horst am Schlafittchen an der Hecke vorbei zu sich heran. „Und du schleichst hier herum um diese Zeit und spionierst den Leuten hinterher? Du gehörst ins Bett!"

Horst duckte sich. „Nein, nein, Kommissar! Ich passe auf. Immer passe ich auf!" Wie um das Gesagte zu bekräftigen, zog Horst seinen Ärmel hoch und präsentierte Delft die Narbe am Unterarm, die er schon kannte.

Delft klopfte ihm beschwichtigend auf die Schulter. „Ist schon gut,

Horst. Aber übertreib es nicht!" Eifrig schüttelte Horst den Kopf. „Und das nächste Mal nicht gleich schubsen, hörst du?"

Horst nickte schuldbewusst und hielt Delft die Hand hin. „Freunde wieder?"

Er nickte und schlug ein. „Wie wäre es mit einem Polizeikaffee auf der Wache, Kollege?"

Horst grinste und stieg stolz zum Kommissar in den Wagen.

Die Dusche musste warten.

5. Oktober 2009

Liebste Alma,

ich bin so müde. Jeden Tag lerne ich bis spätabends, oft verpasse ich sogar das Abendessen und kriege dann nichts mehr. Mutter und Vater würden sich so freuen, wenn ich die Beste in der Schule bin. Sie sollen endlich wieder was Schönes in ihrem Leben haben. Gerad sind sie immer traurig, manchmal auch wütend. Es hört gar nicht auf. Gestern musste ich zwei Stunden vorn stehen, vor allen Leuten, und die schwarze Kutte tragen, auf der steht ICH HABE ALLE SCHULD AUF MICH GELADEN. Vorher haben sie mir die Haare abgeschnitten, Mutter und die Frau vom Priester. Als Opfer, wegen meiner Sünde, sagen sie. Wie soll ich jetzt zur Schule gehen? Ich sehe scheußlich aus. Aber Mutter nimmt mir sogar Tücher und Mützen weg, damit alle es sehen.

Und in der Schule lachen sie über mich. Was hab ich bloß getan?

Manchmal weckt Mutter mich nachts, dann muss ich im ganzen Haus mit eiskaltem Wasser die Fußböden schrubben. Wenn ich es nicht schaffe, weil mir die Finger steif frieren, oder ich weine, holt sie Vater. Sie nennen mich dann ihr SCHRECKLICHES KIND.

Wenn ich nicht artig bin, sagen sie, sie holen sie den Priester. Er würde mir das Dienen schon richtig zeigen. Ich hab solche Angst, Alma, was passiert dann mit mir? Ich darf über alles zu niemandem sprechen. Schweigen ist auch eine Regel, die wir alle befolgen müssen, sonst sterben wir, wie die kleine Miranda. Sie hat sich in der Bibelstunde vor Angst in die Hosen gemacht, als der Priester von der Hölle gesprochen hat, und das im Kindergarten erzählt. Und auch, dass sie mit den nassen Hosen zwei Stunden sitzen bleiben musste, niemand hat ihr geholfen. Dann ist sie krank geworden und ihre Eltern sind zu spät ins Krankenhaus gefahren. Sie glauben, ich weiß nichts davon. Aber ich habe es gehört, als Mutter davon geredet hat, dass es die gerechte Strafe für Miranda ist, an der Lungenentzündung zu sterben. Sie hat das Schweigegebot gebrochen. Wann kommst Du wieder? Bitte melde Dich, wir sind doch für ewig Schwestern, oder nicht?

Du fehlst mir so

In Liebe, für immer Fi!

Kapitel 6

Der starke Kaffee auf der Polizeiwache hatte die Geister der vergangenen Nacht vertrieben und inzwischen war Horst in seine Kammer über dem Dorfkrug verschwunden. Als Fuchs am Morgen das Büro betrat, hatte er jedenfalls nicht schlecht über die beiden Männer gestaunt, die aussahen wie zwei fröhliche Vagabunden nach einer durchzechten Nacht. Horst hatte ihm stolz erzählt, er sei jetzt auch ein Kollege und auf den Polizeiaufkleber an seiner Jacke gewiesen. Und Delft hatte Fuchs zugezwinkert, der sich sofort per Handschlag mit Horst verbündete.

Nur eine Stunde später stand Delft vor dem schmiedeeisernen Tor des Gutsgeländes und spähte durch die mannshohen Gitterstäbe in den menschenleeren Innenhof, als Cornelius Fuchs neben ihm einen bewundernden Pfiff hören ließ.

Das Gutsgebäude, das jedermann im Dorf kannte, war nicht mehr wiederzuerkennen, seit es vor acht Jahren vollkommen heruntergewirtschaftet den Besitzer gewechselt hatte. Der Enkel des letzten Gutsherrn hatte es nämlich vorgezogen, in Hamburg dem süßen Leben und dem Glücksspiel zu frönen, anstatt sich um Haus und Hof zu kümmern. Am Ende verfielen Gutshaus und Stallungen und mussten schließlich zu einem Spottpreis versteigert werden, um die Schulden des Lebemannes zu bezahlen. Doch jetzt erstrahlte das Anwesen in neuer Pracht.

Das Haupthaus war aufwändig instandgesetzt worden und beeindruckte mit einer weiß verklinkerten Fachwerkfassade. Links und rechts davon begrenzten die zu Wohnungen umgebauten Stallungen einen geschmackvoll angelegten Innenhof. In einem Rasenrund aus saftigem Grün, um das herum zwei Wege aus weißem Kieselstein bis vor das Eingangsportal des Haupthauses führten, prangte ein meterhohes Kreuz aus schwarzem Ebenholz. Delft trat zwei Schritte zurück und blickte zum Torbogen hinauf, der aus den drei prunkvoll verzierten

Buchstaben C.O.S. bestand und jeden Besucher unmissverständlich in Kenntnis setzte, wem dieser Besitz jetzt gehörte. Was bedeuteten diese drei Buchstaben? Delft beschloss, Fuchs darauf anzusetzen. Am Tor war ein Messingknopf eingelassen, den Delft jetzt drückte.

Kaum hatte er die Klingel betätigt, öffnete sich auch schon linkerhand die Eingangstür des umgebauten Stalls und ein schmächtiger Mann in grauem Anzug kam mit steifem Gang auf sie zu. Ein blütenweißer Stehkragen zwang ihn, erhobenen Hauptes geradeaus zu blicken; graumeliertes Harr umrahmte sein ernstes Gesicht. Delft schätzte ihn auf Mitte vierzig. Wortlos blieb der Mann vor dem Tor stehen und sah die Polizisten fragend an.

„Kommissar Hannes Delft, Polizei Tangstedt, und das ist mein Kollege Cornelius Fuchs." Der Mann verzog keine Miene. „Wir ermitteln im Fall des Ehepaares Münch und haben einige Fragen an Sie."

Erst jetzt ließ er sich zu einer Antwort herab. „Ja, ich habe davon gehört. Bitte kommen Sie herein!" Er öffnete das Tor und die beiden Polizisten betraten den Innenhof. „Verzeihen Sie bitte meine Zurückhaltung, aber wir bekommen nur selten unangemeldeten Besuch." Er reichte zuerst Delft, dann Fuchs die Hand. „Ich heiße Gerold Hansen und bin der Leiter dieser Kirchengemeinde. Bitte kommen Sie!" Mit einer einladenden Geste forderte er die beiden auf, ihm zu folgen. Der Kies knirschte unter ihren Füßen, als sie Richtung Eingangsportal marschierten.

Kaum hatte Delft den ersten Schritt über die Schwelle getan, als er sich augenblicklich ins Haus der Münchs versetzt fühlte. Auch hier herrschte die sterile Leere eines farblosen, lediglich funktionellen Raums ohne Bilder, ohne Pflanzen. In der Diele standen vier weiße Lederstühle ordentlich um einen kleinen Tisch herum, darauf ein Glaskrug mit Wasser und Gläsern. Gegenüber der Eingangstür, für Besucher nicht zu übersehen, prangte ein meterhohes, schwarzes Holzkreuz, ähnlich dem im Schlafzimmer der Münchs.

Hansen bot ihnen an, Platz zu nehmen, goss Wasser ein und setzte sich ebenfalls. Mit im Schoß gefalteten Händen blickte er die beiden erwartungsvoll an.

„Was kann ich für die Herren tun?"

Mit seiner aalglatten Höflichkeit wirkte er auf Delft so unnahbar wie Ilvy bei ihrer ersten Begegnung. Die Parallele weckte seine Aufmerksamkeit und ein Blickwechsel mit Fuchs ließ ihn vermuten, dass es ihm ähnlich ging.

„Gestern haben wir auf dem alten Friedhof das Auto von Doris und Matthias Münch gefunden", begann Delft ohne Umschweife. „Sie haben sicherlich davon gehört, dass das Ehepaar vermisst wird?"

Gerold Hansen schlug ein Kreuz vor seiner Brust und nickte mit bestürzter Miene. „O ja, davon habe ich gehört. Der Aufruhr am Friedhof war ja nicht zu übersehen! Es ist schrecklich!" Er entfaltete seine Hände und senkte den Blick.

„Wie wir wissen, gehören die Münchs zu Ihrer Gemeinde?", fuhr Delft unbeirrt fort.

„Ja, Doris und Matthias Münch gehören seit Jahren zu unseren tatkräftigsten und treuesten Mitgliedern", antwortete der Kirchenleiter eifrig. „Sie setzen sich unermüdlich für das Wohl der Menschen ein." Er zögerte kurz. „Woher wissen Sie, dass die beiden bei uns Mitglied sind?"

„Wie muss ich mir diesen unermüdlichen Einsatz denn praktisch vorstellen?", hakte Delft nach, ohne auf Hansens Frage einzugehen, und bemerkte einen Anflug von Unsicherheit im Gesicht des Mannes.

„Wir helfen Menschen, die in seelische Not geraten sind, zurück in ihr rechtschaffenes Leben", erklärte Hansen. „Wir zeigen ihnen Wege, die heilsam für sie sind, und lehren sie, sich fest im Glauben zu verankern, um ein gottgefälliges Leben zu führen." Offenbar zufrieden mit seinen Worten, atmete Hansen aus. Das klingt ja wie aus der Werbebroschüre einer Sekte, dachte Delft angewidert und zog sein Notizbuch hervor.

„Wann haben Sie das Ehepaar Münch zuletzt gesehen?" Er hielt den Bleistift gezückt und heftete seinen Blick auf Hansen, dem sichtlich unwohl in seiner Haut war.

„Das kann ich Ihnen genau sagen, Herr Delft!"

Er überging den arroganten Tonfall und sah dem Kirchenleiter gelassen in die Augen. „Das ist sehr gut, Herr Hansen!"

Hansen senkte den Blick und ein Lächeln kräuselte seine blassen Lippen. „Es war an dem Samstag, bevor sie in den Urlaub fuhren. Es muss der achtundzwanzigste Juni gewesen sein. An diesem Tag begann diese fürchterliche Hitze!" Jetzt starrte er Delft an, der sich ungerührt Notizen machte. „Wir hatten einen Abendgottesdienst gehalten. Danach sind sie nach Hause gefahren, um früh schlafen zu gehen. Sie wollten zeitig zur Fähre aufbrechen."

„Haben sich die Münchs aus dem Urlaub bei Ihnen gemeldet?"

„Nein, das ist bei uns nicht üblich."

„Was ist denn bei Ihnen üblich?", schaltete sich Cornelius Fuchs ein und registrierte den anerkennenden Blick seines Chefs.

„Hören Sie", versuchte Hansen einzulenken. "Wir sind eine

Gemeinschaft, die Menschen helfen will. Die Mitglieder kommen freiwillig zu uns, aber sie sind uns keinerlei Rechenschaft schuldig, wo sie ihre Zeit verbringen, wenn sie nicht bei uns sind!"

Da stockte er plötzlich, zögernd ging sein Blick zwischen Delft und Fuchs hin und her. „Sie glauben, ich habe etwas mit dem Verschwinden der Münchs zu tun? Das ist ein ganz und gar absurder Gedanke!" Seine Hand griff zum Wasserglas, er nahm einen hastigen Schluck und fuhr fort. „Ich bin wie übrigens die ganze Gemeinde, tief betroffen. Niemand von uns kann sich erklären, was geschehen ist. Die Münchs sind freundliche, unbescholtene Gemeindemitglieder, bei allen gern gesehen. Mir tut die kleine Ilvy leid! Wie soll sie diese ungewisse Situation bewältigen?" Er holte Luft.

„Auf dem Auto standen Worte, die an einen möglichen Zusammenhang mit Ihrer Kirche denken lassen!", ließ Delft die Katze aus dem Sack.

„Welche Worte?", entrüstete sich Hansen.

Delft registrierte eine nervöse Röte in dessen Gesicht.

„'Perverse Kirchenschweine' stand auf der Kühlerhaube." Delft ließ Hansen nicht aus den Augen. „Können Sie sich das erklären?"

Hansen schien für Sekunden in sich zusammenzusacken, doch dann richtete er sich auf, faltete seine Hände und trat unter das mächtige Kreuz an der gegenüberliegenden Wand. Als wolle er eine Predigt beginnen und suche nach den ersten Worten, blickte er hinauf und Delft konnte sehen, wie sein Rücken sich straffte. Dann drehte er sich um.

„Nicht jedem, Herr Kommissar, gefällt unsere Kirche. Längst nicht jeder will durch uns das Heil finden." Hansen breitete seine Arme aus. „Wir zwingen niemanden, sich uns anzuschließen, doch denjenigen, die beladen zu uns kommen, stehen die Türen offen. Viele arme Seelen suchen und wünschen gerade *unsere* Hilfe, weil sie woanders keine erfahren. Doch zu einem Leben in unserer Obhut gehört es, unsere Regeln zu befolgen." Hansen zögerte, bevor er weitersprach. Er wies auf das schwarze Kreuz und erhob seine Stimme.

„Wir sind kein Selbstbedienungsladen in Sachen Seelenheil. In unserer Gemeinde Mitglied zu sein bedeutet, Verantwortung für sich selbst zu übernehmen, Disziplin zu lernen und die Regeln zu befolgen. Darauf gründet sich der Erfolg unserer Kirche wie der unserer Gemeindemitglieder. Aber wie bereits erwähnt, Herr Kommissar ..." - abwehrend erhob er seine rechte Hand - „niemand wird dazu gezwungen!"

„Und wie lauten die Regeln Ihrer Kirche?", fragte Delft von dem ganzen Pathos unbeeindruckt.

Noch ganz im Bann seiner Rede, schien die profane Frage ihn zu überraschen. Doch schnell fing er sich.

„Wollen Sie Mitglied werden?" Er lächelte süffisant. Delft schüttelte den Kopf.

„Dann darf ich Ihnen unsere Regeln nicht anvertrauen!"

Die beiden Polizisten trauten ihren Ohren kaum. „Das ist kein Zwang, Herr Hansen ... sondern Erpressung!" Delft warf ihm einen provozierenden Blick zu und sah dann zu Fuchs hinüber, der verständnislos den Kopf schüttelte.

„Ganz und gar nicht, Herr Kommissar, es zeigt nur, wie ernst es den Menschen mit unserer Kirche ist! Ihre Bereitschaft, an uns zu glauben, ist der erste Schritt, um auf den richtigen Weg zu gelangen." Hansen hob den Kopf, Arroganz lag in der Geste. Dann fuhr er fort. „Die schonungslose Befreiung von Lüge und

Selbstbetrug ist das Ziel. Der Glaube an etwas Besseres, das kommen wird. Nur wer sich ganz und gar von seinen Sünden abwendet, sich lossagt vom Schein der äußeren Welt, der wird geheilt!" Aufrecht wie der Messias selbst stand der Kirchenleiter mitten im Raum und schwieg nun, als hätte er alles Nötige gesagt.

„Das heißt, zuerst muss man Mitglied werden, und erst dann weiß man, wozu man Ja gesagt hat?"

Hansen nickte. „Das ist der erste Schritt zu wahrhafter Läuterung! Verlasse dein altes Leben und vertraue!"

Einige Momente herrschte Schweigen, die flammende Rede hing wie eine Giftwolke im Raum. Delft nickte Fuchs zu, der die Aufforderung verstand, und sie erhoben sich.

„Hier meine Karte, Herr Hansen. Sobald Ihnen noch etwas einfällt oder Sie etwas hören, was für die Ermittlungen wichtig ist, melden Sie sich bitte bei uns!" Kommentarlos steckte der Kirchenmann die Karte in seine Jackentasche und dirigierte die Polizisten zum Ausgang. Als er die Tür öffnete, schlug ihnen grelle Hitze entgegen. „Ich hoffe, die Sache klärt sich bald auf", sagte er zum Abschied und hatte wieder seine steife Haltung angenommen. Nichts verriet mehr den leidenschaftlichen Missionar einer angeblich heilbringenden Glaubensgemeinschaft. Delft beschloss, diesen Mann im Auge zu behalten.

Gerade wollte er über die Türschwelle treten, da stöhnte Cornelius Fuchs plötzlich auf und hielt sich mit einer Hand am Türrahmen fest, die andere presste er gegen seinen Bauch. „Um Himmels willen, Fuchs, was ist los mit Ihnen?"

Der krallte sich an Delfts Schulter fest und kniff gequält die Augen zusammen, Schweißperlen bildeten sich auf seiner Stirn.

„Chef, ich wollte es Ihnen heute Morgen nicht sagen, aber ...!" Mit schmerzverzerrtem Gesicht wandte er sich zu Hansen um, der von der Situation völlig überrumpelt war. „Gibt es hier irgendwo eine Toilette? … schnell … ich …" Er griff sich wieder ächzend an den Bauch und Hansen, starr vor Schreck, zeigte auf einen Seiteneingang. Gekrümmt und unter lautem Stöhnen hetzte Fuchs in die gezeigte Richtung.

Delft trat nach draußen ins gleißende Sonnenlicht. Was konnte so plötzlich in Fuchs gefahren sein, bis eben schien ihm doch nichts zu fehlen. Besorgt schaute er zu dem Gang, in dem Fuchs verschwunden war.

„Tut mir leid, Herr Hansen, ich hatte keine Ahnung …", bemühte sich Delft um Verständnis für seinen Kollegen, doch mit keiner Miene ließ der Kirchenleiter erkennen, was er von diesem Zwischenfall hielt. Nur die Ungeduld nahm Delft wahr, mit der Hansen auf die Rückkehr seines Kollegen wartete. Scheinbar konnte es ihm nicht schnell genug gehen, dass sie das Grundstück verließen.

Ein unangenehmes Schweigen breitete sich zwischen ihnen aus. Doch endlich schlug eine Tür zu und ein schuldbewusster, aber offensichtlich von seiner Not befreiter Cornelius Fuchs trat aus dem Haus.

„Das war allerhöchste Zeit!" Er lächelte Hansen entschuldigend an. „Vielen Dank … und nichts für ungut!" Hansen nickte nur und begleitete die beiden wortlos zum Tor.

Erleichtert, der unbehaglichen, kalten Atmosphäre und Gerold Hansen mitsamt seiner Predigt entflohen zu sein, kurbelten sie in Delfts altem Käfer die Scheiben herunter, um die kühlere Luft ihres Schattenplatzes hereinzulassen.

„Was war denn das eben?" Fragend zog Delft seine Augenbrauen hoch. Fuchs hatte es sich mit triumphierendem Grinsen auf dem Beifahrersitz bequem gemacht und sah aus wie das blühende Leben.

„Alter Feuerwehrtrick, Chef!"

„Ach so! Von diesem Nils? Donnerlittchen!"

Fuchs nickte. Delft konnte sich ein ärgerliches Brummen nicht verkneifen. Derlei Aktionen gehörten zwischen Kollegen abgesprochen. In manchen Dingen war Fuchs eben doch noch ein junger, unerfahrener Kerl und seine Fantasie ging bisweilen mit ihm durch!

„Und? Hast du was entdeckt?"

„Das kann man wohl sagen! Im Haupthaus stand eine Tür leicht offen und ich dachte, vielleicht gibt es dort etwas zu sehen, das uns weiterbringt, und bin einfach rein … und Bingo!"

Delft versuchte nicht ungeduldig zu werden. Er wusste, wie sehr Fuchs derlei Auftritte genoss. „Nun sag schon ..."

„Der Raum war riesig …" Fuchs zog sein Handy aus der Hosentasche und hielt es Delft vor die Nase. Präzise Digitalfotos zeigten vier weißgekalkte Wände, die einen gewaltigen Kirchenraum mit Altar, Kanzel und einem überdimensional großen Holzkreuz umgrenzten. Stumm verfolgte Delft die Abfolge der Bilder und versuchte zu erfassen, was er da sah. Alle Fotos waren gleich, auf jeder der vier Wände prangte waagerecht in meterhohen, schwarzen Holzlettern ein einziges Wort.

SCHWEIGE

Darunter konnte man in kleiner werdenden Buchstaben drei weitere Worte entziffern, die ebenfalls Aufforderungen enthielten:

DIENE

OPFERE

BETE

Nach dem letzten Foto ließ Fuchs das Handy sinken. Minutenlang starrten sie schweigend durch die staubige Windschutzscheibe in den hitzeflirrenden Tag. Linkerhand lag das Gutsgelände, rechterhand der von der Spurensicherung vollkommen umgewälzte und durchpflügte alte Friedhof.

„Verdammt, was haben wir denn da am Wickel?", brachte Delft schließlich hervor und fuhr sich nachdenklich mit der Hand über die Stirn. „Das sieht mir eher nach einer fragwürdigen Sekte aus als einer menschenfreundlichen Kirche." Er startete den Motor.

„Schweigen ... das scheint ihre oberste Regel zu sein!" Er schnaubte verächtlich. „Und die anderen klingen genauso dubios. Diene ... opfere ... bete. Haben wir es hier mit modernem Voodoozauber zu tun?" Sein Blick wanderte erneut zum Gutshaus hinüber. „Fuchs, finde heraus, was die Buchstaben bedeuten! C.O.S. Ich fress einen Besen, wenn du da nicht fündig wirst!"

Er setzte schwungvoll zurück und der Straßenstaub hüllte den Wagen in eine dicke Wolke, die sie auf dem Schotterweg begleitete. Im Augenwinkel sah er Fuchs eilig eine Nachricht ins Handy tippen und voller Spannung auf das Display starren. Schon nach wenigen Minuten meldete der Ton einer Fahrradklingel eine eingegangene Nachricht.

"Volltreffer!", rief Fuchs. „C.O.S. ist die Abkürzung für `Church of silence`... ich habe gerade Nils ins Internet gejagt, weil es hier keine Verbindung gibt. Er hat es sofort gefunden!"

Wieder klingelte eine eingegangene Nachricht. „Nils schreibt, die Homepage liest sich wie die Gebrauchsanleitung einer Firma für Gehirnwäsche!"

Der Wagen rumpelte über den Wirtschaftsweg und lief erst auf der asphaltierten Straße ruhiger. „Und hier noch was, Chef: Gerold Hansen, Leiter der C.O.S., hat bis 2004 einer religiösen Kommune auf Amrum vorgestanden. Nach Differenzen mit den Insulanern ist er zurück nach Hamburg, bis er 2005 diesen Gutshof gekauft hat."

„Fuchs, du bist genial!" Delft nickte zufrieden. „Kann ich dich zu einem Mittagessen bei Margitta einladen, oder ist das zu viel für deinen ramponierten Bauch?" Sie wechselten einen amüsierten Blick.

„Gern, Chef. Ich habe Mordskohldampf, wenn ich ehrlich bin!"

Zwanzig Minuten später saßen sie auf der schattigen Terrasse des Dorfkrugs, jeder eine deftige Portion Holzfällersteak mit Salat vor sich, und gaben schweigend ihrem gesunden Appetit nach, bis schließlich Delft nach dem letzten Bissen das Wort ergriff.

„Ich verwette meine Neil-Diamond-Plattensammlung darauf, dass das Verschwinden der Münchs irgendwie mit dieser Kirche zu tun hat. Wie Hansen rumgedruckst hat, als ich ihn nach den beiden gefragt habe ... und dann die Schmierereien auf dem Auto. Da stimmt eindeutig was nicht." Er hielt kurz inne. „Vielleicht haben sich die Münchs mit der Kirche überworfen und sind bedroht worden, weshalb sie fliehen mussten", fuhr er mit einem Blick zu Fuchs fort. Trotz der neuen Erkenntnisse fand Delft noch keinen roten Faden in dem Fall. „Aber wer hat die Worte in den Lack geritzt? Sie selbst, als sie das Auto stehen ließen? Nur warum? Oder waren es ihre Entführer, vielleicht ihre Mörder ...?" Fuchs schwieg weiter, während er gedankenversunken seine Papierserviette zerknüllte. „Gibt es womöglich Verbindungen zwischen der Kirche des Schweigens und anderen Organisationen, die Profit aus ihrem Gutgetue schlagen? Jede noch so humane Organisation verfolgt schließlich irgendwelche finanziellen Interessen. Vielleicht haben die Münchs schmutzige Geschäfte aufgedeckt und mussten deshalb verschwinden?", sprach Delft inzwischen mehr zu sich selbst als zum Kollegen, als Fuchs plötzlich antwortete: „Ich glaube nicht an Entführer oder Mörder, Chef. Schließlich haben die Münchs zwei Wochen lang zuckersüße Heile-Welt-Botschaften an ihre Tochter verschickt. Irgendwo müssen sie stecken, fröhlich und vergnügt!"

„Trotzdem", sagte Delft, nachdem er ihm halbherzig zugestimmt hatte. „Dass die Nachrichten vom Handy ihrer Eltern gesendet wurden, beweist nichts. Da kann man bluffen, das weiß sogar ich. Ganz jemand anders kann diese Nachrichten geschrieben haben. Und noch etwas ist seltsam ..." Er hob den Blick in den wolkenlosen Himmel, als würden von dort alle Antworten kommen. "Das Mädchen hat nicht einen einzigen Anruf erwähnt. Also scheint sie in den zwei Wochen nie mit ihren Eltern gesprochen zu haben. Nur Textnachrichten. Ist schon merkwürdig, oder?" Fuchs nickte.

Eine Weile versank Delft in grübelndes Schweigen, aber dann stand sein Entschluss fest. „Ich fahre morgen nach Amrum und sehe mir die Ferienwohnung der Münchs an", sagte er. „Und ich werde die Hinrichsen noch einmal befragen. Sie scheint die Familie schon länger zu kennen, irgendwo muss eine Lücke sein."

„Soll ich mitkommen?" Fuchs schien nicht begeistert von der Idee eines Amrum-Trips, aber Delft wollte ihn auch gar nicht dabeihaben. Die Insel war für ihn mit so vielen Erinnerungen behaftet, die wollte er allein durchleben.

„Nein. Nimm dir lieber Erich Cordens noch mal vor und versuch herauszufinden, wie das Verhältnis zu den Münchs wirklich war. Gab es Krieg zwischen ihnen oder konnten sie sich nur nicht leiden? Was hat Ilvy bei ihm zu suchen gehabt? Cordens sagt, sie sei um seine Fenster geschlichen. Warum? Um ihn auszuspionieren?" Hatte er die nachbarschaftlichen Querelen unterschätzt und Cordens doch mehr mit dem Verschwinden des Ehepaares zu tun als bisher angenommen?" Er winkte die Kellnerin herbei und zahlte. „Behalt sie im Auge, während ich auf Amrum bin", sagte er wieder zu Fuchs gewandt. „Ich bin mir nicht sicher, ob sie so stabil ist, wie sie tut. Dieses Mädchen gibt mir Rätsel auf."

„Ja", bestätigte Fuchs erleichtert, nicht mit nach Amrum zu müssen, für ihn der Inbegriff von Langeweile und Ödnis. „Übrigens kam gestern spät noch eine Mail von Max aus Kiel, hast du sie gelesen?" Fragend sah er Delft an, aber der schüttelte den Kopf.

„Max schreibt, sie haben verschiedene Spuren auf dem Volvo gefunden", fuhr Fuchs daher fort. „Für den DNA-Abgleich braucht er Ilvys und Davids Fingerabdrücke, Speichel- und Haarproben, außerdem ein paar Gegenstände, die ihre Eltern benutzt haben. Kämme, Zahnputzbecher und so. Dann antworte ich ihm, dass er morgen kommen kann und ich ihn begleite?"

Delft erhob sich. Es beschlich ihn das Gefühl, dass Max und Fuchs einen Eifer an den Tag legten, der über dienstliche Belange hinausging, und er fühlte sich übergangen. "Ihr duzt euch?", fragte er. „Seit wann denn das?" Schweigend stiegen sie die Stufen zum Parkplatz hinunter und setzten sich ins Auto.

„Hat sich beim Mailen so ergeben", erklärte Fuchs lapidar und zurrte den Sicherheitsgurt fest. „Wir sind schließlich Kollegen", fügte er hinzu. „Eifersüchtig, Chef?"

„Auf was für komische Ideen du kommst." Delft schnalzte mit der Zunge und startete den Wagen. Verlegen spürte er, dass er rot wurde, als Fuchs ihn belustigt ansah, und kurbelte demonstrativ das Seitenfenster herunter. Was fiel Fuchs ein, ihm eine solche Frage zu stellen! Eifersüchtig? So ein Blödsinn!

Zurück im Polizeibüro, saßen Fuchs und Delft schweigend vor ihren Bildschirmen. Selbst Delft hatte sich überwunden, das Gerät anzuschalten, um Max' Zeilen zu beantworten. Schließlich war er der Chef und er konnte nicht immer alles Fuchs überlassen. Stolz, die erste Hürde genommen und zu seinen Emails gelangt zu sein, nahm er sich vor, irgendwann doch einen Computerkurs zu belegen. Er war froh, dass Fuchs nicht annähernd wusste, wie unbeholfen er tatsächlich am PC war. Alles Technische versetzte ihn in Ungeduld und verursachte ihm schlechte Laune. Warum konnte sein geliebtes Ledernotizbuch nicht ebenso effizient die wichtigsten Daten sammeln wie eine Datei? Aber so war es offenbar und er musste sich eingestehen, dass seine Abneigung gegen alles Technische auch eine Ausflucht war, da er Angst hatte, dass der Zug, es noch zu lernen, für ihn abgefahren war.

Als Delft zu Fuchs hinüberschaute, erkannte er auf dem Bildschirm die Seite der Church of Silence. Wie versunken starrte Fuchs darauf, als würde sie ihm helfen, die Begegnung mit dem Kirchenleiter Hansen besser zu verstehen. Sein ausweichendes Verhalten und die Geheimnistuerei um seine Kirche rückten ihn neben Cordens in den engeren Kreis der Verdächtigen. Es war nicht schwer, sich diesen leidenschaftlichen Mann im Affekt vorzustellen, wenn es darum ging, seine Glaubensgemeinschaft zu verteidigen. Notfalls mit allen Mitteln.

Fuchs wechselte die Seite und holte sich die Suchmeldungen auf den Bildschirm. „Ist es nicht merkwürdig, dass bis jetzt keinerlei Hinweise aus der Bevölkerung eingegangen sind?"

„Stimmt", antwortete Delft und erinnerte, dass nicht einmal die

Arbeitskollegen der Münchs sich gemeldet hatten.

„Niemand scheint sie zu vermissen, als hätten sie nie existiert! Oder aber ...“ - Fuchs zögerte einen Moment - "es sind alle froh, dass die Münchs nicht mehr da sind?“

Delft seufzte nachdenklich. „Etwas Ähnliches hat Jonas auch behauptet!“ Dann stockte er. Jonas! Augenblicklich fiel ihm der überstürzte Aufbruch an der Kieskuhle ein und sein Herz begann zu rasen. Wie hatte er ihn vergessen können! Hatte Jonas ihm nicht etwas Wichtiges mitteilen wollen? Er war eben doch ein schlechter Vater. Ohne weiter auf Fuchs zu achten, griff er sein Handy und wählte Jonas' Nummer, aber es sprang nur die Mailbox an. Delft fluchte und klappte frustriert das Handy zu.

„Was ist los, Chef?“ Fuchs sah ihn fragend an.

„Ach, nichts weiter!“, log er und beschloss, Jonas eine Mail zu schreiben. Hoffentlich würde er sie heute noch lesen! Er spürte Fuchs' bohrenden Blick auf sich ruhen, während er mit schweren Fingern Jonas in holprigen Worten zu erklären versuchte, warum er sich erst jetzt meldete. Natürlich wolle er wissen, was sein Sohn ihm gestern hatte sagen wollen. Er melde sich erst jetzt, weil ... zu viel zu tun, mitten in den Ermittlungen, die Hitze ... Aber keine seiner Erklärungen war überzeugend, nur fadenscheinige Ausreden, und so löschte er alles wieder, voller Wut auf sich selbst. Die Wahrheit war: Er hatte es vergessen und so sollte es ihn nicht wundern, wenn Jonas ihm nie wieder etwas anvertrauen würde. Als Vater war er ein erbärmlicher Versager!

Noch einmal wählte er Jonas' Nummer, wartete diesmal den Piepton ab und stotterte die Bitte nach einem Rückruf auf die Box. Er fühlte sich elend und blickte ratlos auf den schwarzen Computerbildschirm. Fuchs sah ihn besorgt an.

„Quäl dich nicht, Chef. Jonas wird dir nicht die Vaterschaft kündigen, nur weil du ihn nicht rund um die Uhr auf Sendung hast!" Verlegen sah Delft zu Fuchs hinüber und schwieg. War es ihm so deutlich anzusehen, welcher Kampf in ihm tobte? Er hatte einen Kloß im Hals. Fuchs schien auch das zu bemerken und wechselte schnell das Thema.

„Ich fahre gleich morgen früh zu Cordens, vielleicht ist er diesmal nüchtern", sagte er, doch Delft hörte nur mit halbem Ohr zu. „Vielleicht sollte ich Max gleich mitnehmen", überlegte Fuchs laut weiter, ohne eine Antwort abzuwarten. "Wer weiß, was wir bei Cordens finden? Dann kann Max auch gleich bei ihm Fingerabdrücke ..."

Da fuhr Delft mit einem plötzlichen Ruck aus seinem Stuhl auf und raffte hektisch Notizbuch und Handy zusammen. „Fuchs, ich überlasse dir das Büro! Vielleicht erwische ich noch die letzte Fähre nach Amrum." Er griff in die Hosentasche und warf ihm sein Schlüsselbund zu. „Ich hab hier einfach keine Ruhe mehr!"

Verblüfft wegen des überstürzten Aufbruchs fing Fuchs dennoch geschickt die Schlüssel auf und steckte sie ein. „Geht klar, Chef! Mach dir keine Gedanken, ich halte hier die Stellung!" Er vermied es, Delft direkt anzusehen, als er hinzufügte: „Ruf an, wenn du was rausfindest oder mich brauchst!"

Die Hand schon an der Klinke, drehte Delft sich noch einmal zu ihm um. „Danke, Cornelius, du bist ein toller Kollege!", murmelte er leise und dann war er aus der Tür.

Über Deich und Salzwiesen lag bereits die Dämmerung und rosa leuchtete der Abendhimmel, als Delft Stunden später den Hauke-Haien-Koog Richtung Dagebüll entlangbrauste. Sein alter VW

Käfer war lange Strecken mit hohem Tempo nicht mehr gewohnt, der Motor knatterte und die Anzeige der Motortemperatur bewegte sich allmählich in den kritischen Bereich. Entlang der schmalen Uferstraße dösten wollige Schafe im Deichgras, deren herber Geruch sich mit der salzigen Seeluft mischte und endlich sein erhitztes Gemüt beruhigte. Er war dankbar, dass Fuchs ihn, ohne weitere Fragen zu stellen oder, schlimmer noch, kluge Ratschläge zu geben hatte ziehen lassen. Natürlich kannte Fuchs die Stürme in seinem Inneren, wenn es um Jonas und seine Noch-Ehefrau ging, schließlich arbeiteten sie tagein, tagaus zusammen und da bekam man viel vom anderen mit. Allerdings bewies Fuchs mehr Takt und Feingefühl, als Delft selbst jemals besitzen würde. Im rechten Moment schwieg Fuchs oder sagte einfach das Richtige. So wie vorhin!

Delft passierte das Ortsschild von Dagebüll und bog links ab. Gleich würde der neue Fährparkplatz auftauchen und er könnte endlich seinem heißgefahrenen Auto die Ruhe gönnen, die es so nötig brauchte. Er würde es hier stehen lassen und bald die Fähre Richtung Amrum besteigen. In Gedanken bestellte er bereits beim Kellner der Fährgesellschaft Erbsensuppe mit Würstchen und Pommes, wie in alten Zeiten, wo ihr Urlaub mit diesem Ritual stets begonnen hatte. Pommes für Jonas, für ihn die Suppe, für Marlies das Bauernfrühstück, und anschließend für sie beide einen heißen Pharisäer und für Jonas einen Kakao. Während sie Amrum entgegenschaukelten, spielte Jonas im Bällebad an der Treppe zum Außendeck, wo sie später alle zusammenstanden und nach ihrer Lieblingsinsel Ausschau hielten, bis der Leuchtturm am Horizont auftauchte.

„Moin, moin", krächzte eine friesische Stimme an sein Ohr und eine blaue Pudelmütze mit aufgesticktem Anker lugte in sein Autofenster. „Für wie lange wollen Sie denn wohl hier parken?" Delft erschrak.

„Zwei Tage wahrscheinlich", antwortete er schnell und klaubte Geld aus der Tasche.

"Denn man schönen Aufenthalt bei uns!", erwiderte die Pudelmütze freundlich, gab Wechselgeld und das Parkticket heraus und schlenderte weiter zum nächsten Neuankömmling auf dem Parkplatz.

Delft stieg aus und sofort zerrte die steife Seebrise an seiner Kleidung, brachte ihn kurz ins Wanken, bis er sich gegen den Wind stemmte. Von der Hitze in Tangstedt war hier an der Küste nichts zu spüren. Trotz der sommerlichen Temperaturen war es angenehm frisch. Mit einem befreiten Gefühl sog er die Luft tief in seinen Brustkorb und atmete wohlig aus. Ein Blick auf sein Handy zeigte ihm, dass ihm genügend Zeit blieb, um zu Fuß zum Anleger zu gehen. Noch nie hatte er sich mit dem Shuttlebus anfreunden können, in dem die Feriengäste dicht gedrängt saßen und die wenigen Meter bis zur Fähre schaukelten, die Koffer eng an sich gedrückt, die Rucksäcke mit denen des Nachbarn verkeilt. Wie viel erholsamer war der kurze Gang über den Deich! Also griff er seine Reisetasche, verschloss das Auto und marschierte gegen den Wind den Deichweg hinauf, hinter dessen einziger Kurve der Anleger lag.

Am Schalter besorgte er sich eine Fahrkarte, stellte sich an die Absperrung und sah dem bunten Treiben bei der Ankunft der gerade aus Föhr eingelaufenen kleinen Fähre zu. Die *Friesland* spuckte braungebrannte Urlauber aus, vollbeladene, wankende Campingwagen und Dutzende Fahrräder aller Art und Größe. Möwen kreisten laut schreiend über ihren Köpfen, die Fährmänner brüllten in raubeinischem Friesisch ihre Anweisungen gegen den Wind, um die Autofahrer geordnet vom Schiff zu leiten, und wechselten vielsagende Blicke. Zu gern würde Delft einmal bei einem starken Grog den Geschichten lauschen, die sich diese Männer am Abend erzählten.

Kaum war das letzte Auto polternd über die Ladeluke an ihm vorbeigefahren, winkte der Fährmann und die Schlange der Reisenden wälzte sich auf das Schiff. Er reihte sich ein, ließ seine Fahrkarte entwerten und betrat den schwankenden Schiffsboden. Die Trennung vom Festland war für ihn jedes Mal ein magischer Moment. Wie ein Glücksrausch ergriff ihn das Gefühl im Bauch des Schiffes, das ihn über die Nordsee auf *seine Insel* bringen würde, fort von allem, was Alltag bedeutete, und hinein in eine Zeit angefüllt mit dem Erleben von Sturmwind, Ebbe, Flut, Sonne und Watt, vom zänkischen Gackern der Austernfischer und dem Kreischen der Möwen begleitet, dazu Seehunde, die sich im Sand räkelten, und mit Glück ein in Strandnähe auftauchender Schweinswal. Als die Schiffshupe mit ohrenbetäubendem Lärm das Auslaufen Richtung Amrum ankündigte, fühlte er seine Lebensgeister erwachen.

Über eine Metalltreppe ging es hinauf in den Passagierraum, der sich über das gesamte Zwischendeck erstreckte. Viele Plätze an den Fenstern waren bereits mit johlenden Kindern und ihren mit Gepäckstücken beladenen Eltern besetzt. Delft ergatterte einen kleinen Nischenplatz am Ende des Raumes und ließ sich in das abgeschabte Polster fallen. Durch das große Panoramafenster sah er auf die sanfte Dünung des Wassers in der Abenddämmerung und entdeckte eine leuchtend rote Boje, die auf den mittlerweile fast schwarzen Wellen tanzte.

Wie sehr hatte er diesen Blick über das Meer und die Zeit auf der Insel vermisst! Sein letzter Amrumurlaub war mehr als vier Jahre her, Jonas damals noch fast ein Kind und Marlies als Frau an seiner Seite. Wie aus einer weit entfernten Vergangenheit tauchte das Bild in ihm auf und doch schien es so nah, als sei es gestern entstanden. Die zerlesene Speisekarte auf dem Tisch vor ihm war noch die gleiche wie damals. Obwohl er kaum Hunger hatte, blätterte er darin und bestellte schließlich Erbsensuppe und einen Pharisäer. Heißer Kaffee mit Rum und Sahne war jetzt genau das Richtige!

Vor dem Fenster legte sich zügig die Nacht über die Nordsee und Delft ging nach dem Essen an Deck, um frische Luft zu schnappen. Noch eine Stunde bis zur Ankunft! Er konnte es kaum erwarten.

Frau Hinrichsen hatte am Telefon versprochen, ihn in Wittdün von der Fähre abzuholen, Fritzi müsse um diese Zeit sowieso noch einmal vor die Tür, das passe gut und er könne auch in der Münch`schen Wohnung übernachten, die anderen Fremdenzimmer seien zu dieser Zeit alle belegt. Sie habe schon sein Bett bezogen und Handtücher bereitgelegt. Wenn er noch Abendessen wünschte, dann könne er … Delft hatte ihren Redefluss gestoppt und war gerade noch dem Versprechen entgangen, sich um die Blumen auf dem Balkon zu kümmern. Am Ende hatte sie verstanden, dass er nicht zur Erholung auf die Insel kommen würde, sondern um im Fall Münch zu ermitteln, und sich zu einem „Verhör", wie sie es nannte, bereit erklärt. „Ich werde alles tun, was in meinen Möglichkeiten steht, um den Banditen das Handwerk zu legen", verkündete sie nicht ohne Stolz, seit Jahren verfolge sie schließlich regelmäßig die Sendung „XY-Ungelöst" und wisse daher, wie wichtig die Mithilfe der Bevölkerung sei. Delft verspürte schon jetzt wenig Vergnügen bei dem Gedanken, dieser Frau und Fritzi zu begegnen.

Auf dem Außendeck lehnte er sich an die Reling und blickte hinaus in die schwarze Nacht. In die Seeluft mischte sich der Geruch von Maschinenöl und Auspuffgasen vom Unterdeck, trotzdem atmete er tief ein und aus, bis ihm fast schwindlig wurde. Die schäumende Gischt am Bug leuchtete phosphoreszierend, ruhig glitt das Schiff durch das dunkle Wasser. Als Delft den Blick zum Nachthimmel hob, erkannte er das Sternbild des großen Wagens. Aus dem erleuchteten Passagierraum drang gedämpftes Gemurmel, während viele Fahrgäste in den Sitzen dösten, wahrscheinlich froh, bald das Ziel erreicht zu haben. Delft seufzte, es ging ihm ebenso. Doch noch waren die Lichter des Amrumer Leuchtturms in der Schwärze der Nacht nicht zu sehen.

Da klingelte sein Handy. Er sah auf die Anzeige, bevor er abhob. Jonas! Sein Herz machte einen Sprung.

„Hallo Dad, wo bist du gerade? Es rauscht im Hintergrund, etwa die Niagarafälle?" Jonas lachte.

Mit drei kurzen Schritten trat Delft in eine ruhigere Ecke hinter Rettungsring und Schlauchboot. „Ich bin auf der Fähre nach Amrum, wo ich eine Wohnung untersuchen muss. Es geht um den Fall ..." Sein Gehirn arbeitete auf Hochtouren, was interessierte Jonas sein Fall? „Jonas, hör mal, ich war gestern so schnell weg und du wolltest mir etwas sagen ... ich ... es tut mir leid!" Er stockte, der Empfang war schlecht.

„Ja, Dad, wollte ich, war auch echt wichtig, aber nicht jetzt am Handy!" Er hörte Jonas seufzen. Klang er verzweifelt? „Ich wollte mich morgen mit dir treffen, aber dann bist du bestimmt noch auf Amrum, oder?" Delft hörte die Enttäuschung in seiner Stimme. „Ich hätte auch mit dir kommen können", sagte Jonas nach einem kurzen Zögern. „Das wäre cool gewesen, ich habe ja Ferien!" Delft wusste nicht, was er erwidern sollte, wütende Verzweiflung packte ihn. Warum fielen ihm die einfachsten Dinge nicht ein?

„Ich versuche, morgen rechtzeitig zurück zu sein, und dann treffen wir uns … vielleicht auf ein Steak bei Margitta, so ganz unter Männern?" Er spürte, wie verkrampft und notdürftig sein Vorschlag klang, und ihm war elend zumute vor lauter Hilflosigkeit. Was sollte er sagen, um die Situation zu retten? Während er noch überlegte, hatte Jonas sein Dilemma erkannt und fasste es auf seine Art in Worte.

„Dad, das stresst doch nur …", sagte er. „Vielleicht findest du eine Spur und kommst dann nicht weg …? Nein, lass mal stecken und wir verschieben unsere Verabredung. Und wenn schon essen, dann lieber Italienisch!" Er schwieg einen Moment „In der Trattoria Antonella kochen sie lecker."

Delft wollte etwas entgegnen, aber ihm fiel nichts ein. Er spürte, dass Jonas auf ein Wort von ihm wartete, doch sein Gehirn sendete nur Rauschen und Piepsen, nichts, was als Antwort taugte. Er hörte Jonas einen tiefen Atemzug nehmen, bevor er das Gespräch beendete. „Dann melde dich, wenn du wieder an Land bist", sagte er, um einen lockeren Ton bemüht. „Tschau …"

Das monotone Tuten der freien Leitung klang wie der finale Nulllinienton einer lebenserhaltenden Maschine, bevor sie abgeschaltet wird. Delft steckte das Handy in die Hosentasche und sah sich um, niemand außer ihm war an Deck.

Voller Wucht trat er gegen das kleine Rettungsboot direkt vor ihm und brüllte seine Verzweiflung heraus, genau in dem Augenblick, als die Schiffshupe mit ohrenbetäubender Laustärke die Ankunft in Wittdün verkündete.

133

7. September 2010

Liebe Alma,

ich halte es nicht mehr aus!

Den ganzen Tag haben sie mich in der Finsternis eingesperrt. Zuerst brannte noch die Kerze, aber als sie ausging, war es schwarz um mich her.

Ich sollte beten, das habe ich getan. Und ich sollte dienen, das habe ich auch getan. Jeden Tag vor der Schule einen anderen Raum geputzt. Doch so schmutzig kann es gar nicht sein, dass ich jeden Tag schrubben und saubermachen muss, aber sie zwingen mich dazu. Nie reicht es ihnen.

Todesangst hatte ich da unten.

Und Hunger und Durst.

Ich dachte, jetzt lassen sie mich da sterben, und bin inzwischen gewiss, sie wollen mich töten.

Nur warum, Alma, warum?

Bitte verlass mich nicht
In Liebe immer und ewig
Deine Fi

Kapitel 7

Die *Friesland* verlangsamte ihre Fahrt, um für das Anlegemanöver zu wenden. Die Schiffsschraube wirbelte Schlick durch das nachtschwarze Wasser. Als die Lichter von Wittdün immer näherkamen, entdeckte Delft eine gedrungene Frauengestalt an der Mole, die einsam im Lichtkegel einer Laterne stand. Das musste Frau Hinrichsen sein, der Pudel zu ihren Füßen, der mit lautem Bellen auf sich und sein Frauchen aufmerksam machte, schloss jeden Zweifel aus. Die graue Dauerwelle mit einer Plastikregenhaube gegen den Wind geschützt, wartete die Frau und hielt eine rosa Strickjacke vor ihrem üppigen Busen zusammen. Die Hundeleine war bereits mehrfach um ihre Beine gewickelt.

Delft stand während des Anlegemanövers der *Friesland* an der Reling und beobachtete, wie die Frau immer wieder umständlich aus den Schlaufen der Leine stieg. Fritzi, der aufgeregte Zwergpudel, ignorierte ihre Beruhigungsversuche, kläffte und drehte weiter seine wilden Runden um Frauchens Beine. Delft beschlich der Gedanke, dass Frau Hinrichsen und ihr Hund ihm den letzten Nerv rauben würden, und er betrat Amrum mit gemischten Gefühlen, als er im Pulk der übrigen Fährgäste über die Schiffsrampe wankte.

Jetzt, eine Stunde vor Mitternacht, war es stockfinster und der Pier bis auf die Neuankömmlinge menschenleer, die Insel schlief bereits. Er straffte seine Schultern und trat auf Frau Hinrichsen zu, die sich von der Hundeleine befreit hatte und ihn anlächelte.

„Herr Kommissar Delft?", fragte sie, und als er nickte, begrüßte sie ihn mit unterkühlter Herzlichkeit. „Willkommen auf Amrum!" Fritzi zu ihren Füßen verstummte für Sekunden, um dann mit atemlosem Gebell umso lauter mitzuteilen, dass ein Fremder sein Frauchen bedrohte. „Und das ist mein Fritzi!" Besänftigend strich die alte Dame ihrem Liebling über den Kopf, was den Hund vollkommen zur Raserei brachte. Delft zog ein kleines Bündel aus seiner Reisetasche, entfaltete ein Stofftaschentuch und warf Fritzi ein Stück Bockwurst hin, auf das er sich ohne Zögern stürzte. Frau Hinrichsen war gerührt.

„Aber Herr Kommissar, das wäre doch nicht nötig gewesen!", wehrte sie ab und sah glücklich ihrem Pudel zu, der sich schwanzwedelnd über den Leckerbissen hermachte. Delft lächelte, als er in den kleinen Fiat stieg und Frau Hinrichsen das Auto startete.

Während der ganzen Fahrt sagte sie kein Wort. Eingequetscht auf dem winzigen Sitz überlegte er, ob es wohl an der späten Stunde lag, dass Frau Hinrichsen schwieg, als sie die einzige Inselhauptstraße entlangfuhr, den Blick stur in die Nacht gerichtet. Fast eingeschüchtert wirkte sie, während ihr Redefluss am Telefon nicht zu stoppen gewesen war. Hatte das etwas zu bedeuten?

Schließlich hielten sie am Sanddornweg vor einem schmucklosen, roten Backsteinhaus. Selbst im Dunkeln wirkte es auf Delft wie ein langweiliger Klotz, der nicht zu den Friesenhäusern ringsumher passen wollte.

Als Frau Hinrichsen die hintere Heckklappe öffnete, hüpfte Fritzi von seiner müffelnden Decke auf dem Rücksitz und verschwand durch die Hundeklappe des Hintereingangs. Frau Hinrichsen trabte hinterdrein und bat Delft in ihre Küche, wo zu seinem Erstaunen frischgebackene Kekse und eine Kanne dampfenden Tees unter einer gehäkelten Teemütze parat standen.

Sie setzten sich und endlich kam Leben in die alte Dame.

„Herr Kommissar", begann sie fast schüchtern und goss Tee in zwei Tassen. „Ich bin inzwischen schon achtundsechzig Jahre alt, aber ich habe es noch nie mit einem echten Kriminellen zu tun gehabt. Sie sind der Erste!"

Delft schmunzelte, brachte es aber nicht übers Herz, die Titulierung richtigzustellen, und lobte stattdessen den Tee. Nach der dritten resoluten Aufforderung zuzugreifen nahm er schließlich auch vom Gebäck und sah, wie sehr es sie freute, dass es ihm sichtlich schmeckte. Frau Hinrichsen langte nach einem Brett hinter sich an der Wand und legte einen Schlüssel auf den Tisch.

„Das ist der Schlüssel zu Wohnung Nummer vier", erklärte sie. „Seit zehn Jahren gehört sie der Familie Münch, aber so drollig wie jetzt haben die sich noch nie benommen. Melden sich an und kommen dann nicht."

Fritzi tapste aus dem Flur in die Küche, pupste vernehmlich und legte sich zu Frauchens Füßen nieder. Frau Hinrichsen zog ein Fläschchen aus ihrer Kitteltasche, drehte eine Pipette heraus, träufelte mehrere Tropfen dunkler Flüssigkeit auf ein Stückchen Zucker und wedelte damit vor der Hundeschnauze herum. Blitzschnell schnappte Fritzi das Stück und dann hörte der Kommissar nur noch das knirschende Geräusch zerkauten Zuckers. Wenige Minuten später lag Fritzi tief schlafend in seinem Körbchen neben dem Backofen. Er sah Frau Hinrichsen fragend an.

„Mein Fritzi hat ADHS, meint der Tierarzt", antwortete sie und blickte betrübt zum Hund hinüber. „Nun muss er immer Nerventropfen nehmen für die Nacht, so wie ich! Und seine Blase hält auch nicht mehr dicht." Erfreut, einen verständnisvollen Gesprächspartner gefunden zu haben, lächelte sie und bot Delft weiteren Tee an, doch er lehnte dankend ab. Wenn er jetzt nicht ging, würde er noch bis zum Morgengrauen bei Frau Hinrichsen in der Küche sitzen.

„Es war ein langer Tag", entschuldigte er sich und steckte den Schlüssel ein. „Aber ich komme gern morgen zu Ihnen runter, und dann können Sie mir alles erzählen." Viel zu müde, um ihre Einladung zum Frühstück abzulehnen, zog er sich in die obere Wohnung zurück, fand fast schlafwandlerisch Bad und Schlafzimmer, zog sich aus und kaum lag er in den kühlen Kissen, schlief er bereits tief und fest.

Er träumte von Jonas.

Wie auf einer grobkörnigen Super-8-Videoaufnahme sah er ihn durch den Garten laufen, die Windelhose bis in die Kniekehlen gerutscht. Lautloses Lachen, ein verschmierter Kuss auf das Objektiv. Im Hintergrund Marlies, die Hände verschränkt, amüsiert auf Jonas blickend. Er selbst schien im Traum hinter der Kamera zu stehen und filmte wie aus einer Taucherbrille heraus. Unerreichbar, abgeschottet. Mitten im Geschehen und doch weit entfernt. Jonas sprang an ihm hoch, er hob ihn auf seine Arme und Jonas begann, auf das Objektiv einzuschlagen, fing an zu weinen, den Mund weit aufgerissen. Er wusste nicht, was er machen sollte. Er konnte sich nicht bewegen.

Ihm wurde die Luft knapp und dann riss er sich mit letzter Kraft Kamera? Taucherbrille? vom Gesicht und augenblicklich beruhigte sich die Szene. Jonas schmiegte sich an ihn, er schloss ihn in seine Arme, konnte endlich wieder atmen. Die Welt im Traum bekam Töne, Farben, Leben. Sein Sohn und er waren eins. Und dann flogen sie Hand in Hand über den Garten, aus dem Marlies ihnen von unten lachend zuwinkte.

Als käme es aus einer anderen Welt, riss ihn frühmorgens wildes

Gekläff aus dem Tiefschlaf. Einen Moment lang wusste Delft nicht, wo er sich befand, doch dann fiel ihm alles wieder ein. Die Fähre, Amrum, Hinrichsen, die fremde Wohnung … und Fritzi, der jetzt im Erdgeschoss an der Wohnungstür kratzte.

Verschlafen fuhr Delft sich mit der Hand durchs Gesicht und beschloss, die Nacht zu beenden. Vergeblich versuchte er, das Gebell zu ignorieren, wuchtete seine müden Knochen aus dem Bett und schlurfte ins Badezimmer. Die Uhr neben dem Spiegel zeigte 6:12 und er verfluchte alle Haustiere, die schon so früh am Tag aktiv waren.

Während er sich duschte und rasierte, nahm er das Bad in Augenschein. Weiße Kacheln, von maritimen Motiven durchbrochen, dazu passende blaue Handtücher, nichts Außergewöhnliches. Durch das kleine Fenster war das Reetdach des Nachbarhauses zu sehen und die am wolkenlosen Sommerhimmel kreisenden Möwen.

Ich bin wirklich auf Amrum, dachte Delft. So einen weiten blauen Himmel gab es nur hier! Doch bald wurde das Glücksgefühl, wieder auf seiner Insel zu sein, von Unbehagen vertrieben. Er befand sich in einer Wohnung, die womöglich Spuren und Hinweise auf ein Verbrechen liefern könnte. Er schlief hier, er benutzte Küche und Bad. Noch war ihm nichts Besonderes aufgefallen, die Wohnung war sauber und gepflegt und verbreitete die typische Urlaubsatmosphäre, doch allein die Tatsache, dass alles so normal schien, ließ ihn seine Umgebung aufmerksamer und vorsichtiger als sonst betrachten.

Auf den ersten Blick war die Wohnung Nr. 4 eine klassische Ferienwohnung, deren großzügiger Wohnraum aus einer funktionalen Küchenzeile und einem Esstisch vor dem

Panoramafenster zum Balkon bestand. Vom kleinen Eingangsflur ging das Schlafzimmer mit dem angrenzenden Bad ab und gegenüber führte eine Tür in ein weiteres, vermutlich Ilvys Zimmer, wenn sie hier war. Die Tür war abgeschlossen, vielleicht war es nicht ungewöhnlich für einen Teenager, überlegte Delft, die erste Privatsphäre im Leben schützen zu wollen. Trotzdem würde er Frau Hinrichsen nach dem Schlüssel fragen. Nach dem Frühstück würde er alles genau inspizieren.

Schon als er das Treppenhaus betrat, stieg ihm der köstliche Duft nach frisch gebrühtem Kaffee in die Nase. Putzmunter stand Frau Hinrichsen am Herd und goss Heißwasser in den Porzellankaffeefilter. Über ihrem Busen spannte sich eine geblümte Kittelschürze. Trotz ihrer achtundsechzig Jahre wirbelte sie wieselflink durch ihre winzige Küche und schien ganz in ihrem Element zu sein.

Als Delft den kleinen, liebevoll mit Tischtuch und Servietten gedeckten Küchentisch sah, war er gerührt, so umsorgt zu werden, und ein wenig schämte er sich für die Vorurteile, die er dieser gastfreundlichen Friesin gegenüber gehegt hatte.

Er spähte durch die Terrassentür.

Unter einem Sanddornbusch im Garten lag Fritzi in der Sonne und nagte an einem Knochen. Welten entfernt fühlte Delft sich von Tangstedt, das hier war trotz der Ermittlungen ein bisschen wie Urlaub und er nahm sich vor, einen Blumenstrauß für Frau Hinrichsen zu besorgen.

Die Brötchenkrusten waren so frisch, dass sie beim Aufschneiden krachten, und während Frau Hinrichsen ihn mit starkem Kaffee, Wurst, Käse und selbstgemachter Erdbeermarmelade verwöhnte, ließ Delft sich alles erzählen, was es zu erzählen gab.

Seit acht Jahren lebte und arbeitete Frau Hinrichsen schon im Haus am Sanddornweg 24. Bis dahin war sie Küchenhilfe im Hotel „Seemannsgarn" gewesen, aber als es Fritzi mit seinen Nerven immer schlechter ging, wollte sie einen Garten für ihren Liebling und so sei diese Stelle mit Wohngelegenheit dann ein Glück für sie und ihren Hund gewesen.

Delft sah ihr die Freude darüber an, doch dann verdüsterte sich ihr Blick und mit erboster Geste wischte sie die Krümel von ihrer Schürze.

„Seit acht Jahren", fuhr sie fort, „verbringen die Münchs mit ihrer Tochter regelmäßig ihre Ferien auf Amrum. Freundliche, ruhige und vor allem saubere Feriengäste, so etwas gibt es nicht mehr oft. Aber dieses Jahr ist alles anders gewesen. Fast wie verhext!"

Sie bekam beim Erzählen rote Wangen, so aufgeregt war sie, Teil einer polizeilichen Ermittlung zu sein. Delft hatte sein Notizbuch vor sich aufgeschlagen auf dem Tisch und schrieb mit.

Wie alle, die Kontakt zur Familie Münch hatten, zeichnete auch Frau Hinrichsen das Bild einer perfekten Familie. „Der einzige Makel", erregte sie sich, „ist der Balkon, den die Münchs über die Jahre einfach haben verwahrlosen lassen." Hätte nicht sie dort immer wieder frisch gepflanzt, wäre da nur noch Gestrüpp. Doch sonst nichts zu beanstanden. Einmal hatte Frau Münch ihr sogar angeboten, Fritzi zum Spazierengehen mitzunehmen, als es ihr wegen ihrem Rheuma nicht gutging. Ja, so eine war Frau Münch, und ihr Mann hatte ihren Wasserboiler repariert, einfach so, für eine Tasse Tee und ein paar Kekse.

„Und Ilvy?", wagte Delft sich schließlich vor. „Welchen Eindruck hatten Sie von dem Mädchen?"

Frau Hinrichsen schüttelte kummervoll den Kopf. „Die arme

Deern, Herr Kommissar, die konnte einem leidtun! So dünn und blass, wie sie immer aussah!" Als wäre das ein Stichwort, beugte sie sich vor und hielt nach ihrem Pudel Ausschau, der in der Sonne lag und schlief. Beruhigt lehnte sie sich zurück und fuhr fort. „Na, jedenfalls habe ich der Deern auch mal Kekse gebacken, aber die wollte sie nicht. Immerzu hockte sie oben in ihrem Zimmer, sogar bei schönstem Inselwetter. Nicht mal zum Saubermachen durfte ich zu ihr rein, weil sie ihr Zimmer selbst aufräumen wollte. Und immer war es abgeschlossen! Den Schlüssel trug sie bei sich, sagte jedenfalls die Mutter! Was die Deern bloß den lieben, langen Tag da oben gemacht hat? Ganz scheu war sie. Nicht wie andere junge Leute. Ich hab mich gewundert, Herr Kommissar. Aber jedem das Seine, ich misch mich lieber nirgends ein!"

„Sie ist nicht aus ihrem Zimmer gegangen, wenn die Familie hier Sommerurlaub gemacht hat?" Delft notierte auch diese Information und musste an Ilvys Blässe denken, die ihm schon bei der ersten Begegnung aufgefallen war. War sie vielleicht krank?

„Nee, wirklich nicht!", beteuerte Frau Hinrichsen, „das hätte ich gesehen. Ich glaube, sie hat für die Schule gelernt, sogar in den Ferien. Das ist doch für ein Kind nicht gut, immer nur über den Büchern sitzen! Und dabei war sie Klassenbeste, das haben mir ihre Eltern erzählt." Sie überlegte kurz und seufzte. „Was soll nun werden, wenn man die Münchs nicht findet?" Die alte Dame nahm einen kräftigen Schluck Kaffee, dann schien ihr noch etwas einzufallen. Delft ermunterte sie mit einem Kopfnicken weiterzusprechen. „Bei der Abreise im Januar haben sie mir noch gesagt, dass sie am neunundzwanzigsten Juni wiederkommen und zwei Wochen bleiben würden. Diesmal ohne Ilvy, weil es ein besonderer Urlaub für sie beide werden sollte. So haben sie sich ausgedrückt. Ein *besonderer* Urlaub!"

Delft horchte auf. „Ein besonderer Urlaub ohne ihre Tochter? Was meinten die Münchs damit?"

„Das haben sie mir nicht gesagt und so was fragt man ja auch nicht!" Frau Hinrichsen spähte in den Garten. „Vielleicht hatten sie Hochzeitstag oder so? Ich weiß nur, dass sie spät geheiratet haben, mit Mitte dreißig, und dann ist es ja ein Geschenk des Himmels, noch ein gesundes Kind zu bekommen, finden Sie nicht?" Delft bemerkte, wie es in Frau Hinrichsen arbeitete, sie nestelte an ihrer Kittelschürze und druckste herum. „Herr Kommissar, sind Sie denn verheiratet und haben Kinder?" Sie schielte auf seinen rechten Ringfinger.

Ihre unvorbereitete Frage versetzte ihm einen Stich. Eilig setzte er die Kaffeetasse ab und straffte seine Schultern. Er war hier, um im Fall der verschwundenen Eheleute Münch zu ermitteln, und nicht, um einer wildfremden Frau sein Herz auszuschütten.

„Ja, ich bin verheiratet und habe einen fast erwachsenen Sohn!", antwortete er schärfer als beabsichtigt und wunderte sich selbst, wie überzeugend dieser Satz klang. Nur kein Fass aufmachen und die Wahrheit sagen! Es ging sie nichts an und sie hätte ihm womöglich mit gutgemeinten Eheratschlägen in den Ohren gelegen! Doch Frau Hinrichsen bemerkte die Veränderung in seiner Stimme nicht.

„Na dann wissen Sie ja, was für ein Glück es ist und wie schlimm, wenn es zerbricht." Sie holte tief Luft und ihre Stimme zitterte. "Mein Hauke ist schon früh auf See geblieben. Wir waren noch kein Jahr verheiratet, und so sind mir keine Kinder vergönnt!" Ein wehmütiges Lächeln lag auf ihrem Gesicht, dann erhob sie sich schwerfällig.

Vor der Terrassentür stand Fritzi und hechelte. Als sie die Tür öffnete, bellte er kurz und lief schnurstracks durch die Küche bis zum Wassernapf im Flur. Eine Wolke von Uringestank wehte hinter dem Pudel her.

Delft stand ebenfalls auf. Er hatte den drängenden Wunsch, allein zu sein und endlich mit dem Durchsuchen der Ferienwohnung zu beginnen. „Das tut mir leid", erwiderte er sanft, die wackere Frau rührte ihn. Sie sah zu ihm auf. „Und wenn Sie mich fragen, warum ich nicht wieder geheiratet habe, dann gibt es nur einen Grund: weil mein Hauke mein Ein und Alles war, das gibt es kein zweites Mal." Sie wischte sich mit dem Handtuch eine verirrte Träne aus dem Augenwinkel und lächelte. „So, aber nun schnell nach oben und das Verbrechen aufgeklärt." Kaum hatte sie den Satz ausgesprochen, erschrak sie. „So ein Tüddelkram, Herr Kommissar, was rede ich denn da!" Delft legte ihr besänftigend die Hand auf die Schulter.

„Wenn Ihnen noch etwas Wichtiges zur Familie Münch einfällt, rufen Sie mich an oder kommen Sie einfach rauf in die Wohnung!" Er bedankte sich für das köstliche Frühstück und verabschiedete sich. Kaum hatte er den Fuß auf die Treppe gesetzt, hielt Frau Hinrichsen ihn nochmals zurück.

„Da gibt es noch was, Herr Kommissar, das ich komisch fand!" Sie schob ihren Pudel hinter die Wohnungstür und zog sie bis auf einen Spalt zu. „Vor drei Jahren habe ich Ilvy mal gefragt, ob sie mit Fritzi spielen wolle. Um sie aufzumuntern. Das hätte ihr bestimmt gefallen, dachte ich, wie allen Kindern." Sie ließ die ruckelnde Tür nicht aus der Hand, die Fritzi von innen attackierte.

„Aber Ilvy hat bloß große Augen gemacht und gesagt: ‚Lieber nicht, ich bring doch allen nur Unglück!' Was sie wohl damit gemeint hat?" Fritzis Pfoten schabten wütend am inneren Türblatt, der

Kommissar konnte förmlich die Späne fliegen sehen.

„Danke, Frau Hinrichsen", sagte er, „das könnte ein wichtiger Hinweis sein!" Aber das hörte sie wohl nicht mehr, denn schon war die Tür ins Schloss gefallen und in der Wohnung redete Frau Hinrichsen auf ihren jaulenden Pudel ein, der sich von seinem Eifersuchtsanfall kaum beruhigen wollte.

Erleichtert, Fritzi entkommen zu sein, ging Delft nach oben und zog seine Wohnungstür hinter sich zu, atmete tief aus und ließ seinen Blick durch die sonnendurchflutete Wohnung wandern.

Der kurze Flur führte direkt in den Wohn- und Essbereich. Durch das große Fenster konnte er bis hinüber zum Norddorfer Strand blicken und nahm sich vor, für den Abend Rotwein zu besorgen, vielleicht auch Zigaretten, und den Tag auf dem Balkon ausklingen zu lassen, mit Blick auf die endlose See und den dunklen Abendhimmel. Wenn er schon hier war, warum sollte er es sich nicht etwas gemütlich machen und nach getaner Arbeit den Abend auf dem Balkon genießen? Den ganzen Tag hatte er für die Inspektion der Wohnung zur Verfügung, ein kurzer Gang vorher in den Ort würde ihm guttun, bevor er sich dieser Aufgabe widmete. Der hysterische Fritzi hatte gehörig an seinen Nerven gezerrt. Er trat näher ans Fenster. Weit vor ihm lag glitzernd die Nordsee, klein wie Spielzeugfiguren wirkten die Menschen am Strand, Sonnenschirme und Strandkörbe. Es würde wieder warm werden und zog ihn zum Wasser, aber er ermahnte sich selbst. Schließlich war er nicht zum Vergnügen hier. Allein, warum nicht die Pflicht mit etwas Schönem verbinden? Kurzentschlossen verließ er die Wohnung und nahm den Weg an den Sanddornbüschen vorbei bis zur Einmündung in die Promenade mit ihren Läden und Restaurants. Hier tobte bereits das Urlauberleben. Fröhliches Stimmengewirr schlug ihm entgegen, als er die Straße betrat, Badegäste flanierten an den kleinen Schaufenstern entlang, Kinder schleppten Eimer und Schaufel Richtung Strand und konnten nicht schnell genug vorankommen. Wie Musik klang das Rumpeln der Bollerwagen in seinen Ohren. Unvermittelt tauchte Marlies vor seinem inneren Auge auf. Überall hier waren sie zusammen gewesen, hatten Eis gegessen, Sand aus den Schuhen geschüttet, Pläne geschmiedet. Er versuchte, die Bilder beiseite zu wischen, aber es gelang ihm nicht. Amrum war für sie beide wie eine zweite Heimat gewesen.

Warum hatte er Frau Hinrichsen gegenüber behauptet, er sei verheiratet? Auf dem Papier war es so, aber im wahren Leben existierte ihre Ehe seit einem Jahr nicht mehr. Delft blieb vor einem Ständer mit Ansichtskarten stehen und drehte ihn, bis er ein Motiv fand, das ihm gefiel: ein weiter Abendhimmel über einem menschenleeren Strand am Meer, im Vordergrund ein Bohlenweg, der in die Dünen führte, umsäumt von Strandhafer. Er nahm eine Briefmarke dazu und steckte beides ein. Wenigstens eine Postkarte würde er Jonas schreiben! Dann ging er zum Blumenladen und ließ einen Strauß aus zartrosa Gladiolen und Rittersporn für Frau Hinrichsen binden.

Es war nicht gut, an diesem Ort immerzu in die Vergangenheit zu schauen, wie sollte er da einen klaren Kopf bewahren, den er so nötig brauchte, um im Fall der verschwundenen Münchs weiterzukommen. Ärgerlich über seinen Hang zu Sentimentalitäten, marschierte Delft zurück zur Ferienwohnung, um sich endlich der Wohnungsinspektion zu widmen. Erfrischt durch den morgendlichen Gang würde er einen klareren Blick für alle Details haben.

Zurück im Sanddornweg, versuchte er zunächst, die Atmosphäre dort zu erfassen und stellte sich mitten in den Wohnbereich, wo er eine Weile verharrte und den Raum auf sich wirken ließ.

Wie schon am Abend zuvor, wirkte die Wohnung sauber, aufgeräumt und eher spartanisch auf ihn. Die Münchs, so hatte er von Frau Hinrichsen erfahren, wollten während ihrer Abwesenheit keine Fremden in der Wohnung haben und so war sie die längste Zeit des Jahres unbenutzt. Was erzählten die Räume über die Menschen, die hier jedes Jahr mehrere Wochen verbrachten? Eine Wohnung konnte vieles über ihre Bewohner mitteilen, doch auf den ersten Blick fiel ihm nichts Ungewöhnliches auf. Nur dass es auch hier keinerlei Unterhaltungsgeräte gab, weder Fernseher noch Musikanlage konnte er irgendwo entdecken. Wie im Haus der Münchs in Tangstedt, dachte er und überlegte, was dieser Umstand bedeuten könnte oder ob er nur das Zeichen eines ungewöhnlich kargen Lebensstils war. Und hatte dieser Lebensstil womöglich einen Zusammenhang mit den Regeln der Kirche, denen die Münchs so treu folgten? Befahl der Glaube dieser Kirchengemeinschaft ein Leben ohne jede Freude und Genuss? Er selbst würde niemals auf Musik oder die alten Schwarzweißfilme aus den Fünfzigerjahren verzichten wollen. Die kühle Atmosphäre in dieser Wohnung glich frappierend der im Haus der Münchs in Tangstedt. Zugleich war etwas von der strengen Religiosität spürbar, die auch im Gutshaus herrschte. Die Ähnlichkeiten konnten kein Zufall sein, es fehlte hier nur das schwarze Kreuz an der Wand.

In den Küchenschränken fand er die üblichen haltbaren Lebensmittel, Besteck und Geschirr für vier Personen und sogar auf Kinderbesuch waren die Münchs vorbereitet. Denn im oberen Schrank entdeckte er einen roten Plastikbecher neben einem kleinen grünen Teller, beides verziert mit dem abgeschrammten Bild von

Schneewittchen und den sieben Zwergen. Oder hatten die Münchs womöglich eine sentimentale Ader und Ilvys altes Kindergeschirr als Erinnerung an die Zeit, als sie noch klein war, aufbewahrt? Schließlich konnte er selbst sich auch nicht von den Babyschuhen seines Sohnes trennen, die seit sechzehn Jahren am Rückspiegel seines Käfers baumelten.

Delft wandte sich dem Bücherregal gegenüber der Küchenzeile zu, das beinahe die komplette Wand einnahm. Neben Bildbänden über Amrum, zerschlissenen Jugendbüchern und einigen Kinderklassikern fand er historische Romane, Wälzer über Philosophie und eine wertvolle, in Leder gebundene Ausgabe der Bibel. Es überraschte ihn kaum, sie an diesem Ort zu finden. Gläubige Menschen, wie es die Münchs offenbar waren, hatten überall eine Bibel zur Hand.

Im unteren Regalfach stapelten sich abgegriffene Kartons von Gesellschaftsspielen und ein Kartendeck. Hinter diesen Spielestapeln fand er eine Plüschfigur, die nur noch schwer als Papagei zu erkennen war und dort vergessen schien. Mit einer dicken Staubschicht überzogen, war sie offenbar selbst Frau Hinrichsens Argusaugen verborgen geblieben.

Als Delft sich ächzend aufrichtete, fuhr ihm ein Schmerz in den Rücken. Er musste dringend Sport machen! Sein Blick glitt die Wände im Wohnbereich entlang und registrierte zwei Drucke von Strandimpressionen, Dutzendware wie die Schale mit Muscheln auf dem Esstisch. Leere Kleiderschränke im Schlafzimmer waren innen wie außen so staubfrei wie die gesamte Wohnung und beherbergten lediglich Holzkleiderbügel, die einen Hauch Zedernduft verströmten. Jede Schranktür in der Wohnung hatte Delft geöffnet und den Inhalt dahinter genau inspiziert, im Regal jedes Buch durchgeblättert auf der Suche nach Briefen oder Notizen. Selbst die Spielekartons hatte er geöffnet und ihren Inhalt unter die Lupe genommen. Doch er fand nichts, das ihn in seinen Ermittlungen weiterbrachte, keinen noch so kleinen Anhaltspunkt, dass die Münchs einem Verbrechen zum Opfer gefallen waren oder sich hinter der wohlanständigen Fassade ein Geheimnis verbarg, das unter allen Umständen verborgen bleiben sollte. Nichtssagend war das Wort, das Delft durch den Kopf ging, je länger er die Wohnung untersuchte.

Auf der Badezimmerkonsole standen in einem Becher drei unterschiedlich große Zahnbürsten, auf dem Wannenrand entdeckte er ein Körbchen mit Schaumbad, Sonnencreme, die längst abgelaufen war, und buntem Kinderpflaster. Eines war klar: Seit Monaten hatte sich hier niemand mehr aufgehalten außer Frau Hinrichsen, dank deren unermüdlichem Einsatz die ganze Wohnung makellos sauber war und ähnlich steril auf Delft wirkte wie das Haus der Münchs, trotz der Nippes und der Bücher und Spiele im Regal. Aber warum sollte es hier anders sein?

Ratlos ließ er sich in den wuchtigen Sessel am Fenster fallen. Wo in aller Welt waren Doris und Matthias Münch? Was hatte sie bewogen, Ilvy glauben zu lassen, sie seien hier, in dieser Wohnung, und verbringen einen sonnigen Amrumurlaub? Warum diese Lüge? Oder waren sie entführt worden und man hatte sie zu den Nachrichten an die Tochter gezwungen? Lebten sie überhaupt noch? War es möglich, dass Hansen ihnen ein Bild der Münchs geliefert hatte, welches allzu perfekt war und nicht der Wirklichkeit entsprach? Was, wenn seine treuen Schäfchen aus der Herde ausbrechen wollten und damit das Kirchensystem und Hansen selbst in Gefahr brachten? Würde der Kirchenleiter sich unter diesem

Druck zu einem Mord, sogar einem Doppelmord verleiten lassen? Oder vegetierten die Münchs irgendwo im Dunkeln eingesperrt vor sich hin, ohne die Chance auf Befreiung? Immer wieder kreiste der Name Hansen in Delfts Kopf herum. Cordens hingegen, der hatte zwar einen Grund, wütend auf das Ehepaar zu sein, aber ganz sicher war er durch seinen Alkoholkonsum nicht in der Lage, zwei Menschen beiseite zu schaffen.

In diesem Moment vernahm er ein energisches Klopfen an der Tür. Als er öffnete, stand Frau Hinrichsen vor ihm mit hochroten Wangen und hielt ihm ein Tablett vor die Nase, beladen mit Hefegebäck, friesischen Keksen und einer Kanne Kaffee. „Kaffeezeit, Herr Kommissar! Damit Sie mal Pause machen!" Sie drückte ihm das Tablett in die Hand. „Ich will Sie gar nicht lange aufhalten, Sie müssen ja inspektieren!" Neugierig lugte sie über seine Schulter in den Raum hinein und reckte den Hals. Dann bemerkte sie Delfts fragenden Blick und lächelte entschuldigend. „Bringen Sie mir das Tablett morgen zum Frühstück einfach wieder mit runter. Und nicht abwaschen, das erledige ich!"

Ob sie sein verblüfftes „Danke" noch gehört hatte, sollte Delft nicht erfahren, so eilig war Frau Hinrichsen wieder die Treppe hinunter und in ihrer Wohnung verschwunden.

Hungrig biss er in das erste Gebäckstück und nach kurzer Zeit lagen nur noch Krümel auf dem Teller. Das war jetzt genau das Richtige gewesen. Zufrieden seufzte er und dankte im Stillen der Friesin, die mit ihrem siebten Sinn für das Notwendige im Leben in seiner Achtung gestiegen war. Wie sehr hatte er sich doch nach dem ersten Telefonat in ihr getäuscht!

Er nahm ein Weinglas aus dem Küchenschrank, entkorkte die erste von zwei Rotweinflaschen, die er in dem kleinen Feinkostgeschäft neben dem Blumenladen gekauft hatte, und füllte es halbvoll. Genießerisch ließ er Schluck um Schluck durch seine Kehle rinnen, während er aufs Meer hinausblickte. Er war noch nicht fertig, es war erst später Nachmittag und hier stand er schon und trank Rotwein! Egal …

Trotzdem stellte er pflichtbewusst das Glas ab, kehrte in den kleinen Flur zurück und blieb vor der letzten Tür stehen. Sie musste zu Ilvys Zimmer führen und zum ersten Mal, seit er begonnen hatte, jeden Winkel dieser Wohnung umzukrempeln, beschlich Delft ein unbehagliches Gefühl.

Wie Frau Hinrichsen berichtet hatte, war die Tür verschlossen, aber mit dem alten Universalschlüssel, den er immer an seinem Schlüsselbund trug, ließ sie sich im Handumdrehen öffnen und er stieß sie weit auf. Stickige, süßlich riechende Luft schlug ihm entgegen.

Wie angewurzelt blieb er im Türrahmen stehen und starrte in den Raum. Er war düster und eng, fast wie eine Abstellkammer, in die kaum Licht drang. Delft brauchte einen Moment, um sich an das Dunkel zu gewöhnen. Dann erkannte er an den Wänden und um das einzige, kleine Oberlichtfenster herum unzählige Bilder, Kinderzeichnungen, die an feinen Fäden aufgehängt oder mit Klebestreifen an den Wänden befestigt waren und wie ein Blätterwald leise im Luftzug raschelten. Auf einigen waren Strichfiguren abgebildet mit Ohren und Händen, groß wie Heugabeln, oder struppige Männchen mit aufgerissenen Augen und Mündern, über deren Köpfen rote Fische am blauen Himmel vorbeischwammen, auf anderen sah man nur wilde Kreise und Striche in explodierenden Farben. Einige Blätter waren vom allzu eifrigen Malen eingerissen und hafteten wie unbehandelte Wunden an der Wand.

Der Tuscheabdruck einer kleinen Kinderhand in Dunkelblau ließ eine Erinnerung in Delft emporsteigen, die ihn wie ein Déjà-vu überrumpelte. Wie diese Bilder den ersten Malversuchen seines Sohnes glichen, dachte er verwundert, während seine Augen über die Blätter glitten. Wie alt war Jonas damals gewesen, als er diesen Tuscheabdruck aus dem Kindergarten mit nach Hause gebracht hatte? Drei? Vier? Und so stolz, als hätte er die Hand gemalt.

Er trat vor das schmale Kinderbett unter dem winzigen Fenster. Rosa gestrichenes Holz, rosa Bettwäsche mit Prinzessinnen darauf und ein geraffter Stoffhimmel aus glitzernder weißer Gaze breitete sich als Baldachin von der Decke herab bis zum Fußboden. Vom Kopfkissen glotzten ihn zwei grau-weiße Plüschrobben gleichgültig an und unter der faltenfreien Bettdecke lugte ein Stoffzipfel hervor. Delft zog daran und beförderte ein kleines Nachthemd zutage. Weiße Baumwolle mit Streublümchen und einem rosafarbenen Elefanten vorne drauf, der eine Schlafmütze trug.

Zweifellos war das hier das Zimmer eines Mädchens ... aber eines kleinen Mädchens, niemals das eines Teenagers. Unmöglich, sich Ilvy in dieser Umgebung vorzustellen. Das Bett war viel zu kurz für sie, das Nachthemd könnte ihr vor zehn oder noch mehr Jahren gepasst haben, doch jetzt? Und die Bilder an den Wänden: sie waren typische Kunstwerke eines Kindes, das gerade lernte, mit Stiften zu malen. Mit all den Attributen einer ungelenken, unkontrolliert geführten Kinderhand konnten sie nicht von Ilvy stammen. Hatte sie tatsächlich ihre Tage in dieser kleinen Kammer verbracht, während draußen die Sonne schien, das Wasser lockte und alle ihre Ferien genossen? Umgeben von der Atmosphäre eines rosa Kinderzimmers, die mit ihrer Teenagerwelt nichts gemeinsam hatte.

Und welchen Grund gab es abzuschließen? Ein Schauer fuhr Delft über den Rücken: Hier stimmte etwas nicht.

Rechts hinter der Tür stand ein kleiner Schreibtisch, daneben ein weißes Regal, vollkommen leer bis auf ein gerahmtes Foto. Delft nahm den schwarzen Bilderrahmen in die Hand, aus dem ihm ein vielleicht vierjähriges, lachendes Mädchen mit Zahnlücke entgegenblickte. Die dunklen Haare waren zu zwei Affenschaukeln geflochten, im Hintergrund glänzte die See; das Mädchen trug einen rot-weiß gestreiften Badeanzug und hielt einen Wasserball in den Händen. Er sah genauer hin und stellte fest, dass es sich um eine frühe Aufnahme von Ilvy handeln musste. Ihre heutigen Gesichtszüge waren bereits zu erkennen, die großen Augen, die Haltung des Kopfes. Nur das strahlende Lachen fehlte ihr inzwischen, und die Zahnlücke.

Vielleicht hatten ihre Eltern, glückliche Neubesitzer einer Ferienwohnung auf Amrum, ein Foto ihrer kleinen Tochter am Strand gemacht? Was hatte Frau Hinrichsen gesagt? Vor zehn Jahren hatten die Münchs diese Wohnung gekauft, zwei Jahre später hatte sie hier zu arbeiten begonnen.

Delft stutzte. Damals war Ilvy sieben Jahre alt gewesen, aber das Mädchen auf dem Foto war vier, höchstens fünf Jahre alt. Er drehte den Rahmen um und bog vorsichtig die Haken hoch, um die Rückwand zu entfernen. Am linken Fotorand war ein blasses Datum zu erkennen: 07/2004. Und daneben ein Stempel: Fotoatelier Norderjon/Wittdün.

Demnach *war* die Aufnahme zehn Jahre alt, das hieße, das Mädchen darauf wäre heute vierzehn, höchstens fünfzehn. Das konnte nicht Ilvy sein. Aber hier. Was war das? Delft sah genauer hin. Da klemmte ein winziger, zerknitterter Zettel zwischen

Rückwand und Foto. Er faltete ihn auseinander.

„Für immer, in ewiger Liebe! Deine Fi!", stand dort in winzigen Buchstaben säuberlich mit schwarzer Tinte geschrieben. Der Zettel war an den Knickfalten aufgeraut wie dünner Stoff, als wäre er tausendfach auseinander- und wieder zusammengefaltet worden. Fi? War Fi das Mädchen auf dem Foto? Wer war sie? Er öffnete die einzige Schreibtischschublade. Abgenutzte Buntstifte kullerten durcheinander, Anspitzer und Papier, Schere und Klebstoff drängten sich in dem Fach. Kindersachen! Mit dem Foto in der Hand verließ Delft die Wohnung und eilte die Treppenstufen hinab. Schon bevor er klopfte, kündigte ihn Fritzi mit infernalischem Gebell an. Frau Hinrichsen öffnete und schon tänzelte Fritzi um Delfts Beine in der Hoffnung, wieder eine Wurst zu ergattern. Delft hielt ihr das Foto hin und sie starrte mit gerunzelter Stirn auf das Kindergesicht. „Kennen Sie dieses Kind?"

„Ja ja!", nickte sie eifrig. „Das ist Ilvy. Das sieht man gleich! Gott, was ist sie da noch lütt!"

Delft schüttelte den Kopf und erklärte ihr mit knappen Worten, warum das Mädchen auf dem Foto nicht Ilvy sein konnte. Erschrocken und verständnislos starrte Frau Hinrichsen auf das Foto. „Aber ich habe hier nie ein anderes Kind gesehen, das muss sie sein!" Sie grub in ihren Erinnerungen und schien krampfhaft zu überlegen. „Die Münchs haben nie von einem anderen Kind gesprochen, das wüsste ich!" Sie verstand die Welt nicht mehr. Selbst Fritzi war verstummt und stierte schwanzwedelnd zu seinem Frauchen hoch.

„Wer hat dieses Haus vor Ihnen betreut?"

„Der alte Pörksen, aber der ist schon lange unter der Erde!" Delft sah ihr die Verwirrung an, die das Foto in ihr ausgelöst hatte.

„Gibt es jemanden vor Ihrer Zeit in diesem Haus, der über die Mieter Bescheid wissen könnte?", drang er weiter in sie ein und hoffte inständig, sie könnte ihm weiterhelfen, doch Frau Hinrichsen schüttelte den Kopf. „Nur der alte Pörksen, und der hatte weder Freund noch Feind und alles, was er weiß, mit ins Grab genommen."

Delft war schon wieder auf der Treppe, als er sich noch einmal zu ihr umdrehte.

„Sagt ihnen der Name Fi etwas?"

Sie hielt inne und überlegte. „Fi? Nein, diesen seltsamen Namen habe ich noch nie gehört!" Mit ängstlichem Gesicht verschwand sie hinter ihrer Wohnungstür und verriegelte von innen. Es war einfach zu viel für die alte Dame. Morgen würde er ihr den Blumenstrauß bringen, der noch eingewickelt oben in der Wohnung stand.

Zurück in der Kammer löste er vorsichtig eines der Bilder von der Wand und betrachtete die Rückseite. „Fi" las er am unteren Bildrand in der ungelenken Schrift eines Kindes, das offensichtlich gerade Schreiben gelernt hatte. Auf der Rückseite des zweiten Bildes wiederholten sich die Buchstaben, ebenso beim dritten.

Er löste jedes Bild von der Wand, bis sich ein gewaltiger Haufen Papier vor ihm auftürmte, und auf jeder Rückseite fand er stets dieselben zwei krakeligen Buchstaben: „Fi". Nichts weiter, kein Datum, keine Widmung, nur „Fi".

Wer hatte all diese Bilder gemalt? Das kleine Mädchen auf dem Foto? Und wofür standen die zwei Buchstaben auf der Rückseite jedes Bildes? Wer war das Mädchen und warum wusste niemand von ihr? Womöglich bestand ein Zusammenhang zwischen dem Mädchen, das niemand kannte, und dem Verschwinden der Münchs? Delft setzte sich zu den Plüschrobben auf das schmale Kinderbett und stützte seinen Kopf in die Hände. Es türmten sich Fragen, die ohne Antworten blieben, aber die Bilder hier, das Zimmer konnten eine Spur sein.

Vielleicht war „Fi" eine Abkürzung, nur wofür? Hatte Ilvy auf der Insel eine Spielkameradin gehabt, die ihr zufällig unglaublich ähnlich sah? Oder hatte Frau Hinrichsen doch recht und es handelte sich um ein früheres Foto von Ilvy, 2004 hier im Fotogeschäft nur reproduziert und als Erinnerung ins Regal gestellt, so wie das ganze Zimmer wie eine Erinnerung an die längst vergangene Kinderzeit eines kleinen Mädchens wirkte?

Nichts von allem schien Delft schlüssig oder logisch. Vorsichtig stapelte er die Bilder auf dem Kinderbett und schloss die Zimmertür. Obwohl es ihn drängte, seine Entdeckung mit Cornelius Fuchs zu teilen, entschied er sich, zunächst über alles nachzudenken und das Gesehene auf sich wirken zu lassen. Plötzlich hatte er eine Idee und sprang auf.

Jetzt hätte er seinen Wagen gebrauchen können, der auf dem Festland stand. Aber Frau Hinrichsen hatte ihm bei seiner Ankunft das Fahrradfahren empfohlen und auf die Leihfahrräder im Gartenhaus hingewiesen, auf das er nun kurzentschlossen zusteuerte und sich eines der Räder griff. Auf dem Sattel prangte eine gelbe Vier. Schon nach wenigen hundert Metern pumpte sein Herz und er war vollkommen aus der Puste, doch er schaffte es noch rechtzeitig zum Geschäftsschluss bis Wittdün vor die Ladentür von Foto Norderjon. Gerade wurde von drinnen abgeschlossen und eine junge Frau schüttelte bedauernd den Kopf, als er den Türknauf in die Hand nahm, und zeigte auf die Uhr über der Ladentheke. 18:00 Uhr, Ladenschluss.

Delft zog seinen Dienstausweis hervor und Sekunden später stand er im Laden, um, wie er hoffte, etwas über das Foto mit dem Mädchen zu erfahren. Aber die junge Frau, die sich ihm als Swantje Norderjon vorstellte und das Bild von allen Seiten betrachtete, konnte ihm nicht weiterhelfen. „Mein Großvater hat immer die Aufnahmen gemacht, wenn Touristen draußen am Strand oder in den Dünen fotografiert werden wollten", sagte sie mit Bedauern. „2004, als dieses Foto entstanden ist, war er schon achtzig, aber es trägt eindeutig seine Handschrift. Den Stempel hinten auf dem Foto hat nur er noch benutzt und immer einen Witz erzählt, um die Kinder zum Lachen zu bringen." Versonnen blickte sie auf das Foto in Delfts Hand und imitierte die tiefe Stimme ihres Großvaters. „'Pass bloß op, datt du nich op den Achternsen plumpst bi den Sturm un ik fall üm vor Schreck un lech schiettig in Watt!' Darüber haben alle gelacht, und in dem Moment hat er abgedrückt!" Sie blickte Delft an, in ihren Augen schimmerte Wehmut. „Großvater ist im Herbst desselben Jahres, als dieses Foto aufgenommen wurde, verstorben. Eine Sturmböe hat ihn vom Fahrrad gerissen und auf den Boden geschleudert, wo er mit dem Kopf zuerst aufgeprallt ist. Er war gleich tot. Seltsam, dass sich sein witziger Spruch am Ende für ihn bewahrheitet hat, oder?"

„Das tut mir leid." Betreten steckte Delft das Foto wieder ein. „Trotzdem danke."

„Ich hätte Ihnen gern weitergeholfen", sagte sie zum Abschied, bevor sie die Ladentür hinter ihm abschloss. „Und mein Großvater erst recht, der hätte Ihnen alles von dem Tag und dieser Aufnahme erzählt."

Wesentlich langsamer als vorher radelte er zurück nach Norddorf, immer gegen den Wind an, wieder außer Atem und hochrot im Gesicht. Selbst die Möwen, die über seinem Kopf ihre Kreise drehten, schienen über ihn zu lachten, als er abgekämpft den Sanddornweg erreichte. Und sie hatten recht, ein träger alter Mann war aus ihm geworden.

Frustriert legte er das Foto mit dem Mädchen in seine Reisetasche. Er würde schon noch herausfinden, was es damit auf sich hatte. Auch dem Kirchenleiter wollte er es zeigen, immerhin hatte er den engsten Kontakt zur Familie Münch, wie es schien. Doch vorerst konnte er nichts weiter tun. Vor dem Panoramafenster ging eine glutrote Sonne unter und tauchte die Nordsee in ein Flammenmeer, während unten am Strand die letzten Austernfischer piepsten und vereinzelte Möwen durch den Abendhimmel glitten, wohl auf dem Weg zu ihren Nestern.

Über den ereignisreichen Tag hatte er vollkommen die Zeit vergessen.

Auf dem Tisch stand noch die halbvolle Flasche Rotwein, er füllte sein Glas und betrat den Balkon. Den ganzen Tag hatte er mit niemandem ein Wort gewechselt außer mit Frau Hinrichsen und der Frau aus dem Fotoladen. Doch das waren Fremde, die mit ihm geredet hatten, weil er Polizeibeamter war und ihnen Fragen gestellt hatte.

Die Erkenntnis seiner Einsamkeit traf ihn mit unerwarteter Wucht. Nicht nur hier auf der Insel war er allein, in dieser stummen Wohnung, die ihm wie ein Spiegelbild seiner inneren Leere erschien. Auch sonst hatte er alle menschlichen Beziehungen losgelassen und das Gefühl völliger Isolation dröhnte in seinem Kopf. Gab es überhaupt jemanden, der an ihn dachte, dem er trotz seiner Fehler und Kanten etwas bedeutete? Delft nahm einen großen Schluck Wein. Warum ging er nicht einfach hinunter zu Frau Hinrichsen, überreichte ihr endlich die Blumen, die er immer wieder in der Vase vergaß, und lud sie auf ein Gläschen Wein ein. Die zweite Flasche stand unangetastet auf dem Küchentresen. Vielleicht würde er sich sogar mit Fritzi anfreunden ... aber nur um nicht allein zu sein? Nein! Trotzig stürzte er den letzten Rest Wein hinunter und öffnete die zweite Flasche.

In diesem Moment ging in der Wohnung unter ihm quietschend die Balkontür auf, zwei leise Stimmen waren zu hören. Das Klicken eines Feuerzeuges, der knisternde Zug einer glimmenden Zigarette und ein Kuss. Neue Gäste?

Delft hielt den Atem an. Wenn er sich jetzt bewegte, würden sie seine Anwesenheit womöglich bemerken und er wollte sich nicht zeigen. Zärtliches Gemurmel drang zu ihm herauf, das zufriedene Seufzen zweier Menschen.

Regungslos verharrte er, bis das Zischen der gelöschten Kippe zu hören war und die Balkontür geschlossen wurde. Stille. Ausatmen. Als er gerade zurück in die Wohnung gehen wollte, trennte die untergehende Abendsonne Himmel und Nordsee am Horizont mit einem goldenen Streifen Licht. Eine Welle von Sehnsucht überwältigte ihn. Wie sehr hatten sie diese prachtvollen Sonnenuntergänge geliebt, wenn er zusammen mit Marlies auf Amrum gewesen war. Nach einem abenteuerlichen Tag am Strand schlief Jonas dann meist schon tief und fest, sodass diese Abendstunden nur ihnen allein gehörten. Wie erfüllend war damals das Schweigen zwischen ihnen gewesen, wie glücklich hatte er sich gefühlt. Er nahm Rotwein und Zigaretten und blickte in Erinnerungen versunken in die Nacht, trank Glas um Glas den Wein und blies Rauch in den sternenklaren Himmel. Aber die Leichtigkeit des Vergessens wollte nicht kommen, wie zugeschnürt war seine Kehle und ein tonnenschwerer Druck presste ihm die Brust zusammen. Weder der Alkohol noch die Zigarette entspannten ihn, der verdammte Schmerz blieb. Warum hörte das niemals auf?

Aus der Wohnung unter ihm klang ausgelassenes Lachen in die Nacht, dann das dumpfe „Plopp" eines explodierenden Sektkorkens. Als hätte der Korken ihn mitten ins Herz getroffen und den dumpfen in einen realen Schmerz verwandelt, erwachte er plötzlich aus seiner Lethargie. Was war er bloß für ein Idiot gewesen, ein verbockter, stolzer Idiot! Ein Arbeitstier, das glaubte, niemanden zu brauchen, ein wehleidiger Waschlappen.

Er bohrte die Zigarettenkippe in die trockene Erde des Balkonkastens, schwankte ein wenig, als er ins Wohnzimmer ging - er hatte wohl doch etwas zu viel Wein getrunken - und griff nach seinem Handy. Er wählte Jonas' Nummer und hörte es endlos lange klingeln, bis die monotone Frauenstimme der Mailboxansage ihn aufforderte, eine Nachricht zu hinterlassen. Fehlanzeige also, denn er wollte mit Jonas persönlich sprechen, jetzt sofort, und ihm sagen, dass ... Ja, was eigentlich? „Hör mal, dein gar nicht so cooler Vater steht auf dem Balkon einer Ferienwohnung auf Amrum und vermisst dich? Und der Anblick vom Sonnenuntergang zerreißt diesem Idioten grade das Herz, weil ...?" Lächerlich, was würde Jonas von ihm denken? Kurz ließ er das Handy sinken.

Als Nächstes wählte er die Nummer von Cornelius Fuchs. Egal, wie spät es war und dass Fuchs längst Feierabend hatte. Er wollte eine Stimme hören, von einem Menschen, der wusste, dass es ihn gab! Hatte Fuchs nicht sogar ein Auge auf ihn geworfen, als Marlies sich getrennt hatte? Völlig undenkbar, er und Fuchs, aber das war schnell geklärt ... trotzdem war so etwas wie Freundschaft zwischen ihnen entstanden und Fuchs stand ihm nahe wie sonst niemand seit einem Jahr ... Himmel! Es klingelte lange und er überlegte frustriert, einfach aufzulegen. Was hätte er auch sagen sollen? „He, hör mal, Kollege, ich drehe hier gerade durch vor Einsamkeit und es gibt niemanden, dem ich das sagen kann? Nur dir, meinem Kollegen, weil sonst kein Mensch ...“

„Chef?“ Fuchs schien ein wenig außer Atem, im Hintergrund wummerte Discomusik. „Was ist los? Ist was passiert?“ Durch den Lärm hörte Delft eine zweite Männerstimme aufgekratzt „Cornelius, Schatz!“ rufen und spürte, wie seine innere Not eine Vollbremsung hinlegte.

„Nein ... Ich wollte dir nur sagen, dass ich morgen Mittag zurück bin.“ Der Rotwein begann zu wirken und er sollte jetzt auflegen, er kam sich albern vor. Stimmengewirr und Gejohle lärmte durchs Handy.

„Du klingst nicht gut, Hannes!“, schrie Fuchs.

Wie gut es tat, seinen Namen zu hören! „Doch, alles in Ordnung. Ich dachte nur, ich sollte dir Bescheid geben ...“ Wie ein losgelöstes Rettungsboot ohne Paddel trieb er hinaus auf die tosende See seines verkorksten Lebens und es war nur eine Frage der Zeit, wann er kentern würde. „Lass dich nicht stören, Fuchs ... wir ... sehen uns morgen!“ Panisch legte er auf. Warum pochte sein Herz, als würde es gleich zerspringen? Da meldete sein Handy surrend das Eintreffen einer Nachricht: „Gib ein Zeichen, wenn es schlimm wird! C.“

Delft stiegen die Tränen in die Augen, als er die Zeilen wieder und wieder las.

Er wankte er hinaus auf den Balkon, lehnte sich matt an das Geländer und wehrte sich gegen die Gedanken, die in seinem Kopf hämmerten. Selbst hier, wo ihn niemand sah, schämte er sich für seine Tränen. Verdammt, diese Insel brachte ihn vollkommen aus dem Gleichgewicht und der Rotwein tat sein Übriges.

Er vergaß Tangstedt und warum er hier war, alle Erinnerungen versanken im Nebel, nur der Gedanke an Marlies trieb wie eine Boje im schlingernden Rotweinmeer. Unablässig echote ihr Name in seinem Kopf und ließ sich auch vom Alkohol nicht vertreiben. Vor seinem inneren Auge tauchten Bilder ihres gemeinsamen Lebens auf: Marlies lachend im Sommerkleid, mit geröteten Wangen im Winter, Schnee in der Hand und entschlossen, ihn einzuseifen. Dann Marlies nach der Geburt von Jonas, erschöpft aber überglücklich wie er selbst. Ihr Einzug in das Haus auf dem Land, beschriftete Kartons, sie lachend mittendrin. Und schließlich seine neue Arbeit bei der Tangstedter Polizei, Marlies ohne Lachen, immer öfter enttäuscht, unglücklich und einsam in ihrer Ehe. Ihre Gespräche führten zu nichts, es folgten Tränen, immer öfter Schweigen bis zu dem Moment, wo sie ihm sagte, er solle gehen, und die Haustür schon verschlossen hatte, bevor er sich ein letztes Mal umsah.

Hatte er gerade ihren Namen gerufen, mitten in die Stille der Inselnacht hinein? Seine Hände flatterten nervös, als er ihre Nummer wählte. Er sollte das jetzt nicht tun, sie konnte es nicht leiden, wenn er betrunken war. Vielleicht war sie auch gar nicht zuhause, hatte Nachtdienst, oder etwa ... Diese Möglichkeit wollte er nicht weiterdenken. Sein Mut verließ ihn und er legte auf, während sein Herz wie ein verzweifeltes Tier in der engen Brust tobte und gegen seine Rippen hämmerte. In den nächsten Minuten würde es entweder stehenbleiben und den Schmerz mit in den Tod nehmen ... oder aber weiterschlagen für ein Leben, das sich ändern musste!

Er wollte nicht sterben und auch nicht verstummen und sich verschließen, um wie ein toter Körper sinnlos durchs Leben zu ziehen. Ja, er hatte Angst. Er, Hannes Delft, Kommissar, hatte Angst, doch wovor? Er wischte sich die Tränen aus dem Gesicht, sein Herzschlag verlangsamte sich und benommen hob er den Blick zum samtblauen Nachthimmel. Seine Augen brannten, doch deutlich spürte er sich selbst wie lange nicht mehr - und er fiel nicht in einen bodenlosen Abgrund, wie er befürchtet hatte. Eher sanft war die Landung, fast als sei er bereits erwartet, im Land der Wahrheit!

Sein Blick fiel auf die zwei leeren Rotweinflaschen, als er den Balkon verließ.

Er goss Wasser ins Weinglas, setzte sich an den Esstisch und legte die Postkarte, die er Jonas hatte schreiben wollen, vor sich hin. Eine Weile betrachtete er das Motiv, dann setzte er seinen Füller auf die weiße Fläche.

„Marlies, ich sehne mich nach Dir", kamen ihm die Worte wie von selbst. „Immerzu ruft mein Herz Deinen Namen und kann nicht aufhören, Dich zu lieben. Du fehlst mir. Ich war ein dummer Mann! Dein Hannes"

Leise schlich er aus dem stillen Haus in die stockfinstere Nacht hinaus, steuerte auf den Briefkasten am Ende der Straße zu, den er noch erinnerte, und warf die Karte durch den Schlitz.

Die Insel lag in tiefem Schlaf, als er den Strand entlangschlenderte. Durch die pechschwarze Dunkelheit leuchtete hell die weiße Dünung der Nordsee und rhythmisch rauschten die Wellen heran. Er zog sich aus und stieg in die kühlen, nächtlichen Fluten. Prustete, lachte und schwamm so lange, bis seine Arme erlahmten und er nicht mehr darüber nachdachte, was Marlies tun würde, wenn seine Karte sie erreichte.

Am nächsten Morgen riss ihn das Klingeln seines Handys aus dem

Tiefschlaf.

„Ja?" Knurrend nahm er das Gespräch an. Es war halb acht, sein Schädel dröhnte. Diese Unmenge Rotwein, ein satter Kater!

„Chef, ich bin`s", meldete sich Fuchs mit ernster Stimme. „Es gibt Neuigkeiten!"

Schlagartig war er wach und setzte sich auf.

„Heute Morgen stand Horst vor der Wache", fuhr Fuchs fort. „Er war wie von Sinnen vor Angst und wir konnten seinen Worten kaum folgen. Scheinbar hat er die halbe Nacht schon dort gestanden." Delft fuhr sich mit der Hand durchs zerknitterte Gesicht und versuchte, den Worten seines Kollegen zu folgen. „Gestern wollte er auf Ilvy aufpassen und am Haus Wache stehen, falls Cordens dem Mädchen zu nahe kommen sollte … und dann ist er auch in Cordens` Garten geschlichen und hat dort zwei Koffer gefunden. Weiß der Himmel, warum, aber er hat sie aufgemacht. Es ist eindeutig das Gepäck von Doris und Matthias Münch!" Fuchs machte eine Pause. „Brieftasche, Pässe, Bargeld, alles noch da bis auf das Handy! Wir sind jetzt hier bei Cordens, aber der ist schon hackevoll und nicht vernehmungsfähig. Was sollen wir mit ihm machen, Chef?"

„Lass ihn zum Ausnüchtern ins Krankenhaus bringen", entschied Delft. „Wir vernehmen ihn, sobald ich heute Nachmittag zurück bin." Er stolperte ins Bad. „Was ist mit dem Mädchen? Hat sie den Lärm im Garten mitgekriegt?"

„Nein, bei den Münchs regt sich nichts. Soll ich versuchen, Ilvy zu erreichen? Vielleicht ist sie bei David."

Delft überlegte nur wenige Sekunden. „Ja, sie muss die Koffer samt Inhalt identifizieren, und lass Cordens` Grundstück absperren. Die Spurensicherung soll alles auf links drehen. Wer weiß, was wir finden. Ich nehme die nächste Fähre zurück!"

„Max ist noch hier. Er kann gleich loslegen!"

Im Hintergrund vernahm Delft eine aufgeregte Stimme. „Was ist da los, Fuchs?"

„Max kann sich kaum beherrschen, Chef. Am liebsten würde er sofort anfangen, ohne Frühstück!" Er räusperte sich. „Und bei dir? Alles in Ordnung? Hast du etwas herausfinden können in der Wohnung?"

„Ja, alles bestens. Wir sehen uns nachher und dann erzähl ich dir meine Neuigkeiten." Er legte auf, mit dem mulmigen Gefühl, seinen Kollegen betrogen zu haben. Er konnte nicht die ganze Wahrheit über seine abendliche Krise inklusive Rotweinabsturz beichten, schon gar nicht am Telefon. Feigling!

Bald darauf saß er bei Frau Hinrichsen am Tisch, die ihn entgegen aller Proteste ohne Frühstück nicht hatte gehen lassen. Er hatte ihr endlich den Blumenstrauß überreicht und sich für die Gastfreundschaft bedankt und sie hatte im Gegenzug versprochen, ihm stets ein Plätzchen in ihrem Haus freizuhalten, sollte er einmal ganz privat nach Amrum kommen. „Wenn Sie den Fall gelöst haben!", schob sie nach und zwinkerte ihm zu, während Fritzi an seinem Hosenbein zupfte und um Wurst bettelte.

Plötzlich fiel Delft die Postkarte an Marlies wieder ein. Der gestrige Abend hatte etwas in ihm verändert, vielleicht gab es noch eine zweite Chance? Er wollte um Marlies kämpfen, sie zurückgewinnen. Natürlich liebte er sie noch, wie hatte er das die ganze Zeit verleugnen können? Aber er würde sich ändern müssen und das hatte er vor! Nichts war ihm wichtiger, als seine große Liebe zurückzuerobern und ein besserer Ehemann zu werden! Ein Ehemann, der nicht mehr nur schwieg! Wenn sie ihn denn zurückwollte.

„Sie lächeln ja!", riss Frau Hinrichsen ihn aus seinen Gedanken und Delft trank hastig seinen Kaffee aus. Er musste aufbrechen, damit die Fähre nicht ohne ihn ablegte.

Während der Überfahrt nach Dagebüll dachte er darüber nach, warum er Fuchs nichts von dem Zimmer und dem kleinen Mädchen auf dem Foto erzählt hatte. Weil ihm die Angst im Nacken saß, sein Kollege könnte unangenehm intime Fragen stellen? Schließlich hatte er gestern sogar durchs Telefon gespürt, dass er in einer Krise steckte. Es war Delft schlicht peinlich, darüber zu reden, sie sollten sich auf den Fall konzentrieren. Vielleicht war der Fund der Koffer der entscheidendere Punkt in ihren Ermittlungen und die Sache mit den Kinderbildern banaler, als Delft zunächst angenommen hatte. Doch kam Cordens tatsächlich infrage, das Ehepaar Münch getötet und beiseitegeschafft zu haben? Konnte es ein Mann, der derart vom Alkohol zerstört war, mit zwei erwachsenen Menschen gleichzeitig aufnehmen? Unwahrscheinlich, aber vielleicht hatte der glühende Hass seine letzten Kräfte mobilisiert und ihn über sich selbst hinauswachsen lassen. Nur wie war das Auto auf den Friedhof gelangt? Der pausenlos betrunkene Cordens hätte die Strecke quer durch das Dorf niemals ohne Unfall bewältigen können, gab es also einen Komplizen? Und die Nachrichten ... wer hatte sie an Ilvy geschrieben?

In seinem Kopf überschlugen sich Fragen und Vermutungen zu einem heillosen Durcheinander. Sobald er wieder in Tangstedt war, würde er zu Cordens ins Krankenhaus fahren. Am Nachmittag sollte er nüchtern genug sein, um erste Fragen beantworten zu können. Egal, was die Ärzte sagten. Cordens konnte vielleicht ein wenig Licht in die Ermittlungen bringen. Durch das Fährfenster betrachtete

Delft die in der Sonne tanzenden Wellen. Ob der Postsack mit seiner Karte an Marlies auch auf dieser Fähre transportiert wurde? Mit einem Mal nahmen die Ereignisse Fahrt auf.

15. Oktober 2011

Liebste Alma,

es geht mir besser, seit ich versuche, dort unten zu schlafen und kleine Atemzüge zu machen. Dann hält die Luft länger. Aber ich zeige ihnen nicht, dass ich fast erstickt bin, bis sie mich endlich rauslassen. In der Schule will niemand mehr etwas mit mir zu tun haben, ich bin bleich wie ein Vampir. Auf der Schultoilette schminke ich mich heimlich, aber es hilft nichts, ich sehe aus wie der Tod. Und ich fühle mich auch so.

Was soll ich bloß tun?

Wenn ich nicht unten eingesperrt bin, lerne ich. Ich will die Beste sein, damit sie stolz auf mich sind und mich endlich in Ruhe lassen. Seit den Sommerferien habe ich nur Einsen geschrieben, aber sie bemerken das gar nicht. Ich lege ihnen meine Arbeiten auf den Tisch und sie unterschreiben erst, wenn ich bettele, weil ich sie wieder in der Schule abgeben muss.

Gestern habe ich mich in der Kirche übergeben, weil ich so lange nichts gegessen hatte. Es war mir so peinlich und ich bin einfach weggelaufen. Sie haben mich gefunden und ich musste wieder die ganze Nacht da unten sein. Ich weiß, ich war ungehorsam, ich habe zu wenig gebetet und nicht genug gedient. Warum kann ich nicht gut sein wie all die anderen? Mutter sagt immerzu, ich hätte die schlimmste Schuld zu tragen, aber ich weiß nicht, welche? Wie soll ich besser werden, wenn ich nicht weiß, was ich getan habe?

Wann hört das endlich auf?

In Liebe, ewig, vergiss mich nicht!

Deine Fi

Kapitel 8

Am frühen Freitagnachmittag bog Delfts VW Käfer auf den
Parkplatz der Polizeistation in Tangstedt ein und blieb ächzend
stehen, als er den Zündschlüssel zog. Zwei lange Fahrten innerhalb
von achtundvierzig Stunden hatten das alte Auto an seine Grenze
gebracht. Liebevoll klopfte Delft auf die kochend heiße
Motorhaube.

Im Büro empfing Fuchs ihn mit frisch gebrühtem Kaffee,
Schokowaffeln und den Neuigkeiten des Tages. Delft war
überrascht, als er das Gedeck mit bunter Serviette auf seinem
Schreibtisch stehen sah.

„Naja." In gespielter Bescheidenheit hob Fuchs die Hände. „Ich
hatte gestern den Eindruck, du könntest ein bisschen Zuwendung
gebrauchen. Und Kaffee und Waffeln gehören doch zu deinen
Leibspeisen, oder?"

Schweigend nickte Delft und brachte ein „Danke" heraus, seine
Stimme war rau vor Rührung. Schnell biss er in das knusprige
Gebäck und sah Fuchs aus den Augenwinkeln zufrieden
schmunzeln. Während er Waffeln und Kaffee genoss, erfuhr er, dass
Erich Cordens in das nahe gelegene Heidberg-Krankenhaus
gebracht worden war. Die Medikamente, die seinen Alkoholentzug
mildern sollten, hätten ihn laut Aussage der Ärzte in einen
Dämmerzustand versetzt, weshalb vorerst an eine Vernehmung nicht
zu denken war.

Unterdessen hatte die Spurensicherung unter Max' Leitung sowohl
Cordens' Grundstück als auch dessen Haus durchsucht. Außer den
Koffern wurde unter alten Reifen in der Garage die rote Handtasche
von Doris Münch gefunden, von der Ilvy gesprochen hatte. Bis auf

eine Bibel war sie leer. Von dem vermissten Ehepaar fehlte weiterhin jede Spur.

„Außerdem sind die Ergebnisse der Fingerabdrücke vom Auto gekommen", fuhr Fuchs fort und legte Delft mehrere Papiere vor. „Der DNA-Abgleich mit Haaren und Hautschuppen aus dem Haus lässt die Abdrücke zweifelsfrei Doris und Matthias Münch zuordnen. Die Fingerabdrücke auf der Beifahrertür gehören zu Ilvy, auch die Haare auf dem Rücksitz stammen von ihr. „Ansonsten keinerlei Fremdspuren am oder im Auto", schloss Fuchs den Bericht. Delft war enttäuscht.

„Das heißt, die Münchs haben den Wagen selbst zum Friedhof gefahren?", fragte er zweifelnd. „Verdammt, wo sind sie dann? Und wie ist das Gepäck in Cordens' Garten gelangt?"

Fuchs streckte sich, bevor er antwortete: „Vielleicht wollten die Münchs eine falsche Fährte legen und Cordens in Schwierigkeiten bringen. Er hat ihnen all die Jahre ganz schön zugesetzt, da wäre Rache naheliegend."

Delft war nicht überzeugt. „Wo ist da die Logik? Seit zwei Wochen sind die Münchs ohne Geld, Pässe und Gepäck. Wenn wir davon ausgehen, dass die Nachrichten von ihnen sind, haben sie nur das Handy, mit dem sie sich regelmäßig bei ihrer Tochter gemeldet haben, als wäre alles in bester Ordnung. Das stinkt doch zum Himmel!" Sie wechselten ratlose Blicke, dieser Fall wurde immer verworrener.

„Und Ilvy?" Delft leerte seinen Kaffee in einem Zug. "Hast du sie erreicht?"

„Sie war gestern mit David im Haus, als Max die Proben genommen hat", erklärte Fuchs mit einem Achselzucken und sah seinen Chef an, der tief in Gedanken versunken war. „Aber heute

Morgen ist sie nicht aufgetaucht. Ich habe sie mehrfach auf dem Handy angerufen, aber sie geht nicht ran und ihre Mailbox ist ausgeschaltet. Auch David und seine Mutter sind nicht zu erreichen." Kaum hatten sie eine Spur, gab es wieder Stolpersteine. Delft blickte mürrisch über den Schreibtisch zu seinem Kollegen hinüber. „Als wir bei Cordens waren, hat sich nebenan am Haus nichts geregt. Bestimmt ist sie bei David und sie haben sich nach all der Aufregung in die Mutterhöhle zurückgezogen!" Einige Minuten hing düsteres Schweigen im Büro.

„Wo sind die Münchs?", überlegte Delft laut und runzelte angestrengt die Stirn. „Das Auto, Koffer, Handtasche … alles taucht auf, nur die Vermissten nicht! Weder tot, was ich nicht hoffe, noch lebendig. Wir können doch nicht ganz Tangstedt aufbaggern, um sie womöglich verscharrt in irgendeiner Grube zu finden."

Fuchs schnippte mit den Fingern wie ein Zauberer, der das Kaninchen aus dem Hut lässt. „Chef, nur ein Wort zu Nils und dann … Er ist mit der Kieskuhlenfirma ganz dicke. Die haben Bagger!"

Delft schüttelte verständnislos den Kopf, als er diesen Vorschlag hörte. „Sehr witzig, Kollege!" Doch Fuchs schien der Vorschlag ernst.

Da zog Delft das gerahmte Foto des Mädchens aus seiner Reisetasche und legte es vor Fuchs auf den Schreibtisch.

„Ilvy?" Er hob fragend die Augenbrauen.

„Das habe ich auch gedacht", antwortete Delft und bedeutete seinem Kollegen, das Foto aus dem Rahmen zu nehmen. „Aber das Datum auf der Rückseite kann dann nicht stimmen. 2004 war Ilvy schon sieben Jahre alt. Dieses Mädchen ist höchstens vier."

Fuchs pfiff durch die Zähne und betrachtete das Kinderfoto

genauer. „Gibt es etwa noch eine Tochter? Dieses Mädchen sieht Ilvy zum Verwechseln ähnlich!"

Delft fuhr aus seinem Schreibtischstuhl auf, ging zum Fenster und lockerte seinen Hemdkragen. Wie ein Sturzbach brachen dann die Worte aus ihm hervor. Binnen weniger Sekunden fühlte sich Fuchs in die Wohnung versetzt, die Delft ihm beschrieb. Sein Chef sah ihn nicht an, als würde sonst ein Detail verlorengehen. Konzentriert folgte Beobachtung auf Beobachtung, Puzzleteil auf Puzzleteil. Fuchs erkannte in diesem Moment eine bislang für ihn verborgene Fähigkeit seines Chefs, der förmlich jedes Staubkorn der Wohnung als Bild in sich aufgenommen hatte.

Delft war mit seiner Schilderung inzwischen beim Kinderzimmer mit den Bildern an Decke und Wänden angelangt, die allesamt mit „Fi" unterzeichnet waren. Er berichtete von der Einrichtung, die auf die Existenz eines kleinen Mädchens hindeutete: Spiele im Regal, Plüschtiere, Kindergeschirr. Nur gab es kein Kind!

„Selbst Frau Hinrichsen hat in den letzten zehn Jahren nur Ilvy gesehen. Und niemals haben die Münchs ihr gegenüber eine zweite Tochter erwähnt", schloss er seinen Bericht und wandte sich erst jetzt seinem Kollegen zu, der noch immer gebannt an seinen Lippen hing.

Delft stutzte plötzlich und kramte in der Reisetasche, aus der er schließlich sein abgewetztes Ledernotizbuch zutage förderte. Er blätterte durch die Seiten und kniff die Augen zusammen, als er gefunden hatte, was er suchte.

„Seltsamer Zufall ...", murmelte er.

Mit neu erwachtem Eifer sah ihn Fuchs an. „Was ist seltsam?"

„Horst hat doch von Cordens erzählt ..." - mit gerunzelter Stirn starrte er auf seine Notizen -, „dass der sein Grundstück 2004 an die

Münchs verkauft hat und sie noch im gleichen Jahr ihr Haus darauf gebaut haben."

Fuchs nickte bestätigend und seine Miene verzog sich zu einem belustigten Grinsen. „Und dabei ihre kleine Tochter im Keller einbetoniert? So wie das irre Elternpaar aus Boston im vergangenen Jahr?"

Delft warf ihm einen strafenden Blick zu. Was war bloß mit Fuchs los? Ihm war nicht nach Scherzen zumute „Möglich!" Sie mussten bei diesem Fall alles in Betracht ziehen.

Fuchs wurde ernst. „Das glaubst du wirklich?"

„Ich weiß nicht, was ich glauben soll!" Delft blätterte weiter. „Was ist 2004 passiert? Die Münchs ziehen hierher nach Tangstedt, bauen ein Haus, machen Urlaub auf Amrum. Dort gibt es ein kleines Mädchen, von dem heute niemand mehr etwas weiß." Nervös klopfte er mit dem Bleistift auf die Schreibtischunterlage, als könnten dadurch die entscheidenden Hinweise herauspurzeln, und starrte an die gegenüberliegende Wand. „Der Name Fi muss etwas bedeuten. Es gibt das Foto dieses Mädchens, das Zimmer, die Kinderzeichnungen ..." Er stand abrupt auf. „Ich werde Ilvy ausfindig machen und sie mit dem Foto konfrontieren."

„Und ich recherchiere, ob es 2004 hier in Tangstedt oder auf Amrum besondere Vorfälle gegeben hat, bei denen möglicherweise ein Kind beteiligt war."

Als Delft wenig später eilig das Büro verließ, war Fuchs schon ins Internet abgetaucht.

Der VW knackte metallisch in der Hitze, als er ihn zum zweiten Mal an diesem Tag startete und Richtung Wald brauste.

Delft fühlte sich nach dem letzten Abend beschwingter und fröhlicher, obwohl der Fall Münch nicht voranging und er frustrierter war als jemals zuvor in seiner Berufslaufbahn. Nur einen kurzen, zweifelnden Moment lang, direkt nach dem Frühstück, hatte er bereut, die Postkarte an Marlies abgeschickt zu haben. Was würde sie von ihm denken? Hatte er einen unüberlegten Schritt getan, der ihn zum Dummkopf machte?

Nein, er wollte nicht weiter wie ein einsamer Wolf durch die Steppe ziehen. Das war eine Erkenntnis gewesen, die selbst der Rotwein nicht hatte hinwegspülen können. Er kam seiner eigenen Wahrheit immer näher, und das verlieh ihm Mut und Tatkraft. Noch war ihm nicht klar, wohin sein Weg ihn führen würde. Aber alles war besser, als auf der Stelle zu treten, sagte er sich immer wieder, um die brennende Angst vor einer Blamage in Schach zu halten.

Er bog links in die Dorfstraße ein. Wenn Ilvy nicht zuhause wäre, würde er auf dem Rückweg bei Davids Mutter in der Dorfstraße anhalten, wo sie mit ihrem Sohn ein kleines, ehemaliges Gesindehaus bewohnte. Wahrscheinlich war Ilvy dort. Wohin sonst sollte sie gehen?

Delft kehrte zu seinen Gedanken an Marlies zurück. Ihm fehlten seine Frau und sein Sohn und er wünschte sich nichts sehnlicher, als wieder den Weg zu seinem ehemaligen Zuhause fahren zu können, zusammen zu sein mit den Menschen, die ihm das Liebste auf der Welt waren. Er wollte sich küssen und streiten und zu dem Hannes werden, dem er kurz auf Amrum begegnet war. Mutig und ehrlich sich selbst gegenüber. Vielleicht liebte Marlies ihn noch und gab ihm eine zweite Chance? Aber selbst wenn sie ihn nicht zurückwollte, würde er trotzdem einen neuen Weg beschreiten, um ein glücklicherer Mann zu werden.

Er bog in den Pappelweg ein, stoppte vor dem Haus der Münchs seinen Käfer, stieg aus und ging fast schwungvoll den Gartenweg entlang. Als er an der Haustür klingelte, regte sich nichts.

Nebenan ruhte Cordens' Grundstück und niemand der umliegenden Nachbarn schien die Absperrung zu wundern. Einige Häuser weiter ratterte ein Rasenmäher dröhnend seine Runden, das Leben in der Straße ging einfach weiter, als wäre nichts geschehen. Erneut klingelte er und als sich immer noch nichts rührte, nahm er den Türknauf in die Hand. Die Tür sprang auf, sie war unverschlossen.

Delft zögerte einen Moment und trat dann in den Flur.

„Ilvy?"

Im Haus war es mucksmäuschenstill. Die heruntergelassenen Jalousien sperrten das Sonnenlicht aus. Unverändert herrschte überall pingelige Ordnung. Als Delft hinauf in den ersten Stock ging, knarrten die Treppenstufen unter seinen Schritten. Unberührt lag das Schlafzimmer der Münchs da. Das Bad glänzte, die Handtücher hingen wie mit dem Lineal gezogen über der Stange.

„Ilvy!"

Stille im ganzen Haus.

Die Tür zu Ilvys Zimmer war verschlossen. Delft klopfte und rief erneut ihren Namen. „Mach bitte auf, wenn du da bist!", sagte er. Aber auch hinter der Tür regte sich nichts.

Einen Moment überlegte er, sie mit Gewalt zu öffnen. Doch er entschied sich anders und eilte die Treppe hinunter. Was hatte Fuchs gesagt? Im Haus der Münchs hatte sich nichts gerührt, während die Spurensicherung stundenlang auf dem Nachbargrundstück bei Cordens ihrer Arbeit nachgegangen war?

Sollte Ilvy tatsächlich bei David sein, warum hatte sie dann die Haustür nicht verriegelt? Inzwischen wusste die halbe Welt, dass ihre Eltern verschwunden waren. Eine Einladung für jeden

Einbrecher! Oder war sie hier gewesen und hatte vergessen wieder abzuschließen? Das sah ihr nicht ähnlich.

Kurzentschlossen trat er nach draußen und zog die Haustür zu. Er lief zum Auto, setzte zurück und preschte den Pappelweg entlang. Nur wenige Minuten später bremste er vor dem schlichten Häuschen in der Dorfstraße, in dem David und seine Mutter lebten.

Auf sein Klingeln öffnete ihm eine aufgelöste Frau Jacobsen. Delft stutzte. „Ist Ilvy bei Ihnen?", kam er sofort zur Sache und sah sich um. Den Räumen entströmte ein Geruch wie aus einer alten, längst vergangenen Zeit. Frau Jacobsen schüttelte verzweifelt den Kopf und bat ihn herein. Er folgte ihr durch einen düsteren Flur in eine saubere, aber vollkommen abgewohnte Küche. Matt sank sie auf einen wackeligen Stuhl.

„Sie haben sich gestern Abend gestritten!", begann sie weinend zu erzählen. Die Tränen rannen nur so ihre Wangen hinunter wie offenbar schon seit Stunden, so rot waren ihre Augen. Zitternd zog sie ein Taschentuch aus ihrer Kitteltasche und schnäuzte sich. „Sie haben sich noch nie gestritten! Aber gestern … immer wieder hat Ilvy David angeschrien, ich konnte kein Wort verstehen … und dann ist sie raus, mitten in der Nacht!" Sie wedelte mit dem Taschentuch Richtung Tür.

Delft nahm auf der zerschlissenen Eckbank Platz. „Und wo ist David jetzt?"

Frau Jacobsen entfuhr ein wehklagender Schrei. „Ich glaube, er sucht sie!" Sie rang verzweifelt die Hände. „Gestern hatte er einen schlimmen Asthmaanfall, so hat ihn der Streit mitgenommen. Die halbe Nacht hab ich an seinem Bett gesessen, er wäre mir fast unter den Händen gestorben. Das würde ich nicht überleben!" Sie schluchzte auf. „Ich hab Ilvy noch nie so schreien gehört!", fuhr sie fort. „Sie ist immer so eine Seele von Mensch! Ich versteh das alles nicht!" Frau Jacobsen sah ihn fassungslos an.

„Worum ging es bei dem Streit?", versuchte Delft es sachlich, doch sie schüttelte nur in stummer Verzweiflung den Kopf.

„Und David hat auch nichts erzählt?"

„Ach, er konnte doch kaum atmen!", fuhr Frau Jacobsen angstvoll hoch. „Und heute ist er losgerannt, kaum dass er wieder beieinander war. Ich wollte ihn gar nicht weglassen!" Sie packte Delfts Hände und sah ihn flehentlich an. „Bitte, können Sie ihn nicht suchen? Was, wenn er wieder einen Anfall hat … Er denkt gar nicht mehr nach, wenn es um Ilvy geht!" Weiter kam sie nicht, die Sorge um ihren Sohn verschlug ihr die Sprache.

„Wohin könnte Ilvy gegangen sein?" Behutsam entwand Delft seine Hände ihrem Griff und reichte ihr eines seiner Taschentücher, als er sah, dass sie vergeblich nach einem neuen suchte.

„Ich weiß es nicht, die Kleine hat doch niemanden. Sie war immer nur bei uns." Sie wischte sich die rote Nase. „Sonst fällt mir nur noch diese Kirche ein, wo ihre Eltern andauernd waren. Am alten Gutshof. Vielleicht …"

Mit einem Ruck erhob sich Delft. Er musste sofort zum Gutshof fahren.

„Sobald David wieder da ist, möchte ich ihn sprechen!" Er kritzelte seine Handynummer auf den vergilbten Notizblock, der an der Küchenwand hing. „Und rufen Sie mich sofort an, wenn Ilvy auftaucht!" Mit diesen Worten ließ er Frau Jacobsen allein und fuhr ohne Umwege zum Gutshaus.

Mitten im Wald klingelte sein Handy, auf dem Display erschien „Jonas". Sofort hielt er das Handy ans linke Ohr und lenkte den Wagen einhändig in eine Kurve. "Ich bin gerade unterwegs!", sagte er und versuchte, den Wagen in der Spur zu halten.

Die Verbindung war schlecht und Jonas' Stimme immer wieder durch Knacken und Rauschen unterbrochen. „Daddy, nur ganz kurz ... heute Abend bin ich an der Kieskuhle. Lass uns schwimmen und das Wochenende einläuten, okay?"

Ein Fiat kam ihm entgegen und hupte. Fahren und gleichzeitig telefonieren war gefährlich, er schlingerte kurz. „Ja, gern, aber ich bin noch im Dienst"

"Daddy, sag nicht nein ... bitte!", unterbrach ihn Jonas hitzig.

Das Rauschen wurde lauter, die Verbindung drohte abzubrechen. „Okay", antwortete er schnell. "Ich werde da sein ... kann aber spät werden!"

„Cool, Daddy. Hauptsache, du kommst!"

Als Jonas aufgelegt hatte, warf er das Handy auf den Beifahrersitz und konzentrierte sich wieder auf das Fahren. Nichts passiert!

Heute Abend werde ich erfahren, was Jonas mir seit Tagen mitteilen will, schlussfolgerte Delft aus dessen dringlichem Wunsch nach einem Treffen und spürte, wie aufgeregt er war. Diesmal würde er sich durch nichts und niemanden die Zeit mit Jonas stehlen lassen! In seinem Inneren wirbelten Glücksgefühle und er musste sich zwingen, sich wieder auf den Fall Münch und die bevorstehende Begegnung mit dem Kirchenleiter Hansen zu konzentrieren.

Das Gutshaus kam in Sicht, er bretterte den Wirtschaftsweg entlang und Straßenstaub hüllte ihn ein, als er vor dem schmiedeeisernen Tor parkte. Ungeduldig drückte er die Klingel und Sekunden später eilte Hansen auf ihn zu.

„Herr Kommissar!" Mit aufgesetzter Freundlichkeit öffnete er das Tor. „Gibt es Neuigkeiten? Ich hoffe doch, positive?"

Wortlos ging Delft an ihm vorbei und steuerte direkt auf den Eingang des Hauptgebäudes zu, während Hansen ihm verdutzt hinterhereilte. Im Foyer blickte Delft zum Kreuz empor, bevor er sich umwandte. „Ist Ilvy hier?"

Hansen starrte ihn mit großen Augen an. „Die Tochter der Münchs? Nein, warum sollte sie?"

„Sie ist gestern Abend von ihrem Freund weggelaufen und zuhause ist sie auch nicht. Ich dachte, sie wäre vielleicht bei Ihnen." Delft fixierte Hansen, der mit einem dramatischen Seufzer auf den nächstbesten Stuhl gesunken war.

„Nein, ich habe das Mädchen schon lange nicht mehr gesehen. Um Gottes willen ... weggelaufen?" Die Antwort des Kirchenleiters klang ehrlich besorgt. „Wo kann sie sein?" Er schwieg und blickte ins Leere, bis er sich plötzlich wieder Delfts Gegenwart bewusstwurde und ihn bat, Platz zu nehmen. Doch Delft blieb stehen.

„Haben die Münchs eine zweite Tochter?", fragte er in die angespannte Stille hinein und bemerkte, wie Hansen zusammenzuckte.

„Eine zweite Tochter, wie meinen Sie das?" Der Kirchenleiter sah irritiert zu Delft empor, der seine Frage wiederholte. „Hat Ilvy eine jüngere Schwester?" Er betonte jedes Wort, als würde Hansen die Frage anders nicht verstehen. „Und sagt Ihnen der Name Fi etwas?", fügte er hinzu.

Unter Delfts bohrendem Blick schien der Kirchenleiter zu schrumpfen wie ein Ball, aus dem die Luft entweicht. Eine Weile schwieg er, wie um sich zu sammeln, und hob dann den Kopf, Eiseskälte in seinen Augen.

„Was persönliche Angelegenheiten betrifft, Herr Kommissar,

stehen unsere Gemeindemitglieder unter besonderem Schutz." Hansens Gesicht überzog sich mit kühler Arroganz. „Diskretion und Schweigen gehören zu den Maximen unserer Kirche, wie Sie wissen. Auch über die Lebensumstände der Familie Münch werde ich daher Verschwiegenheit bewahren. Das verstehen Sie sicher." Ein überhebliches Lächeln umspielte seine dünnen Lippen.

„Sehr gut verstehe ich das, Herr Hansen." Delft setzte sich auf einen der angebotenen Stühle und verschränkte die Arme vor der Brust.

"Doch ich ermittle in einem, ich will mal sagen, Verbrechen. Und wenn Sie die Ermittlungen durch Zurückhalten von sachdienlichen Informationen behindern, kann ich zu anderen Mitteln greifen. Ganz abgesehen davon, dass Sie sich strafbar machen. Also?" Er sah ungerührt in Hansens Augen, die sich zu Schlitzen verengten, bevor er schließlich den Blick niederschlug. In der Stille, die entstanden war, hätte man eine Stecknadel zu Boden fallen hören. Auffordernd nickte Delft dem schmächtigen Kirchenmann zu, dem sichtlich unbehaglich war. Er suchte nach Worten. Delft wartete.

„Ja, es stimmt", begann Hansen zögernd. " Die Münchs hatten eine zweite Tochter."

„Hatten?"

„Sie ist bei einem Unfall ums Leben gekommen."

Delft zog sein Notizbuch hervor. „Geht es ein wenig genauer?"

Hansen wand sich wie ein Aal, doch schließlich presste er mühsam hervor: „Sie ist ertrunken."

„Wie, wo, wann?", drang Delft weiter in ihn ein, ohne von seinen Notizen aufzublicken.

Da sprang Hansen vom Stuhl auf und rang die Hände vor dem

Kreuz an der Wand, als bitte er um Vergebung für alles, was er jetzt preisgab. „Es war im Sommer 2004, auf Amrum." Fast überschlugen sich seine Worte. „Eine Welle hat die Kleine mit sich gerissen. Sie war erst vier Jahre alt. Alles ging sehr schnell, man konnte sie nicht retten ..." Mit einem Ruck drehte er sich vom Kreuz weg und fuhr zu Delft gewandt mit leiser Stimme fort: „Die Münchs haben damals seelsorgerischen Beistand erbeten, den wir Ihnen umgehend noch vor Ort geleistet haben. Der Rest der Geschichte ist Sache der Familie, mehr kann ich nicht sagen."

Delft registrierte den Kampf, der im Inneren des Kirchenleiters wütete, doch er ließ ihn unbeeindruckt. „Wie hieß das Mädchen?", fragte er weiter.

Mit neuer Kraft richtete Hansen sich auf. „In unserer Gemeinde liegt Schweigen über dem Namen eines Verstorbenen, so wie auch er im Tode schweigt", sagte er mit erhobener Stimme. „Damit lassen wir ihn als reines, freies Wesen in das himmlische Reich einziehen. Niemand sollte die Toten hier auf Erden zurückhalten, indem man sie ständig bei ihrem Namen ruft." Hansens Blick verklärte sich und wanderte zum Kreuz. "Respektieren Sie wenigstens das, Herr Kommissar!"

„Hieß die Schwester Fi?", ignorierte Delft seine Bitte.

Hansen wirbelte herum und blickte ehrlich überrascht.

„Fi? Nein. Diesen Namen habe ich noch nie gehört." Das waren die letzten Worte, die zu sagen er bereit war. Delft versuchte vergeblich, noch die eine oder andere Einzelheit zur Familie Münch zu erfahren, aber der Kirchenleiter schwieg beharrlich, sodass er sich schließlich zum Tor geleiten ließ, ohne noch etwas erfahren zu haben.

Angewidert von Hansens Scheinheiligkeit verließ Delft das

Gutshaus dennoch mit dem Gefühl, ein gutes Stück vorangekommen zu sein, wenngleich noch viele Fragen offenblieben. Aber der Kirchenleiter schien in einigen Dingen die Wahrheit gesagt zu haben. So hatte es offenbar eine jüngere Schwester Ilvys gegeben, über die nach jenem Unglück niemand, der davon wusste, mehr gesprochen hatte. Über ihrem Ertrinken lag das Schweigen des Schmerzes, nur ein Foto im märchenhaften Kinderzimmer einer Ferienwohnung zeugte noch von ihrer Existenz, ebenso das Zimmer selbst, das seit zehn Jahren nicht verändert worden war. Hatten die Münchs sich dort auf Amrum, weit entfernt vom Zugriff der Kirche und ihren Gesetzen, eine heimliche Oase geschaffen, um die Erinnerung an ihre tote Tochter lebendig zu halten? Einen Ort, an dem ihr verunglücktes Kind und ihre Trauer um dessen Tod stets gegenwärtig sein durften? Und doch schwiegen sie nach außen, dieses Gesetz der C.O.S. befolgten sie immerhin.

Was für eine Zerreißprobe, dachte Delft. Die Menschen, die der Familie in ihrer schwersten Stunde Hilfe hätten bieten können, ihre Kirchengemeinde, waren am Ende an ihre strengen Regeln gefesselt, die ein gesundes Trauern unmöglich machten. Damit war es den Münchs verwehrt gewesen, den Verlust ihres Kindes zu überwinden; und inmitten dieses Desasters führte Ilvy nur noch ein Schattendasein, wie perfide.

Wie grauenhaft musste es für sie sein, im Bett ihrer toten Schwester zu liegen, in deren Zimmer zu leben, das aussah, als wäre die Zeit stehengeblieben und die kleine Schwester käme bald vom Spielen heim? Nirgends in der Ferienwohnung fand sich ein Plätzchen, das an Ilvy denken ließ. Nun wunderte es Delft nicht mehr, warum Ilvy ihre verstorbene Schwester mit keinem Wort erwähnte. Deren Tod hatte ihr jede Freiheit zu atmen genommen, die verstorbene Schwester war eine allgegenwärtige Konkurrenz, und Ilvy? Musste sie beweisen, dass sie ein Recht auf ihr Dasein hatte, ein Recht, als Tochter von ihren Eltern geliebt zu werden? Unmenschliche Leistung erbringen? Aber war es wirklich so?

„Fi" musste die Abkürzung des schwesterlichen Namens sein, vermutete er und stellte sich ein kleines Mädchen mit lustigen Zöpfen vor. Schließlich standen diese zwei Buchstaben wie ein Autogramm auf den Rückseiten der Bilder in der Ferienwohnung. Nur welcher Name verbarg sich hinter diesen Buchstaben? Fiona? Fidelia?

Er würde es herausfinden. Zunächst war es ein Erfolg, dass sie jetzt endlich wussten, wer das Mädchen auf dem Foto war.

Auf dem Wirtschaftsweg breiteten sich erste Abendschatten aus, als Delft zurück zur Polizeiwache fuhr. Womöglich gab es Medienberichte von damals über den Unfall des kleinen Mädchens und sie würden den Namen auf diesem Wege erfahren. So ein schicksalhaftes Ereignis auf einer Ferieninsel zog die regionalen Zeitungen doch magisch an.

Er hatte seinen Wagen noch nicht abgeschlossen, als sein Blick vom Polizeiparkplatz auf die Tangstedter Kirche gegenüber fiel. Friedlich stand sie in der Abendsonne, das Messing der Glocke hoch im Spitzturm reflektierte sanft das Abendrot. Weiter links, entlang der hohen Hecke, die das gesamte Kirchenareal umfriedete, befand sich der Nebeneingang zum neuen Friedhof. Einer plötzlichen Eingebung folgend überquerte Delft eilig die Straße und öffnete das quietschende Eisentor.

Drei gepflasterte Wege führten zwischen den Grabstellen entlang eine Anhöhe hinauf bis zur Rückseite der Kirche. Sargträger kamen stets von dort, wenn eine Beerdigung stattfand. In regelmäßigen

Abständen baumelten grüne Gießkannen an verwitterten Wasserhähnen, Abfallkörbe waren mit verwelkten Kränzen und schwarzen Plastikblumentöpfen gefüllt. Delft sah sich um. Ihm wurde bewusst, dass er noch niemals auf diesem Friedhof gewesen war. Die Verstorbenen seiner Familie ruhten allesamt im Alten Land im Westen Hamburgs unter Apfelbäumen, doch hier in Tangstedt lag niemand begraben, den er kannte.

Rechts versperrte ihm eine mächtige Eiche den Blick. Er umrundete sie und begann, zwischen Grabstellen und Steinen zu suchen. War Ilvys kleine Schwester hier bestattet worden? Dann musste es einen Grabstein mit einem Namen geben!

Manche Gräber waren in erbarmungswürdigem Zustand, von niemandem gepflegt, vergessen und sich selbst überlassen. Wie würde sein eigenes Grab wohl einmal aussehen, fuhr es ihm in den Sinn, als er auf einen von Unkraut überwucherten Grabstein starrte. „Hier ruht in Frieden, unvergessen ..." Delft schnaufte verächtlich. Am besten verbrennen und dann seine Asche über dem Meer vor Amrum verstreuen.

Er vernahm das nahe Geräusch eines ratternden Windrades und suchte mit den Blicken, woher es rühren könnte. Eine junge Birke, umgeben von einer zarten, aber brusthohen Buchsbaumhecke lag vor ihm. Zögernd trat der Kommissar in das Rund und sah das rotverblichene Windrad in der Erde sich geräuschvoll drehen.

Die Kindergräber. Kurz verschlug es ihm den Atem, wie viele es waren.

Sonnenbleiche Teddys mit traurigen Gesichtern hockten neben wippenden Schmetterlingen aus Draht. Winzige Grabsteine in Form von Engeln und Herzen brüllten stumm den nicht enden wollenden Schmerz trauernder Eltern hinaus in die Welt. Verwaistes

Lieblingsspielzeug und bunte Kerzen überall. Beinahe wirkte der Ort wie ein verlassener Spielplatz, wie die liegengebliebenen Reste eines Picknicks nach einem Kindergeburtstag. Wenn die Grabsteine nicht wären.

Befangen trat er in die Mitte.

Neun Kindergräber, keines der toten Kinder älter als sechs Jahre.

Ein Grauen packte ihn und er holte tief Luft.

Dann sah er ein weiteres Grab, so nah an die Hecke gedrängt, als wolle es darunter verschwinden.

Im Rasengrün steckte schief ein Holzkreuz, pechschwarz glänzend, als wäre es mit Teer überzogen. Delft trat näher heran und hockte sich auf die Knie.

Nur zwei Buchstaben aus silbernem Metall stachen aus dem Schwarz hervor: A M, darunter die Zeilen: „Geboren 2000" / „Erloschen 2004".

Delft konnte den Blick nicht abwenden. Lag hier Ilvys kleine Schwester begraben? Das schwarze Kreuz war den Kreuzen im Gutshaus und im Schlafzimmer der Münchs perfekt nachempfunden. Zufall? Wohl kaum.

Mühsam erhob er sich, klopfte den Sand von den Knien und verließ diesen traurigen Ort.

Wer war das vierjährige Kind mit den Initialen A und M? M könnte für Münch stehen und die Jahreszahlen stimmten auch. Doch für welchen Namen stand das A? Auf jeden Fall nicht für „Fi".

Sobald wie möglich würde er im Büro der Gemeinde Einsicht in das Kirchenbuch verlangen und die Einträge der Beerdigungen im Jahr 2004 durchforsten. Er verließ den Friedhof und lief gedankenversunken die wenigen Schritte zur Polizeiwache hinüber. Die Entdeckung, wie viele Kinder in den vergangenen Jahren in

Tangstedt gestorben waren, hatte ihn nachdenklich gemacht. Bis zu diesem Zeitpunkt hatte er nicht einmal gewusst, dass es diese Grabstelle für sie gab.

Das Büro war leer und aufgeräumt. Auf seinem Schreibtisch lag eine Notiz von Fuchs.

„Chef, ich mach Feierabend (17:00). *Der Inselbote* (Zeitung Amrum) hat sich bereit erklärt, am Montag seinen Praktikanten auf den Fall anzusetzen. Er wird im Archiv nach Zeitungsmeldungen aus 2004 suchen und sie uns sofort schicken. Sonst habe ich nichts finden können! … schönes Wochenende, Hannes, wir sehen uns Montag! C."

Wie gut Fuchs ihn inzwischen kannte. Er wusste, dass Delft nicht mehr nach Emails sehen würde, wenn er nochmals ins Büro kam, und hatte ihm einen altmodischen Zettel geschrieben! „Dieser Fuchs! Der durchschaut mich wie kein anderer!", murmelte Delft und schmunzelte. Er entschied, am Ende dieses langen Tages auch Feierabend zu machen und wie versprochen mit Jonas eine Runde in der Kieskuhle zu schwimmen, um das Wochenende einzuläuten.

Als er die Polizeiwache hinter sich abschloss, überkam ihn die Lust, vor dem Treffen mit Jonas ein Feierabendbier bei Margitta zu trinken. Ein Blick auf seine Uhr zeigte ihm, dass dafür reichlich Zeit war, jetzt, wo er früher als gedacht aus dem Büro kam. Er hatte sich eine kleine Belohnung verdient, zumal er auch am Wochenende am Fall der Münchs weiterarbeiten würde. Schließlich kannte er sich.

Das erste Mal seit langem verspürte er so etwas wie Freude und Leichtigkeit. Sollte er Jonas von der Postkarte an seine Mutter erzählen?

24. November 2012

Liebe Alma,

die Nächte, die ich unten verbringen muss, werden immer länger und kälter. Es gibt keine Decken, ich friere mich zu Tode. Vielleicht soll das so sein?

Manchmal muss ich am Morgen sogar ohne Frühstück in die Schule. Warum sagen sie mir nicht, was ich Böses getan habe?

Heute bin ich nach der Schule in die Zoohandlung gegangen. Ich wünsche mir schon so lange einen Wellensittich, das weißt Du ja, und heute habe ich mir einfach einen gekauft. Ich habe Geld gespart und mir ist es egal, was sie sagen. Er bleibt in meinem Zimmer und ich schließe ab, dann können sie ihm nichts tun. Er soll Caruso heißen! Wie findest Du den Namen? Wir hatten den Sänger Caruso als Thema in Musik und einige Lieder von ihm gehört. Ich musste fast heulen, so schön war seine Stimme. Sie ist mir direkt ins Herz gegangen.

Ach, Alma, wenn Du doch hier sein könntest! Er ist soooo süß! Grün mit winzigen schwarzen Knopfaugen, immer piepst er leise und guckt mich an. Ich habe für ihn den Käfig schön gemacht, auch Spielstangen drum herum angebracht. Das beste Futter besorgt und Salat. Und ich kümmere mich um ihn, sobald ich von der Schule nach Hause komme. Wellensittiche sterben, wenn sie einsam sind. Ich liebe ihn schon jetzt und er mich auch, glaube ich. Vorhin hat er mit seinem Schnabel an meiner Nase geknabbert.

Ich war noch nie so glücklich wie heute und würde ihn Dir so gern zeigen. Du musst keine Angst haben, ich habe Liebe für Euch beide!

Einen glücklichen Kuss

Ewig Deine Dich liebende Fi

Kapitel 9

An diesem schwülen Freitagabend schien sich ganz Tangstedt im Dorfkrug versammelt zu haben. Nicht nur die Terrasse war voller Menschen, die mit einem kühlen Bier entspannt in das Wochenende starten wollten. Auch der Tresen im Schankraum war bis auf den letzten Platz besetzt und im angrenzenden Raum, dem Restaurant, saßen ebenfalls an jedem Tisch Gäste, die sich ihr Abendessen schmecken ließen. Heiteres Stimmengewirr, das Klappern von Besteck und köstliche Bratendüfte drangen zu Delft herüber, der am Eingang stehen geblieben war. Eine rotwangige Margitta eilte, vier dampfende Teller balancierend, aus der Küche und grüßte ihn nur kurz, sie hatte alle Hände voll zu tun.

Delft sah sich um.

Ein junges Mädchen mit langen, dunkelbraunen Haaren stand am Zapfhahn und lächelte ihn über die Köpfe der Gäste hinweg an. Er bugsierte sich in die letzte freie Lücke am Tresen.

„Möchten Sie ein Bier?", war sie gleich aufmerksam bei ihm.

„Ja, sehr gern!", nickte Delft. Nur ein Bier, dachte er, und dann nichts wie ab zu Jonas und mit ihm ins Wasser springen. Das Mädchen stellte das Bier vor ihn hin und wandte sich dem nächsten Gast zu, der bereits am Tresen stand und ungeduldig winkte.

Der erste Schluck ist immer der beste, dachte Delft und ließ das kühle Nass seine Kehle hinunterrinnen. Unterdessen strömten immer mehr Gäste herein, das Stimmengewirr schwoll weiter an und Delft wich in die Tresenecke zurück.

Plötzlich kam ihm die übermütige Idee, auf dem Weg zur Kieskuhle bei Marlies vorbeizufahren und sie zu überraschen. Vielleicht hatte sie dienstfrei und war zuhause? Was würde sie für ein Gesicht machen, wenn er plötzlich vor ihr stand und sie wie früher zum Schwimmen abholte? Und was würde erst Jonas sagen, wenn seine Eltern gemeinsam an der Kieskuhle auftauchten? Er könnte einfach ihre Hand nehmen und sagen: Schnapp deine Badesachen, mein Herz und komm mit ... ach, wer brauchte überhaupt Badesachen? Als er letzte Nacht in die Nordsee gesprungen war, hatte er auch keine Badehose angehabt ... Dann würde sie sehen, dass sich bei ihm etwas verändert hatte. Dass noch ein Mann in ihm steckte, der über seinen Schatten springen konnte, spontan und mutig, ganz der Alte, wie sie ihn einmal geliebt hatte! Vielleicht war inzwischen seine Postkarte von Amrum angekommen und sie wartete nur auf ein Zeichen von ihm?

Er musste wohl unbewusst gegrinst haben, denn er bemerkte den auf ihn gerichteten, fragenden Blick des Mädchens hinter dem Tresen. Ahnte sie, was ihm gerade durch den Kopf ging? Er blinzelte ihr zu und sie lächelte unbefangen zurück.

Der Mann, der sich plötzlich grob neben ihn drängte, kannte offenbar keine Manieren. Beinahe hätte Delft sein Bier verschüttet, wäre er nicht in den Durchgang zum Speiseraum ausgewichen. Er fluchte leise und sah an sich herab. Nichts passiert, sein Hemd war fleckenlos geblieben.

Als er den Blick wieder hob, entdeckte er sie.

In der hinteren Ecke des Speiseraums saß Marlies, ihr Seitenprofil stach ihm sofort ins Auge. Das Gesicht auf die Hände gestützt, fiel ihr Haar in Wellen auf ihre gebräunten Schultern. Sie trug das dunkelblaue Etuikleid aus Seide, in dem sie aussah wie Audrey Hepburn in *Frühstück bei Tiffany*. Er hatte es ihr einst geschenkt.

Auf dem geschmackvoll gedeckten Tisch glänzten zwei Gläser Weißwein im Schein einer Kerze. Der Mann, der Marlies gegenübersaß, nahm in diesem Moment ihre Hände in seine und verschlang ihr Gesicht mit seinen Augen. Er mochte Anfang fünfzig sein, dichtes dunkles Haar, sportlich, teures Sakko.

Delft blieb das Herz stehen, sein Magen zog sich zu einem schmerzhaften Klumpen zusammen. Alle Geräusche um ihn her rückten plötzlich ab, langsam drehte er sich um und verließ wie in Trance den Raum. Draußen blieb er atemlos am Rand der Terrasse stehen, versuchte sich zu beruhigen und zu begreifen, was er da gerade gesehen hatte. Niemand nahm Notiz von ihm, immer wieder holte er tief Luft, bis sein Puls endlich langsamer wurde. Immer noch umklammerte seine schweißnasse Hand das halbleere Bierglas. Zitternd stellt er es auf den nächstbesten Tisch. Die entsetzten Blicke der Gäste, die dort saßen, kümmerten ihn nicht. Er sah zurück zur Tür. Vielleicht hatte er sich alles nur eingebildet? Marlies würde doch nicht … Er kehrte kurz entschlossen in den Schankraum zurück, zog einen Geldschein aus seinem Portemonnaie und reichte ihn zwischen all den Gästen hindurch dem Mädchen, die ihn erschrocken ansah. Der Schock musste ihm deutlich ins Gesicht geschrieben stehen. Vorsichtig lugte er an den Rücken und Köpfen der Anwesenden vorbei in den Speiseraum. Kein Zweifel: Dort saß Marlies mit einem attraktiven Mann und lauschte dessen offensichtlich schmeichelnden Worten. Sie hatte nur Augen für den Fremden und nicht bemerkt, dass ihr Noch-Ehemann sie beobachtete.

„Das war's dann wohl!" Er wälzte sich an den Körpern vorbei nach draußen und ließ sich auf den Fahrersitz seines Käfers fallen.

Was sollte er jetzt tun?

Verzweifelt vor Enttäuschung und Wut startete er den Wagen, trat das Gaspedal durch und raste vom Parkplatz Richtung Kieskuhle.

Seine Gedanken überschlugen sich förmlich. Wer war dieser Mann? Warum wusste er nicht von ihm? Hatte Jonas ihn womöglich absichtlich heute Abend in die Kieskuhle gelockt, um zu verhindern, dass er zufällig das traute Paar im Dorfkrug entdeckte? Seine dringliche Bitte um ein Treffen hatte fast wie eine Aufforderung geklungen und war ihm gleich sonderbar vorgekommen. Hatten sich denn alle gegen ihn verschworen, und er war der Vollidiot, der wieder nichts gemerkt hatte?

Siedend heiß fiel ihm die Postkarte ein. Wie lächerlich war diese Aktion gewesen! Vielleicht steckten sie gerade jetzt ihre Köpfe darüber zusammen, tranken Wein und schütteten sich aus vor Lachen, wie ein erwachsener Mann derart kindische Worte schreiben konnte.

Am Waldrand angekommen bremste er scharf, stürzte aus dem Auto und erbrach sich hinter einer Tanne. Dann schleppte er sich zurück auf den Sitz. Als er die Augen wieder öffnete, war es dunkle Nacht und er fühlte sich elend wie lange nicht. Wie spät mochte es sein? Er blickte auf sein Handy: 23:00 Uhr. Vor lauter Erschöpfung musste er eingeschlafen sein, da fiel ihm plötzlich Jonas ein und er stieß einen Fluch aus. Wie in Zeitlupe startete er seinen Wagen und nahm den kurzen Weg Richtung Kieskuhle.

Er war der Einzige auf dem nächtlichen Parkplatz, wahrscheinlich war Jonas gar nicht mehr da. Delft stieg aus und stolperte den Weg durch die Dunkelheit bis zum Wasser.

Dann entdeckte er ihn. Vor einem kleinen Lagerfeuer saß Jonas auf einem Baumstamm und rührte mit einem Stock in der knisternden Glut. Hoch stoben die Funken in die Nacht. Delft stapfte durch den losen Sand und ließ sich atemlos neben ihm auf dem Baumstamm nieder. Er starrte ins Feuer wie in einen Abgrund.

„Daddy!" Jonas sprang auf. „Was ist los mit dir?"

In stummer Abwehr hob Delft die Hände, ließ sie dann wieder fallen, rang vergeblich nach Worten, seine Kehle war wie zugeschnürt. Ein Schmerz von unbeschreiblicher Intensität hatte sich seiner bemächtigt, seit er den Dorfkrug verlassen hatte. Er starrte in die Glut, ohne etwas zu erkennen. Vor seinem inneren Auge flackerte das Bild von Marlies und dem Unbekannten und raubte ihm schier den Verstand. Schemenhaft gewahrte er neben sich seinen Sohn, aber er begriff dessen Worte nicht und empfand auch sonst nichts außer der Masse an Verzweiflung, in der er wie ein eingeschmolzenes Insekt feststeckte; wie ausgelöscht war sein Leben. So musste es sein zu sterben, dachte Delft und spürte, dass Tränen seine Wangen hinabliefen.

Mühsam kämpfte er gegen die Enge in seiner Kehle an, sein Atem keuchte. Vage spürte er Jonas' Hand auf seiner Schulter, warum sagte er denn nichts? Delft bettelte innerlich um ein Wort, das ihn aus diesem Zustand befreite, damit sie endlich ins Wasser gehen konnten. Warum sonst war er hier?

Das Nächste, was Delft wie etwas Fremdes wahrnahm, war sein eigener, gellender Schrei, der ihm durch die Kehle fuhr und sich anfühlte, als würden Krallen seinen Hals aufreißen.

Er sah sich mitten in einem dichten Wald in einem Moor versinken. Vergeblich strampelte er um sein Leben, der Schlamm zog ihn in die Tiefe, sickerte in seinen Mund.

Wie aus weiter Ferne brüllte da jemand seinen Namen und rüttelte ihn unsanft. Er schnappte nach Luft wie ein Ertrinkender, der im allerletzten Moment die Wasseroberfläche durchbricht. Als er auftauchte, blickte er in das entsetzte Gesicht seines Sohnes.

Der Schrei war vorüber, fortgeweht durch die Nacht in den

dunklen Wald. Er war vollkommen außer Atem.

„Daddy, was ist mit dir? Du drehst ja grad richtig durch."

Ungläubig sah Delft ihn an und spürte die Tränen, die ihm glühend heiß übers Gesicht liefen. Wann hatte er das letzte Mal geweint? Das war ein Jahr her, am Abend der Trennung, als er allein in seiner Einzimmerwohnung saß und die zweite Flasche Rotwein geleert hatte.

„Jonas!" Seine Stimme war ein Krächzen, der Puls wummerte gegen die Schädeldecke. „Ich hab Marlies vorhin gesehen …" Er schluckte, bevor er weitersprach. „Im Dorfkrug."

Schweigend öffnete Jonas zwei Flaschen Bier, reichte seinem Vater eine und setzte sich neben ihn. Delft nahm einen Schluck und wischte sich mit dem Handrücken Tränen und Rotz von der Wange. Er spürte, wie der Arm seines Sohnes sich schwer um seine Schulter legte. Obwohl es so tröstlich war, drehte er beschämt seinen Kopf zur Seite. Er sollte ihn nicht so erleben, weinend wie ein Kleinkind!

„Wusstest du, dass sie heute dort ist, mit diesem … Mann?" Er machte eine wegwerfende Handbewegung und schnaubte vor Wut.

Jonas rührte sich nicht vom Fleck und hielt ihn weiter fest.

„Ja, ich wusste es. Aber er bedeutet nichts! Bleib cool, Daddy!"

Delft löste sich aus Jonas' Arm und stand auf. „Ich hab den Kerl noch nie gesehen, wer zum Teufel ist er?" Vergeblich versuchte er, seine wütenden Tränen zurückzuhalten, und funkelte Jonas an.

„Warum weiß ich von alldem nichts? Es wäre zumindest fair, mir ein Zeichen zu geben, oder meinst du nicht?"

Jonas fuhr hoch und baute sich vor ihm auf, wies mit dem Zeigefinger auf seine Brust.

„Ich wollte es dir längst sagen, aber du hast überhaupt keine Zeit mehr, seit diese Münchs verschwunden sind!" Er holte Luft. „Es ist

wie früher, Daddy, genau wie früher! Sag mal ein Wort mit W ...
WICHTIG!"

Delft sah ihn sprachlos an. So hatte Jonas noch nie mit ihm
gesprochen.

„Ich wollte nicht, dass du die beiden siehst. Weil dieser Lackaffe
Mum nichts bedeutet." Sie standen sich gegenüber wie schnaubende
Stiere in der Arena.

„Das sah aber vorhin ganz anders aus!", schrie Delft.

„Ja, klar, Mann ..." Jonas feuerte seine Bierflasche in den Sand.
„Guck mal richtig hin, du verstehst mal wieder nichts."

Delft verschluckte den Fluch, der ihm auf den Lippen lag, und
rang mit seiner Beherrschung.

„Also, wer ist er?" Er leerte seine Bierflasche in einem Zug und
starrte Jonas herausfordernd an.

„Der Typ ist neu auf Mums Station! Kommt aus der Uniklinik,
denkt, er wäre Dr. Wow persönlich, frisch geschieden und scharf auf
sie. Er verfolgt sie regelrecht." Jonas trat einen Schritt auf ihn zu.
„Daddy, der Typ ist nichts für Mum, das sagt sie selbst. Er ist voll
peinlich. Heute wollte sie ihm sagen, dass er vergeblich den Affen
für sie macht. Aber du kennst sie, auch eine Abfuhr will Stil haben.
Außerdem muss sie danach noch weiter mit ihm zusammenarbeiten.
Da kann sie ihm nicht einfach eine Flasche über den Schädel
donnern, damit er`s kapiert!" Jonas öffnete ein neues Bier und
reichte es ihm.

Delft blickte betreten zu Boden, was sollte er darauf antworten?
Seit er Marlies mit diesem Mann im Dorfkrug gesehen hatte, fuhren
seine Gefühle Achterbahn. Hatte Jonas recht und der Mann
bedeutete Marlies nichts weiter? Er schwieg. Die Ereignisse der
letzten Tage hatten ihm seine Grenzen gezeigt. Der Fall Münch, der

immer verworrener wurde, die Krise auf Amrum, Marlies mit einem Fremden und jetzt der eigene Sohn, der ihm die Meinung sagte. Und mittendrin er selbst mit dieser albernen Idee, Marlies eine Postkarte zu schreiben. Was glaubte er denn? Dass sie einfach so zu ihm zurückkehrte? Am liebsten wäre er vor Scham im Erdboden versunken.

Aus dem Wald war der nächtliche Ruf einer Eule zu hören.

„Warum gibst du nicht zu, dass du sie wiederhaben willst?", brach Jonas das Schweigen. „Rede endlich mit ihr." Er prostete seinem Vater zu, der ihn fassungslos ansah.

„Das ist nicht so einfach", feuerte Delft wie aus der Pistole und stellte erstaunt fest, dass sie sich in einem echten Männergespräch befanden. Immer hatte er sich diese Nähe gewünscht und nun fiel ihm nichts ein außer diesem platten Satz. Oder sollte er von der Postkarte an Marlies erzählen? Er hatte nie vorgehabt, mit Jonas über seine Eheprobleme zu sprechen, schließlich hatte er am meisten unter der Trennung zu leiden.

Aber jetzt war es egal, peinlicher konnte es für ihn kaum werden.

„Wo die Liebe hinfällt … ist doch eigentlich ganz easy", warf Jonas ein, schmunzelte und stieß Delft kumpelhaft mit der Schulter an.

„Was weißt denn du davon?" Stirnrunzelnd musterte er Jonas, dessen Selbstsicherheit plötzlich in sich zusammenfiel und einer Schüchternheit gewichen war, als er sagte: „Ich habe ein Mädchen getroffen. Wenn nicht dieser blöde Autofund dazwischengekommen wäre, hättest du sie schon an unserem letzten Kieskuhlentag kennengelernt."

Deutlich klangen Stolz und Aufregung in seinen Worten mit und Delft verspürte eine Mischung aus Freude und Neid auf dieses erste

Glück. Sein Sohn war verliebt, und obwohl ihn die Neugier packte, hielt er sich zurück und wartete ab, bis Jonas wieder das Wort ergriff.

„Sie heißt Antonia." Er stocherte mit dem Stock in der Glut und warf seinem Vater einen Seitenblick zu. „… und ist aus meiner Klasse. Vielleicht kommt sie später noch hierher."

„Später?" Es musste schon längst nach Mitternacht sein, schätzte Delft und erinnerte zugleich, wie egal ihm selbst früher die Zeit gewesen war, frisch verliebt. Damals hatte sich die ganze Welt nur um Marlies gedreht.

Jonas warf einen Holzscheit in die Glut.

„Naja, sie arbeitet noch. Ein Ferienjob. Ihre Eltern haben ein italienisches Restaurant und sie versucht gerade herauszufinden, ob sie vielleicht Lust hat, es später zu übernehmen." Er hielt kurz inne, ein Knacken im Geäst klang zu ihnen herüber. „Deshalb arbeitet sie im Dorfkrug in der Küche mit, und wenn viel los ist, hilft sie auch am Tresen", ergänze er noch, bevor er unvermittelt aufsprang und den Strand entlang zum Waldrand lief. Im selben Moment hörte Delft das blecherne Geräusch eines Fahrrads, dessen knirschende Kette voller Sand steckte.

In der Dunkelheit konnte er nur ihre Schemen erkennen. Kaum dass das Mädchen abgestiegen war, umarmte Jonas sie und nahm ihr das Fahrrad ab. Händchenhaltend kamen sie auf ihn zu. Als sie in den Lichtschein der Glut traten, erkannte Delft die junge Kellnerin aus dem Dorfkrug sofort wieder.

Sie reichte ihm die Hand und lächelte.

„Hey, ich hab mir gleich gedacht, dass Sie der Vater von Jonas sind. Sie haben dieselben Augen und schmunzeln wie er."

Ihr Selbstbewusstsein schüchterte ihn ein wenig ein, zugleich spürte er ihre Freundlichkeit.

„Das ist Antonia", stellte Jonas sie vor und blickte sie stolz an. Verspielt boxte sie ihm in die Seite und kicherte.

„Ich bin Hannes", erwiderte Delft. Endlich war Ruhe in ihn eingekehrt.

Antonia hatte die restlichen Frikadellen mitbekommen, dazu eine Schüssel mit Margittas Spezialkartoffelsalat. Wie selbstverständlich hatten die beiden Delft gebeten zu bleiben und er genoss ihre Gesellschaft, fühlte sich plötzlich um Jahre jünger. Offen und leicht war jetzt die Stimmung zwischen ihm und Jonas, frisch wie die Luft nach einem reinigenden Gewitter.

Das Lagerfeuer knisterte und wärmte immer noch, als Delft sich schließlich verabschiedete. Über den Baumwipfeln hing blank der Mond, alles um ihn schien zu schlafen.

„Was für eine Nacht!", dachte er, als er in sein Auto stieg. Auf dem Beifahrersitz blinkte sein Handy, das er in der Aufregung liegen gelassen hatte. Wie ärgerlich, aber musste er immer erreichbar sein? Er war müde, fast vierundzwanzig Stunden hatte er nicht geschlafen und die Ereignisse des vergangenen Tages seine letzten Energiereserven aufgebraucht. Wer hatte ihn zu so später Stunde noch angerufen? Er hoffte, es möge nichts Dringliches sein und wollte nichts anderes als schlafen.

Die Nachricht auf seiner Mailbox war um 00:14 Uhr eingegangen, das war zwei Stunden her. Als er sie abhörte, schluchzte eine aufgelöste Frau Jacobsen in sein Ohr.

„Herr Delft, bitte kommen Sie sofort. David dreht durch! Er hat sich in seinem Zimmer eingeschlossen und will mir nicht sagen, was los ist! Ständig schreit er Ilvys Namen, ich habe Angst, dass etwas Furchtbares passiert ist und …" Hier endete die Nachricht abrupt, als wäre ihr Akku plötzlich leer.

„Verdammt!", fluchte Delft alle Müdigkeit vergessend. Mit röhrendem Motor raste er Richtung Dorfstraße und sah schon von weitem, dass im gesamten Haus Licht brannte.

So sehen frühmorgendliche Tatorte aus, fuhr es ihm durch den Kopf und er hoffte, er möge sich irren.

Die Haustür war nur angelehnt und er trat ein, ohne zu klingeln, nachdem er Frau Jacobsen durchs hellerleuchtete Küchenfenster erkannt hatte. Im geblümten Morgenrock und mit wirren Haaren saß sie am Küchentisch, vor sich eine Tasse Kaffee, die aussah, als wäre sie seit Stunden kalt.

Als Delft eintrat, schreckte sie hoch und fiel ihm jammernd in die Arme. Von dem, was sie stammelte, verstand er kein Wort, nur immer wieder „David … Ilvy … Streit", den Rest verschluckte ihr Schluchzen!

Er bugsierte sie zurück auf den Stuhl und hieß sie dort zu bleiben und einen Moment zu warten. Dann durchquerte er den engen Flur und blieb vor Davids Zimmer stehen. Die Tür war einen Spaltbreit offen, er tippte mit dem Fuß dagegen und öffnete sie ganz.

Mit diesem Ausmaß an Verwüstung hatte Delft nicht gerechnet.

Im weit offenen Kleiderschrank baumelten leere Bügel an der Stange, Hosen und Shirts waren im ganzen Raum verteilt. Auf dem Schreibtisch in der Zimmerecke türmten sich Bücher, Hefte und Davids Sportkleidung, die geleerten Schubladen hingen schief in den Angeln. Auf dem Boden lagen zerknüllte Medikamentenschachteln verstreut, über allem hing der Geruch von Eukalyptus.

Delft erinnerte sich an die erste Begegnung mit David im Wohnzimmer der Münchs. Dort war ihm der Geruch zum ersten Mal aufgefallen. Er musste mit Davids Asthma zu tun haben. Während er darüber nachdachte, stand plötzlich die wimmernde Frau Jacobsen hinter ihm in der Tür und starrte ungläubig auf das Durcheinander.

„Er hat seine Sachen gepackt und ist weg", stieß sie verzweifelt hervor. „Er will fort, hat er gesagt. Für immer." Sie brach in heiseres Weinen aus. „Wo soll er denn hin mitten in der Nacht?"

Ohne etwas zu erwidern, fegte Delft an ihr vorbei den Flur entlang nach draußen und stürzte in sein Auto. Er hatte das ungute Gefühl, dass es sich hier nicht um den Streit eines verliebten Teenagerpaares handelte. Die offene Haustür bei den Münchs fiel ihm ein, das verwaiste Grundstück. Er trat aufs Gas.

Das Haus im Pappelweg 36 lag still im Dunkel, alle Jalousien waren herabgelassen, nichts regte sich. Er hastete den Gartenweg hinauf zur Eingangstür und griff den Türknauf. Er ließ sich mühelos bewegen, noch immer war die Tür unverschlossen und er stieß sie mit der Schulter auf. Wo waren Ilvy und David?

Lautlos glitt er durch den dunklen Flur und schaltete das Licht im Wohnzimmer an. Seit er vor nicht einmal zwölf Stunden in diesem Haus gewesen war, hatte sich auf den ersten Blick nichts verändert. Offensichtlich war seitdem niemand hier gewesen. Doch dann entdeckte er einen Lichtschimmer, der aus der Küche drang.

Er schlich bis zum Küchendurchgang und spähte um die Ecke. Die Kühlschranktür stand offen. Das Lichtrechteck der Innenbeleuchtung fiel auf die Küchenfliesen, während das Gerät laut surrend versuchte, die Temperatur zu drosseln. Der Kühlschrank war leer, jemand hatte sämtlichen Inhalt ausgeräumt. Als Delft die Kühlschranktür zuschlug, vibrierten die Kühlstäbe laut im Raum. Sonst war es im Haus so still, dass er sicher war, hier niemanden anzutreffen, zumindest niemanden, der noch atmete und lebte.

Er stieg die Treppe ins Obergeschoss hinauf. Sogleich bemerkte er, dass Ilvys Zimmertür sperrangelweit offenstand, da von dort Helligkeit in den Flur drang. Dann sah er ihren Schlüssel im Schloss stecken, sie musste hier gewesen sein. Die Jalousien in ihrem Zimmer waren hochgezogen und der inzwischen anbrechende Morgen tauchte den Raum in verwaschenes Zwielicht. Von der Fensterbank waren die Schalen mit Vogelsand verschwunden. Auch hier roch es nach Eukalyptus, demnach war David bei Ilvy gewesen. Nur wo waren die beiden jetzt? Hatten sie sich mit Proviant versorgt und damit auf und davon gemacht?

Am Deckenhaken hing stumm der leere Vogelkäfig, Ilvys Bett war unberührt. Wann hatte sie das letzte Mal hier geschlafen?

Er näherte sich dem Schreibtisch, auf dem unverändert ordentlich ihre Schulbücher und Hefte lagen. Frau Hinrichsen fiel ihm ein, was hatte sie gesagt? Selbst in den Ferien lernte das Mädchen für die Schule, statt an den Strand zu gehen!

Vorsichtig zog er die linke Schublade auf, ohne zu wissen, wonach er eigentlich suchte. Sie klemmte ein wenig, wahrscheinlich war sie bis zum Rand vollgestopft mit Papier und allerlei Mädchendingen. Doch als er sie mit etwas Kraft herausgezogen hatte, war sie leer und es kam nur ein sauberer Holzboden zum Vorschein, auf dem ein einsamer Füller hin und her kullerte.

Delft ruckelte an der Schublade, warum war sie so schwergängig? Er beugte sich hinab, um sie genauer zu inspizieren, und sah jetzt, dass die Abstände nicht stimmten. Außen war die Schublade mindestens zwanzig Zentimeter hoch. Das reichte, um dicke Bücher darin aufzubewahren. Doch der Innenraum der Schublade fasste höchstens ein paar lose Blätter, bis er randvoll gefüllt war.

200

Vorsichtig zog Delft die Schublade weiter auf, bis sie ihm schwer aus der Hand glitt und laut polternd zu Boden fiel. Der Innenboden brach heraus und gab einen Hohlraum frei. Doch da war ein Widerstand, Delft konnte nicht weit hineingreifen und ertastete einen viereckigen Gegenstand, der den Hohlraum so genau ausfüllte, dass seine groben Finger ihn nicht fassen konnten, immer wieder rutschten sie ab. Schließlich setzte er sich aufs Bett und nachdem er etwas an der Schublade geruckelt hatte, gab sie ihren Inhalt preis und ein großformatiges, schweres Buch glitt heraus.

Staunend betrachtete er es von allen Seiten. Der stabile Einband war von Hand kunstfertig in hauchdünnen, weißen Seidenstoff eingeschlagen, den Buchdeckel zierten Prägungen mit fallenden Ahornblättern aus Blattgold. Vom vielen Benutzen war das Wort „Tagebuch", das zierlich zwischen den Prägungen hervorstach, abgewetzt, was die feine Eleganz des Buchs noch betonte. Delft war fasziniert von diesem Kunstwerk und versuchte Ilvy damit in Verbindung zu bringen. Benutzten Teenager nicht eher Tagebücher mit Glitzer, Popstars und Pferden auf dem Cover?

Sachte fuhr Delft über den schimmernden Buchdeckel und öffnete die Seiten dort, wo das rote Seidenband eingelegt war. Dann blätterte er vor und zurück, hauchfeines Papier wie in kirchlichen Gesangbüchern, das den anisartigen Geruch von Vogelsand verströmte, alle Seiten durchnummeriert, mehr als tausend. Dutzende Blätter waren bereits eng beschrieben, jede Seite begann fein säuberlich mit einem Datum. Ein Tagebuch, das für die Notizen eines ganzen Lebens Platz bot.

Delft schlug die erste Seite auf. Er stockte und für einen Moment setzte sein Herzschlag aus, als ihm von einem Foto zwei Mädchen entgegenlachten. Das jüngere kannte er von der Aufnahme aus der

Ferienwohnung … und das ältere war: Ilvy.

Die Ähnlichkeit der Schwestern war verblüffend. Das Foto musste in der Zeit entstanden sein, als auch das Strandfoto aufgenommen wurde, denn das kleine Mädchen trug denselben Badeanzug. Es schmiegte sich in den Schoß der etwa siebenjährigen Ilvy, deren stolzer Blick es schützend umfing. Beide Kinder waren sonnengebräunt, lachten fröhlich in die Kamera und zeigten frech ihre Zahnlücken. Sie drückten die ganze Seligkeit geschwisterlicher Liebe und einer unbeschwerten Kindheit aus. Wer hatte den Schnappschuss gemacht? Wahrscheinlich die Eltern, die Aufnahme war ein typisches Urlaubsfoto.

Gäbe es den Altersunterschied nicht, hätte man die Mädchen für Zwillinge halten können. Zu Ilvys Füßen lag die damals noch neue Stoffpuppe, die Delft auf ihrem Bett gesehen hatte. Er schaute sich suchend um, aber die Puppe war verschwunden.

Warum hatte Ilvy nie ein Wort über ihre Schwester verloren? Weil den Namen einer Toten auszusprechen in der Kirche des Schweigens verboten war? Aber sie hatte sich von der Kirche abgewandt. War sie trotzdem dem Gebot gefolgt? Oder war der Verlust der geliebten Schwester selbst nach zehn Jahren noch immer so unerträglich für sie, dass sie ihn nur durch Verdrängen und Vergessen bewältigen konnte?

Er blätterte zur nächsten Seite, wo sich in kindlicher Handschrift und riesigen Lettern der Inhalt des Buchs offenbarte:

Mein Tagebuch
Briefe an Alma
Beginn: Sommer 2004

Das Geheimnis um die beiden Buchstaben auf der Rückseite der Kinderzeichnungen lüftete sich in der Widmung: „Für meine Schwester Alma", begann sie, „damit ich immer Deine ‚Fi' bleibe.

Delft starrte auf die mit spitzem Bleistift geschriebenen Worte. „Fi" - das war Ilvy. Warum war er nicht längst selbst darauf gekommen: „Fi" bedeutete die liebevolle Abkürzung des Namens „Ilvy", aus dem Mund einer Vierjährigen, und endlich war auch klar, wie diese Vierjährige hieß: Alma, Ilvys kleine Schwester, tödlich verunglückt im Jahre 2004. A M, so stand es auf dem Holzkreuz des Kindergrabes. Alma Münch. In der langen Widmung schwor Ilvy ihrer Schwester ewige Liebe, Treue und Schutz. Über den Tod hinaus. Worte eines siebenjährigen Kindes, dennoch so ernsthaft wie die eines erwachsenen Menschen. Delft schnürte es den Hals zu.

Beklommen las er weiter, während vor dem Fenster allmählich der Morgen graute und erste Vögel zu zwitschern begannen. Aber die Schönheit der Natur und das Erwachen des Tages erreichten ihn in den folgenden Stunden nicht. Zu sehr erschütterte ihn, was Ilvy in ihrem Tagebuch akribisch auf unzähligen Seiten als „Fi" beschrieb, es war das Zeugnis eines grauenhaften Martyriums. Briefe an ihre tote Schwester Alma, gefüllt mit Verzweiflung, Einsamkeit, Qual!

Ihre eigenen Eltern hatten Ilvy über Jahre gedemütigt, seelisch und körperlich misshandelt. Wenn nur ein Bruchteil dessen, was ihr angetan wurde, in den Briefen an ihre Schwester dokumentiert stand, welches Ausmaß hatte diese Tortur tatsächlich gehabt? Und warum hatten die Eltern ihre Tochter so gequält?

Immer wieder fragte Ilvy sich das selbst in den Briefen und fand keine Antwort. Gab es überhaupt einen Grund? Delft schauderte. Er hatte oft genug erlebt, dass pures Vergnügen am Leid anderer für Misshandlungen reichte.

Ilvy hatte in ihrer Not und Einsamkeit einen Weg gefunden, die Torturen zu ertragen. Immer wieder vertraute sie sich ihrer toten Schwester an, fand Trost darin, sich ihr mitzuteilen, und hegte Hoffnung auf ein Ende ihrer Qual. Niemand sonst hatte von Ilvys Not erfahren. Mit Hilfe der Tagebuchbriefe an Alma musste Ilvy die Schweigeregeln der C.O.S. nicht brechen und konnte sich dennoch Erleichterung verschaffen. Delft war erschüttert. Warum hatte all die Jahre niemand etwas bemerkt, weder Lehrer noch Mitschüler oder Nachbarn? Hatten sich vielleicht sogar Hansen und seine Gutmenschen der C.O.S. an den Machenschaften der Eltern beteiligt und halfen jetzt beim Vertuschen, indem sie darüber schwiegen? Gleich am Montag würde er eine behördliche Untersuchung der C.O.S. erwirken.

Während er Seite um Seite weiterlas und unfassbare Grausamkeiten beschrieben fand, überschlugen sich in seinem Kopf die Vermutungen und Fragen. Warum hatte Ilvy bei ihrer ersten Begegnung nicht die Wahrheit gesagt und ihre Eltern als so perfekt und liebevoll beschrieben, wenn gleichzeitig ihr Tagebuch eine jahrelange Qual protokollierte? Oder war das Tagebuch womöglich gelogen, das Hirngespinst eines Kindes, das seine Schwester verloren hatte und sich in eine Scheinwelt flüchtete, um den Verlust zu bewältigen? Doch der Gedanke erschien Delft abwegig, kein Kind, und sei es noch so fantasievoll veranlagt, könnte sich ausdenken, was auf diesen Seiten niedergeschrieben war.

Er stand auf, ging hinüber ins Bad und trank Wasser aus der hohlen Hand. Dann kehrte er wieder ins Kinderzimmer zurück und bemerkte erstaunt, dass es draußen inzwischen heller Tag geworden war. Am Himmel braute sich ein Gewitter zusammen. Delft wischte sich Schweißtropfen von der Stirn, er hatte jegliches Zeitgefühl verloren, während er immer weiter in das Tagebuch vordrang.

Wer ließ sein Kind nachts die Wohnung putzen? Das war krank, und doch hegte das Mädchen keinerlei Aggression gegen ihre Peiniger. Im Gegenteil: Je mehr sie sich bemühte, alle Anforderungen ihrer Eltern zu erfüllen, und je sadistischer die Strafen wurden, desto ehrgeiziger versuchte Ilvy mit allen Mitteln die Liebe und Aufmerksamkeit der Eltern zu gewinnen. Gute Schulnoten, Besuche in der Kirche, alle Forderungen, so unsinnig sie auch waren, hatte sie erfüllt, um geliebt und wahrgenommen zu werden. Abrupt blieb Delft bei diesem Gedanken hängen.

Strafen? Weshalb Strafen? Was hatte Ilvy getan, um derart gezüchtigt zu werden, wie sie es auf diesen endlosen Seiten beschrieb? Immer wieder erwähnte sie eine Schuld, die ihr aber nicht bewusst war. Worin mochte sie bestehen? Machten ihre Eltern womöglich Ilvy für den Tod ihrer Schwester verantwortlich? Wie oft hatte er erlebt, dass Menschen ihre eigene Schuld auf jemand anderen projizierten, vollkommen unfähig, sich selbst in die Verantwortung zu nehmen. Es war ein Unfall gewesen, so hatte es Hansen erklärt, und Ilvy war zum Zeitpunkt des Unfalls selbst noch ein Kind gewesen.

Ein wesentliches Detail musste fehlen. Es ergab so alles keinen Sinn. Delft blätterte weiter und stieß auf den Eintrag vom 23. Juni 2014, der wie alle anderen mit „Liebste Alma" begann:

205

„Mutter hat es wirklich getan", schrieb Ilvy. „Ich weiß genau, dass sie es war! Als ich gestern von David nach Hause kam, war Caruso weg. Der Käfig war leer und das Fenster weit geöffnet! Sie hassten Caruso, das wusste ich immer, er war ihnen zu laut mit seinem süßen Geplapper und Trällern und Singen. Alles wegen dieser scheiß Kirche! Bring ihn endlich zum Schweigen, hat Mutter andauernd gekeift. Jetzt ist er weg und ich hasse Mutter dafür .... Den ganzen Tag habe ich nach Caruso gesucht, überall, sogar im Wald. Wenn ich ihn sonst rief, kam er immer sofort auf meine Schulter geflogen, aber heute nicht. Bestimmt hat er Todesangst, ganz alleine da draußen im Dunkeln, so wie ich, wenn ich da unten bin."

Delft stockte. Das Bild der guten, engagierten Münchs war nur ein Konstrukt aus Lügen gewesen. Spätestens jetzt war die Vermutung zur Gewissheit geworden, dass hinter der Fassade ihrer christlichen Nächstenliebe Herzen aus Kälte und Grausamkeit schlugen. Und was war dieses „Unten"? Immer wieder tauchte es auf.

Die letzte, beschrieben Seite lag vor ihm. Er blätterte um und erstarrte, von Ilvys sauberer Handschrift war nichts mehr zu erkennen. Grob war der stumpfe Bleistift über das Papier gefahren, hatte Risse und fransige Löcher hinterlassen. Es gab kein Datum mehr und keine Anrede, in ausladenden, unkontrollierten Schwüngen tobten die Buchstaben über das Papier.

Als Delft die Zeilen entziffert hatte, spürte er würgende Übelkeit in sich emporsteigen:

„Ich habe ihn gefunden, er ist tot tot tot! Und Mutter ist eine Mörderin!!

Lebendig hat sie Caruso in die Tiefkühltruhe geworfen. Überall auf den Gemüsebeuteln waren blutige Federn und Flaum festgefroren. OH GOTT Ganz unten lag er zwischen den Brötchentüten, als wäre er in einen Todesgletscher gestürzt ... Seine Augen waren aufgerissen, die Flügel hingen ganz schief an seinem kleinen Körper. Im dunklen Eis hat er um sein Leben gekämpft und auf mich gewartet, dass ich ihn rette. Aber ich war nicht da! Ich konnte ihn nicht retten! Ich hab doch nicht gewusst, dass er da drin liegt! Am Sonntag sollte ich Brötchen holen. Mutter wollte, dass ich ihn so finde und schreie, endlich schreie, dann kann sie mich bestrafen, weil ich ihre verdammte Regel breche. Sie will mich endlich totschlagen dürfen! Aber ich habe geschwiegen. Diese elende Hexe, den Gefallen tue ich ihr nicht. Ich werde schweigen und wenn ich kotze vor Trauer und Wut! Ich gehe mit David weg von hier. Ich hasse sie!!!! Sollen *sie* doch da unten verrecken!!!! Und ich spucke auf ihr Grab!

Delft schluckte gegen die Übelkeit an und starrte durchs Fenster. Die Wolken hatten sich zu graphitschwarzen Wänden aufgetürmt, unbeweglich stand in der Schwüle die Luft. Wie aus einer weit entfernten, düsteren Welt tauchte er auf, als er sich erhob, das Tagebuch zuklappte und sich in der Gegenwart wiederfand. Samstagmorgen. Er hörte von draußen eine Fahrradklingel, weit entfernt das brummende Geräusch eines Rasenmähers.

Ilvys letzte Zeilen stellten alles, was er gedacht und zuvor gemutmaßt hatte, auf den Kopf. Cordens als möglicher Täter rückte in weite Ferne. Ilvy flammte vor seinem inneren Auge auf. Hatte Carusos Tod das Fass zum Überlaufen gebracht und das Mädchen zum Racheengel werden lassen? Die Summe ihrer Qualen explodiert in einer Tat, von der noch niemand etwas ahnte. Was hatte Ilvy getan? Wo waren ihre Eltern?

Da unten. Sollen sie doch da unten verrecken.

Delft warf einen matten Blick auf den leeren Vogelkäfig, nahm Ilvys Aufzeichnungen und stieg die Treppe hinunter ins Erdgeschoss. In der Küche hielt er seinen Kopf unter den kalten Wasserhahn und goss sich ein Glas randvoll, stürzte es hinunter und trank noch zwei weitere Gläser, bevor er in den Flur hinaustrat. Seine Augen richteten sich auf die Kellertür. Die Blutspuren in der Tiefkühltruhe stammten von Caruso, Ilvy hatte gelogen. Biohühnchen! Was würde er noch finden in diesem Haus, in dem irgendwo das „da unten" lauerte.

Sollte er Fuchs informieren? Er entschied, ihn schlafen zu lassen. Wie würde er dastehen, wenn sie außer den Spuren des Wellensittichs kein Mausoleum entdeckten?

Die Tür zum Keller knarzte leise, als er sie öffnete. Kühle Luft stieg aus dem Dunkel empor, es roch nach feuchtem Betonboden und Staub, wie beim ersten Mal, als er hier unten war. Delft tastete nach dem Lichtschalter. Mit einem satten „Klick" begann die Neonröhre zu surren und tauchte den Kellerraum in kaltes, grelles Licht. Kurz geblendet stieg er hinab und blieb unter der niedrigen Betondecke stehen. Kaum zwei Handbreit Platz waren noch über seinem Kopf, dann hätte er die Spinnweben gestreift, die zwischen Decke und Neonröhre gesponnen waren. Die Luft in diesem niedrigen, fensterlosen Raum war stickig und von Staub durchzogen. Dicke Wolken flimmernder Partikel wirbelten im Lichtkegel. Er musste husten. Direkt vor ihm, gegenüber der Treppe, standen die einfachen robusten Holzregale an der Wand, prallvoll mit Dingen des alltäglichen Lebens gefüllt. Was hatte er übersehen, als er das erste Mal hier gewesen war?

Er registrierte Konservendosen, Nudelpakete, Kaffee, Tee, Einweckgläser mit Gemüse und Obst, Flaschen mit Shampoo und Duschgel. Jemand hatte sogar schon für den Winter vorgesorgt und auf dem unteren Regalbrett mehrere Tüten Vogelfutter und Meisenknödel deponiert. Skurril, dachte Delft, bei dieser Hitze an Winterfutter für Vögel zu denken, aber vielleicht war es noch vom letzten Jahr - und in diesem Haus war manches skurril. An der rechten Kellerwand stapelten sich Kisten mit Mineralwasser und Säften, nirgendwo war Alkohol zu finden. Wahrscheinlich verbot den Münchs der Glaube auch Bier und Wein, bestimmt gab es bei der C.O.S. eine entsprechende Regel.

Neben den Getränkekisten stand die Tiefkühltruhe. Der Deckel machte ein saugendes Geräusch, als Delft ihn öffnete. Er starrte auf die Packung mit dem TK-Fisch, auf der die kleinen Blutsprenkel verteilt waren, die ihm beim ersten Mal gleich aufgefallen waren.

Dann schaufelten seine Hände die obere Schicht der Gefriergüter beiseite. Wie grauenvoll war es, die kleinen grünen Federn zu sehen und zu wissen, woher sie rührten. Vereistes Blut glitzerte überall auf Tüten und Verpackungen, die unter der obersten Schicht zutage traten. Schillernde Federn übersäten die vereisten Lebensmittel, als hätte ein Sperber das Tier gegriffen und zerfetzt, feine Blutspuren überall. Dass Wellensittiche so viel Blut in ihrem winzigen Körper hatten, um ein derartiges Blutbad anzurichten, Caruso musste bis zum letzten Tropfen um sein Leben gekämpft und getobt haben. In eisiger Dunkelheit, vollkommen vergeblich. Der tote Wellensittich jedoch war fort. Hatte Ilvy ihn an sich genommen?

Delft schauderte und schloss den Deckel. Alles, was Ilvy über Carusos Tod im Tagebuch geschrieben hatte, entsprach der

Wahrheit. Sie hatte weder übertrieben noch sich etwas eingebildet. Er kniff die Augen zu. Also entsprach auch alles andere vermutlich der Wahrheit.

Ihre Eltern waren Sadisten, die die eigene Tochter gequält und gedemütigt hatten, ohne dass es bemerkt wurde! Bilder aus Ilvys Tagebuch durchströmten sein Gehirn. Widerwillig öffnete er die Augen. Weitersuchen. Was hatte er bislang übersehen? Verdammt, es musste hier etwas geben!

Die Vorräte in diesem Keller reichten für mehrere Wochen. Zumindest dafür hatten die Münchs gesorgt, als sie Ilvy allein ließen. Bis auf die verstaubten Konservendosen und matten Einweckgläser herrschte auch hier eine pingelige Ordnung. Der Raum, den Ilvy beschrieben hatte, musste sich an einem anderen Ort befinden. Oder hatten die Münchs sie hier in den Keller gesperrt?

Aber Ilvy hatte von Hunger, Durst und erloschenen Kerzen geschrieben. Hier gab es keine abgebrannten Kerzen, dafür waren Wasser und Lebensmittel im Überfluss vorhanden. In diesem Raum hätte Ilvy nicht dursten müssen, es sei denn, sie konnte Wasser und Lebensmittel nicht erreichen, weil … Eine Gänsehaut rieselte über seine Arme.

Er ging zur Tür mit der Aufschrift „Waschkeller". Die Waschmaschine stand noch dort, das Bügelbrett hing an der Wand. Daneben gab es keinen Platz für irgendetwas anderes. Auf einem Regal in Kopfhöhe reihten sich Waschmittelflaschen an Weichspüler. Das Bullauge der Waschmaschine stand sperrangelweit auf. Das war anders! Beim ersten Mal war das Bullauge verschlossen gewesen, die Trommel dahinter leer.

Er bückte sich und spähte hinein. Zwei angegraute, schmutzige Frotteehandtücher warteten zerknüllt auf den nächsten Waschgang.

Er hob sie an.

Darunter lag ein Handy. Delft nahm es und trat zurück ins Licht. Es war ein älteres Modell, das er nicht kannte. Gehörte es David? War er deshalb noch mal im Haus gewesen, auf der Suche nach seinem Handy? Doch was hatte es in der Waschmaschine zu suchen?

Delft drückte auf die Starttaste und staunte, dass das Gerät eingeschaltet war, die Batterie voll. Hier unten im Keller hatte es zwar keinen Empfang, aber das Display leuchtete blau und er navigierte durch das Menü. Wenigstens damit kannte er sich halbwegs aus. Plötzlich blieb er wie erstarrt am Menüpunkt „Gesendete Nachrichten" hängen.

Sonntag, 13.07.2014, 11:29: „Wir warten auf die Fähre. In zwei Stunden sind wir in Dagebüll. Bis später. Mama und Papa."

Diese Nachricht hatte er schon einmal gelesen … auf Ilvys Handy. Er scrollte weiter. Nachricht über Nachricht, mindestens dreißig Stück. Jede einzelne war an Ilvy gerichtet, sonst gab es keinen Empfänger. Alle erkannte er wieder, jede von ihnen war auf seinem Computer im Polizeibüro gespeichert, ein Dutzend Mal gelesen. Mit zittrigen Fingern öffnete er den Menüpunkt „Eingegangene Nachrichten". Er schluckte und spürte seinen Puls rasen.

Letzte eingegangene Nachricht: 29.6.2014, 7:12. „Lieber Matthias, liebe Doris, ich wünsche Euch erholsame Tage auf Amrum. Gottes Segen sei mit Euch. Vergesst nicht: unser Herr verzeiht alles. Euer Gerold"

Die Erkenntnis jagte mit Lichtgeschwindigkeit durch sein Gehirn: Er hielt hier das Handy von Doris und Matthias Münch in den Händen.

Kapitel 10

Hastig verließ Delft den Keller und stürzte an die frische Luft. Irritiert registrierte er den fortgeschrittenen Tag, es war schon Mittag? Im Flur hatte ihm ein fahles, stoppeliges Gesicht aus dem Spiegel entgegengeblickt, die roten Augen dunkel umwölkt. Erstaunt erkannte er, dass es sein eigenes war. Er hatte dringend Schlaf und eine Dusche nötig, doch daran war jetzt nicht zu denken.

Er wählte Fuchs' Nummer und wollte schon auflegen, als Fuchs endlich antwortete.

„Ich habe das Handy der Münchs in ihrem Keller gefunden!" Delfts Stimme war rau vor Müdigkeit. „Und ein grauenvolles Tagebuch, es gehört Ilvy! Ich weiß jetzt, was mit dieser Familie nicht stimmt. Den Rest erkläre ich dir, wenn du hier bist. Ich versuche auch, Max zu verständigen, wir müssen das Haus auf den Kopf stellen ..."

„Chef ...?", unterbrach Fuchs ihn vorsichtig.

„Ja, ich weiß, es ist Samstag, aber ..."

„Max ist hier bei mir. Wir kommen!" Ohne eine Antwort abzuwarten, legte Fuchs auf.

Delft glotzte aufs Display, wo noch der rote Hörer zu sehen war. Was hatte das wieder zu bedeuten, Max war bei Fuchs? Spielte die ganze Welt an diesem Morgen verrückt? Egal!

In der Küche legte er das Handy der Münchs zum Tagebuch und öffnete die Küchenschränke. Wie Blei zog die Müdigkeit an ihm und alles hätte er in diesem Moment für einen starken Kaffee gegeben, aber in der Küche fand er weder Pulver noch eine Kaffeemaschine.

Mürrisch stieg er erneut die Kellertreppe hinunter, immer wieder

Ilvys Worte in Gedanken wiederholend. „Da unten." Was gab es hier, was seinem Auge entgangen war, weil es vielleicht zu banal schien, um Grauenhaftes zu verbergen? Noch einmal ließ er seinen Blick suchend durch den kleinen Raum gleiten und trat näher an das überladene Regal heran. Da entdeckte er, was ihn schon lange hätte stutzig machen sollen.

Über allen Vorräten lag eine dicke Staubschicht, als wären sie seit Monaten nicht bewegt worden. Mit spitzen Fingern nahm er eine Dose Tomaten aus dem Regal. Der Rand war bereits durch Korrosion beschädigt, das Banderolenpapier brüchig. Neben dem vergilbten Preisschild der Hinweis: Haltbar bis März 2009. Delft stieß einen Pfiff aus: Das Mindesthaltbarkeitsdatum war seit fünf Jahren überschritten! Dann griff er eine Cellophantüte mit Reis: Haltbar bis Juni 2007, die Nudeln: Mindesthaltbarkeit bis Dezember 2000.

Regalbrett für Regalbrett inspizierte er nun. Sämtliche Lebensmittel waren seit Jahren verfallen, das bedeutete, sie lagerten offenbar nicht in dem Regal, um zum Kochen benutzt zu werden. Aber wozu dann?

Seine Knie knackten, als er sich hinhockte, um die unteren Regalbretter mit den Mehltüten und Vorräten an Hülsenfrüchten näher in Augenschein zu nehmen. Plötzlich entdeckte er zu seinen Füßen eine Schleifspur, die seine ganze Aufmerksamkeit auf sich zog und ihm für Sekunden den Atem verschlug.

Direkt vor dem Vorratsregal zeigte sich im Betonfußboden die Spur eines Viertelkreises, der von der rechten bis zur linken Regalseite einen akkuraten Neunzig-Grad-Bogen beschrieb. Mit der Hand fuhr Delft über die schmale Bahn im Fußboden und spürte seinen Puls in den Ohren rauschen. So sah es aus, wenn eine Tür beim Öffnen und Schließen immer wieder dieselbe Strecke am Boden entlangschleifte und schließlich eine Spur hineinfraß. „Heilige Scheiße!", entfuhr es ihm. Ächzend kam er hoch und taumelte einen Schritt zurück. Das hier war kein Vorratsregal, sondern eine ... Täuschung, eine getarnte Tür. Während sein Blick die Hinterwand absuchte, tastete sich seine Hand wie eine blinde Schlange in einer schwarzen Höhle vorwärts, bis er plötzlich, hinter zwei Säckchen Linsen verborgen, auf Metall stieß, ein massives, daumendickes Schiebeschloss, stabil genug, um einen Safe zu sichern. Er fegte die Linsen beiseite. Das Schloss hielt ein Scharnier zusammen und ließ sich leicht entriegeln. Dann ruckelte er am Regal und nach einem kurzen Knirschen im Beton gab die massive Tür, an der es festgeschraubt war, quietschend nach.

Bei der Bewegung klackten Gurkengläser aneinander, eine Dose Erbsen polterte über das Brett und kam mit einem dumpfen, metallischen Geräusch vor einer Dosensuppe zum Stehen. Etwas Hartes, Spitzes schrammte hörbar durch den eingeritzten Weg im Beton, als Delft mit angehaltenem Atem langsam die schwere Tür öffnete.

Zuerst drang der Gestank hindurch.

Auf einer schwarzen Wolke ritt er heran und benebelte für Sekunden alle Sinne. Er war bestialisch, beißend, jauchig. Mit einem Würgen wandte Delft sich ab und zwang sich dann, hinzusehen.

Zu seinen Füßen lagen zwei Leichen.

Die weit aufgerissenen Augenpaare, die zu ihm hinaufstarrten, waren bereits vertrocknet, nur schwarze Augenhöhlen waren geblieben, wie Krater in einer bleichen Ödnis starrer Fratzen. Durch die zum Schrei geöffneten, blutig gebissenen Lippen waren die einstmals menschlichen Antlitze grauenhaft entstellt. Kratzspuren von Fingernägeln zogen sich wie Ackerfurchen durch beide Gesichter, kaum mehr als menschliche zu bezeichnen.

Dennoch erkannte er in ihnen Doris und Matthias Münch. Die Kleidung, die Haare, alles passte zusammen. Im Todeskampf ineinander verkeilt, hatten sie vergeblich versucht, ihrem Grab zu entkommen. Wie gefangene Kreaturen, denen angesichts des unausweichlichen Endes jegliche menschliche Regung füreinander abhandengekommen war.

Sich lebendig begraben zu wissen, hatte sie zu wilden Tieren gemacht, denen nur noch das eigene Überleben etwas bedeutete. Um die Leichen herum verteilten sich angetrocknete Blutspritzer, ausgerissene Haare und Stofffetzen auf dem blanken Betonfußboden.

Unvermittelt erinnerte sich Delft an eine Szene aus einem Kinderfilm, die ihn damals wochenlang in seinen Träumen verfolgt hatte. So absurd es war, dass sein übermüdetes Gehirn ihn gerade jetzt an Kinderfilme denken ließ, hatte er plötzlich Tom Sawyer und Huckleberry Finn vor Augen, wie sie hinter dem Eingang einer Erdhöhle die Leiche von Indianer Joe entdeckten. Mit bloßen Händen hatte der Bösewicht versucht, die verschlossene Holztür aufzukratzen, doch Hunger, Durst und der Tod waren schneller gewesen. So wie hier!

Delft zog ein Taschentuch aus seiner Hosentasche und hielt es sich vor Mund und Nase. Unter der Hüfte der Frau bewegte sich plötzlich ein Teppich aus schmatzenden Maden, aufgeschreckt durch das Licht. Mit einem Ruck löste Delft seinen Blick von den Toten und starrte in das Dunkel des Raumes hinein. Er war kaum größer als eine Abstellkammer, fensterlos, niedrig und klaustrophobisch eng. Wände und Decke bestanden aus dicken Polsterungen, die jegliches Geräusch verschluckten. In der linken Ecke stand ein Altar.

Schwarzer Samt, in schwere Falten drapiert, war über ein Stehpult gebreitet, dessen Beine in den Boden betoniert waren. An der gepolsterten Wand dahinter prangte ein massives Metallkruzifix. Wie ein Dämon mit ausgebreiteten Armen schien es über den winzigen Raum zu herrschen - und über das schwarzgerahmte Bild der vierjährigen Alma, das auf dem Altar an einer heruntergebrannten Kerze lehnte.

Der Altar hatte den Todeskampf der Münchs schadlos überstanden, Delft lief ein Schaudern über den Rücken.

Er sah sie vor sich, nach Luft ringend, durstig, hungrig, um ihr Leben schreiend. Wie lange hatte es gedauert, bis sie voller Entsetzen begriffen, dass es kein Entkommen gab und sie hier sterben würden? Unter dem Blick ihrer toten Tochter, die seit zehn Jahren mit der Dunkelheit eines Grabs vertraut war.

Der winzige Raum war eine Gruft, ein Verlies. Das hier war „da unten", Delft schluckte.

Unvorstellbar, dass Ilvy in dieser Enge ganze Nächte auf blankem Beton hatte ausharren müssen. Welche Todesängste musste sie ausgestanden haben, wenn die Luft zum Atmen immer knapper wurde? Wahrscheinlich konnte sie sich niemals sicher sein, rechtzeitig befreit zu werden.

Hatten ihre Eltern diesen Kerker extra für sie geschaffen, damit sie tausendfach den Tod ihrer Schwester durchleben musste? Weil sie noch lebte und Alma nicht?

Taumelnd wich Delft zurück, als eine neue Welle Übelkeit ihn zu überrollen drohte, und sank erschöpft auf die Kellertreppe. Er fuhr sich mit den Händen durchs Gesicht und schloss die Augen. Nur noch schlafen und diesen Albtraum vergessen, dachte er und vernahm im selben Moment das Geräusch eines sich mit Vollgas nähernden Autos.

Er erreichte die Haustür im selben Moment, in dem das Auto mit quietschenden Reifen vor dem Gartentor stoppte und Max heraussprang. Er eilte auf ihn zu, die Vorfreude auf einen sensationellen Einsatz war ihm deutlich anzusehen. Doch wo blieb Fuchs? Kaum hatte er die Frage zu Ende gedacht, da sah er ihn schon in rasendem Tempo auf seinem Rennrad in den Pappelweg einbiegen und sich gleich darauf vom Sattel schwingen. Beinahe gleichzeitig standen die beiden Männer vor ihm. Kommentarlos drückte Max ihm einen dampfenden Isobecher, auf dem *Chef* stand, in die Hand. Heißer Kaffee mit fetter Milch! Delft war sprachlos und nahm gierig einen ersten Schluck.

„Hannes, wie siehst du denn aus?", spottete Max und er bemerkte, dass auch Fuchs ihn erschrocken anstarrte. „Hast du Gespenster gesehen?"

Delft schüttelte den Kopf. „Nur Leichen!", sagte er noch wie benommen und schlürfte den Kaffee wie ein Trinker, der endlich wieder zu Schnaps gekommen war. „Im Keller." Ein Blick auf seine Kollegen zeigte ihm, dass ihnen der Ernst seiner Worte klar war. „Es ist widerlich!" Das abenteuerliche Grinsen in Max` Gesicht erstarb.

„Verdammt!", hörte er ihn wenig später fluchen. Er war vorausgegangen und hatte die Leichen der Münchs entdeckt. Als Fuchs zu ihm trat, wich bei ihrem Anblick jede Farbe aus seinem Gesicht. „Was ist hier passiert?", stammelte er, sprachlos vor Entsetzen.

„Jemand hat sie eingesperrt und sterben lassen!" Delft konnte den Blick nicht von den Toten wenden. „Ich vermute, es war Ilvy. In diesem Kerker hat sie die schlimmsten Stunden ihres Lebens verbracht. Das ist ihre Rache für ein jahrelanges Martyrium."

Er sah in die fragenden Gesichter seiner Kollegen und zeigte ihnen die getarnte Tür, beschrieb ihnen Ilvys Tagebuchaufzeichnungen, die Briefe von Fi an ihre tote Schwester, erzählte sogar von Caruso.

„Ich schätze, sein grauenvoller Tod hat bei Ilvy das Fass zum Überlaufen gebracht. Brutaler geht es kaum, und als sie ihn in der Gefriertruhe entdeckte, ist sie ausgeflippt!" Er übergab Max das Handy der Münchs. „Ilvy hat sich alle Nachrichten selbst geschrieben, um den Eindruck zu erwecken, ihre Eltern verbringen einen quietschvergnügten Urlaub auf Amrum!"

Fuchs nickte und fuhr sich angespannt mit der Hand durchs Haar. „Währenddessen sind sie ein paar Meter unter ihr elend verreckt!" Er holte tief Luft und atmete hörbar aus. „Oder war es David? Hat er sie hier unten eingesperrt? Er tut doch alles für Ilvy!"

„Bonnie and Clyde!", ließ Max sich hören, der bereits die Leichen inspizierte und sich jetzt erhob. „Und wo ist das traute Pärchen jetzt?"

„Abgehauen." Delft war nach dem Kaffee wieder hellwach. „Ich gebe eine Suchmeldung raus."

Mit dem Handy am Ohr verließ er den Tatort, gefolgt von Max, der seinen Kollegen der Spurensicherung die Adresse durchgab, und einem bleichen Fuchs, dem es sichtlich nach frischer Luft verlangte.

„Die Leichen werden gleich zur Obduktion in die Gerichtsmedizin abgeholt", erklärte Max. „Spätestens heute Abend habe ich die ersten Informationen für dich, Hannes." Nachdenklich fixierte er Delft. „Glaubst du eigentlich wirklich, dass ein Teenie es fertigbringt, die eigenen Eltern im Keller verhungern und vermodern zu lassen?"

Delft war verblüfft über den betroffenen Ton seines sonst so unerschütterlichen Freundes. „Ich halte inzwischen so ziemlich alles für möglich, Max. Aber wir werden hoffentlich bald wissen, was genau geschehen ist." Betrübt blickte er in den leeren Kaffeebecher in seiner Hand. „Was hast du an deinem freien Wochenende eigentlich in Tangstedt verloren?", wechselte er wie beiläufig das Thema.

Max zog verschwörerisch die Augenbrauen hoch. „Eine Herzensangelegenheit", sagte er schmunzelnd, „ganz frisch und ganz heftig!"

Delft folgte seinem Blick zum Gartenzaun, wo Fuchs wartete, um den Leichenwagen der Spurensicherung aus Kiel in Empfang zu nehmen, der jeden Augenblick eintreffen sollte. Er musste die Blicke von Delft und Max gespürt haben, denn in diesem Moment drehte er sich um und winkte ihnen zu.

„Ihr beiden …?", staunte Delft und sah Max an, der still in sich hineinlächelte und unmerklich nickte.

Die Ankunft des grauen Kombi unterbrach ihr Gespräch und Delft ging den Kollegen aus Kiel entgegen. Mit unbewegter Miene trugen sie zwei Kunststoffsärge ins Haus, Max folgte ihnen. Am Gartenzaun hatten sich mittlerweile die ersten Schaulustigen versammelt, um das Geschehen aus nächster Nähe zu verfolgen. Delft registrierte die entsetzten Gesichter und hoffte, dass die Toten abtransportiert waren, bevor sich das halbe Dorf hier einfand. In spätestens einer Stunde würde Ilvys Elternhaus Sperrgebiet sein und sich kein Schaulustiger dem Tatort mehr nähern können.

Sobald alles geregelt war, würde er sich auf die Suche nach Ilvy und David machen. Die Fahndung lief zwar bereits und eigentlich brauchte man ihn hier gerade nicht, doch es war ihm unmöglich nach Hause zu fahren und endlich zu schlafen. Der Kaffee hatte seine Lebensgeister geweckt, jedenfalls so weit, dass er wieder einigermaßen klar denken konnte. Außerdem nagte in ihm eine wachsende Sorge um Ilvy und insgeheim hoffte er, die erdrückenden Hinweise würden sich als Irrtum herausstellen. Doch er wusste selbst, wie unwahrscheinlich das war.

Ilvys letzte Tagebucheintragung war wie eine Ankündigung dessen gewesen, was sie hier vorgefunden hatten. Ihre Eltern waren „da unten" verreckt. VERRECKT! so lauteten ihre Worte. Noch hatte er keine Ahnung, wo er mit der Suche nach ihr beginnen sollte. Mehrere Versuche, Ilvy auf ihrem Handy anzurufen, waren gescheitert, der Teilnehmer nicht zu erreichen, wie die freundliche Mailbox-Stimme zu wiederholen nicht müde wurde. Aber auch David schien sich in Luft aufgelöst zu haben, zuhause war er nicht wiederaufgetaucht.

Ahnte Ilvy, dass man ihre Eltern gefunden hatte und der Verdacht auf sie fiel? Sie war intelligent und es musste ihr klar sein, dass eine Flucht, wohin auch immer, vollkommen aussichtslos war. Oder unterschätzte er sie und sie hatte einen Plan und war abgehauen? Nur wohin sollte sie gehen? Hatte sie womöglich David dazu gebracht, ihr zu folgen?

In diesem Moment wurden die Särge aus dem Haus getragen.

Mit schweren Schritten trottete Delft zu Fuchs hinüber, der versuchte, die Schaulustigen am Gartenzaun zu beschwichtigen. Als er gerade sein Wort an ihn richten wollte, hielt Fuchs in seinem Redeschwall inne und fixierte etwas hinter seinem Rücken. „Da ist David!", schrie er plötzlich und Delft drehte sich um.

Sofort sah er den Jungen auf seinem Rennrad. Sogar von weitem war das bleiche Gesicht deutlich zu erkennen. Er kam aus dem Wald auf das Haus zugerast, bremste scharf, als er plötzlich die Menschenansammlung und die Särge erblickte, die über den Gartenweg getragen wurden, und schaffte es nicht mehr, sich vom umfallenden Rad zu lösen, das ihn zu Boden zog. Für einen Moment starrte er fassungslos auf die Szene, dann raffte er sich auf und raste zurück in den Wald. Keine zehn Sekunden hatte das Ganze gedauert.

Bevor Delft etwas sagen konnte, sah er Fuchs auf seinem Rennrad dem Jungen hinterherjagen. Er sprintete zu seinem Käfer und stob mit heulendem Motor davon. Es ging über Stock und Stein, sein Auto ächzte und stöhnte, Äste schrammten quietschend über den Lack.

Hinter der zweiten Kurve des holprigen Waldwegs holte er die beiden ein. Fuchs kniete neben David am Wegesrand und das Rennrad des Jungen lag mit sich drehenden, funkelnden Speichen mitten auf dem sandigen Weg. Delft sprang aus dem Auto. David lag wimmernd im Gras, die Hände vor sein Gesicht geschlagen, beide Knie waren blutig verschrammt und schmutzig.

Fuchs sah zu Delft hoch. „Er ist gestürzt. Nichts passiert außer den kaputten Knien, aber er ist vollkommen erschöpft."

Aus dem Kofferraum kramte Delft eine uralte Erste-Hilfe-Decke hervor, legte sie über Davids Schultern und hockte sich neben ihn ins Gras.

„Ist alles okay mit dir?" Vorsichtig nahm er Davids Hände und zog sie ihm vom Gesicht. Verstört starrte der Junge Delft aus wirren Augen an und brachte kein Wort heraus. Sein Atem begann bedrohlich zu fiepen und angestrengt sog er Luft ein. Kurzerhand zerrte Delft ihn in eine sitzende Position, Fuchs zog eine

221

Wasserflasche aus seiner Satteltasche und reichte sie dem verängstigten Jungen.

David trank gierig, sein Atem beruhigte sich, er schluchzte.

„Was ist passiert?", drängte Delft. „Wo ist Ilvy?"

Kaum dass der Name ausgesprochen war, fiel David in sich zusammen und brach in heiseres Weinen aus. „Ich hab es … nicht gewusst! Ich hatte … keine Ahnung. Scheiße!", begann er atemlos zu stammeln. Mit rauem Geräusch presste sich die Luft quälend aus seinen Lungen. "Das waren ihre Eltern eben, oder? Die Toten in den Särgen? Ich hab es nicht gewusst, o Gott!" Mit einem Würgen verkrampfte sich sein Oberkörper und er beugte sich nach vorn. „Sie hat gesagt, sie sind auf Amrum, sie hat mir doch die Nachrichten gezeigt … wie … was hat sie getan?" David starrte ins Leere, alle Kraft war aus ihm gewichen. Delft legte ihm beruhigend eine Hand auf die bebende Schulter, während Fuchs Davids Rad an den Wegrand schob und in kleiner Entfernung zu den beiden wartete.

David blickte verstört zu Delft auf. "Sie wollte mit mir weggehen, irgendwohin. Keine Ahnung, immer wieder hat sie mich bedrängt. Ich wollte zuerst auch, aber … ich kann es nicht, meine Mutter … sie hat doch sonst niemanden." Weiter kam er nicht, asthmatisches Fiepen stoppte seinen Redefluss, er rang nach Luft, griff zitternd aus seiner Brusttasche das Spray und inhalierte tief. Nach zwei leichteren Atemzügen fuhr er fort: „Ich sollte Ilvys Tagebuch holen …" Delft sah das blanke Entsetzen in Davids weit aufgerissenen Augen und unterbrach ihn. „Du weißt, wo sie ist, oder?"

„Sie macht mich krank. Ich bin gar nicht mehr ich selbst, ach fuck!", flossen die Worte aus Davids Mund, als seien alle Dämme gebrochen. Jede Faser des mageren Körpers zeigte seine

Anspannung und wie schwer es ihm fiel, die Wahrheit auszusprechen, aber auch dass es ihn erleichterte, endlich zu reden. Auch er hatte also schweigen müssen!

„Wo ist sie, David?", beharrte Delft und sein Blick bohrte sich in die Augen des Jungen.

„Im Wald." David versuchte zitternd, auf die Beine zu kommen, die Decke fiel ihm von den Schultern. „Bei der alten Geisterstadt. Da hat sie ihre Hütte."

Sekunden später warf Delft dem erstaunten Fuchs die Schlüssel seines Wagens zu. „Bring ihn zu seiner Mutter!", sagte er und schnappte sich das Rennrad seines Kollegen. Noch bevor Fuchs protestieren konnte, war er schon auf dem Weg in den Wald.

Die alten Tangstedter kannten noch die Rhododendrongärtnerei aus den Siebzigerjahren, als sie ein florierendes Geschäft gewesen war. Sie stand mitten im Wald und war schon vor Jahrzehnten infolge eines Erbstreits zur Ruine verfallen. Nur abenteuerlustige Kinder wagten sich noch hierher, deren Eltern es nicht kümmerte, wo sie spielten. Brüchige, metertiefe Brunnen und überwucherte Gruben machten dieses Stück Wald zu einem lebensgefährlichen Areal.

Vom Wohnhaus standen, versteckt im Dickicht, nur noch niedrige Mauerreste und aus den gesprungenen Fliesen des ehemaligen Gewächshauses rankten Efeu, Farn und Brombeeren den Nadelbäumen entgegen. Jeder Schritt war ein Schritt ins Ungewisse und konnte tödlich enden. Delft wusste das. Dutzende Male hatten besorgte Eltern ihn in diesen Teil des Waldes geschickt, weil ihre Kinder bei Anbruch der Dunkelheit noch nicht zuhause waren und die „Geisterstadt" Kinder magisch anzog.

Er hatte Fuchs´ Rennrad auf einen Mooshügel gelegt, von dem ein kaum erkennbarer Trampelpfad in den dichten Wald abging. Es war die einzige Stelle, von der Delft wusste, dass sie in Richtung „Geisterstadt" führte. Vor mehr als vierzig Jahren war es noch ein richtiger Weg gewesen, den die Gärtnereikunden mit ihren Fahrrädern und die Angestellten für ihre Handkarren benutzten. Stets hatte sich die Familie geweigert, eine richtige Straße bis zu ihrem Haus anzulegen, damit die Kunden mit dem Auto die Ware abholen konnten. Inzwischen war der Weg zugewuchert und kaum noch zu erkennen.

Trotz aller urigen Seltsamkeit war die Rhododendrongärtnerei jahrelang ein Geheimtipp gewesen, ihr Geschäft florierte. Bis das alte Besitzerehepaar eines Tages in den Brunnenschacht stürzte und ums Leben kam. Manche aus dem Dorf sagten ihnen einen Pakt mit dem Teufel nach, doch Delft glaubte nicht an diesen Spuk. Wahrscheinlich waren sie einfach pleite gewesen und hatten keinen anderen Ausweg mehr gesehen.

Unter seinen Schuhen knackten trockene Äste und Zweige und immer wieder schob er widerspenstiges Dickicht und dornige Brombeerranken zur Seite. Der Weg zu Ilvys verborgener Waldhütte war in dieser Wildnis kaum auszumachen. Massive Eichenstämme mit unauffällig eingeritzten Zeichen und winzige Bänder an den Ästen waren die einzigen Wegmarken, die David ihm beschrieben hatte und ihm Orientierung gaben.

In seine Nase stieg die modrige Feuchte des Waldbodens und mischte sich mit dem Aroma wilder Pilze. Der heiße Wind, der durch die Blätter säuselte, brachte keine Erfrischung. Es war, als bestünde die Welt aus einem Krautgemisch in einem siedenden Kessel.

Keuchend blieb Delft stehen und wischte sich den Schweiß von der Stirn. Wie gerade so oft in der Hitze wummerte wieder sein Puls und ihn überfiel kurz die Angst, hier mutterseelenallein einen Herzanfall zu erleiden. Niemand würde ihn an diesem Ort rechtzeitig finden. Die Fahrt mit Fuchs' Rennrad und der lange Schlafmangel setzten ihm mehr zu, als er sich eingestehen wollte. Seine Reserven waren mehr als ausgereizt, seine Kondition ging gegen null. Früher war jeder Dienst voller Tempo gewesen. Niemals hatte er gewusst, was innerhalb der nächsten Stunde passieren würde, und war körperlich so fit gewesen, dass kein Wettlauf mit einem Einbrecher ihn an den Rand seiner Kräfte gebracht hätte wie jetzt der kleine Sprint mit dem Fahrrad. War ein Schlappschwanz aus ihm geworden, der nicht einmal mehr zweihundert Meter mit dem Rad bewältigte, ohne aus der Puste zu geraten? Dieser dichte, unheimliche Wald war wie eine Herausforderung. Ein Angriff, ein Feind.

Er würde Ilvy finden! Wütend schlug er den nächsten Ast zur Seite und kämpfte sich durch das Gestrüpp, dessen Dornen unbarmherzig an seiner Kleidung zerrten. Er fluchte und blieb keuchend stehen. Da hörte er mitten im Wald plötzlich Musik, „Wuthering Heights" von Kate Bush! Er kannte diesen Song, *der* Hit während der Abizeit, auf dem Abschlussball hatten sie den ganzen Abend danach getanzt. Aber was hatte dieses Lied hier im Wald zu suchen?

Mit jedem Meter, den er sich durch das Gestrüpp weiterkämpfte, wurde die Musik lauter, tausendmal gesummt und mitgesungen beherrschte er den Text immer noch auswendig. Kate Bushs Stimme zog ihn sofort wieder in ihren Bann und sogar das Plattencover erschien vor seinem inneren Auge. Irgendwo in einem seiner Umzugskartons musste die Platte noch sein.

Plötzlich ragte eine dichte, undurchdringliche Buchsbaumhecke vor ihm auf und er blieb für einen Moment stehen. Er blickte sich nach allen Seiten um und entdeckte linkerhand einen schmalen Gang, durch den er sich hindurchzwängte. Jetzt hörte er den Song in einer Lautstärke, als hätte er Kate Bushs heimlichen Übungsraum entdeckt.

Er stand vor der Hütte, die David ihm beschrieben hatte. An einen mächtigen Rhododendronbusch geschmiegt, war sie kaum mehr als ein baufälliger Verschlag aus morschen Brettern, einigen Zweigen und brüchiger Dachpappe. Ein verblichener grüner Teppich, mit Stockflecken übersät, diente als Vorhang, wo einst eine Tür gewesen war, aus dem Inneren der Hütte drangen die letzten Töne von „Wuthering Heights".

Als hätte die Musik mitten im Wald seine Sinne wachgerüttelt, nahm er intensiv jedes Detail in sich auf. Er entdeckte links neben der Türöffnung ein kleines, schwarzes Kruzifix, ähnlich dem im Schlafzimmer der Münchs und im Foyer der Kirche des Schweigens. Um das Kruzifix herum waren weiße Kiesel angeordnet, auf jedem stand der Name „Caruso". Hier also war sein Grab.

Delft näherte sich dem Eingang, kniete sich hin und zog langsam den Teppich beiseite. In diesem Moment klackte die Stopptaste des uralten Kassettenrecorders und die Musik verstummte. Jetzt sah er im Dämmerlicht der Hütte, deren kleine Fensterluken nur wenig Licht hereinließen, auch Ilvy. Sie lag in der Mitte des Raumes auf einer schmutzigen Decke am Boden. Zusammengekrümmt wie ein Embryo, umklammerten ihre Hände Almas alte Stoffpumpe, deren Wollzöpfe unter ihrer Wange hervorlugten. Ihre schmalen Lippen waren aufgesprungen und blutig verkrustet. Unter schmutzig verfilztem Haar lugte bleich und eingefallen Ilvys Gesicht hervor, beide Arme und die nackten Beine bedeckten Kratzspuren.

Er kroch langsam auf sie zu. Sie stank nach Urin und Erbrochenem.

„Ilvy?" Sachte berührte er ihre Schulter.

Ilvys gellender Schrei zerriss beinahe sein Trommelfell. Wie im Fieberwahn trat und schlug sie um sich. Die Stoffpumpe in der Faust, wirbelte sie herum und brüllte: „Nein, nicht in den Keller! Nicht in den Keller!" Ihre Stimme war kaum noch menschlich, als sie in einem schrillen, heiseren Krächzen brach.

Delft packte das tobende Mädchen bei den Handgelenken und zwang sie, ihm ins Gesicht zu schauen. Sie sah ihn an wie auf Drogen.

„Ilvy!" Er schrie ebenso laut wie sie und schüttelte sie. „Ich bin es, Hannes Delft! Niemand bringt dich in den Keller! Es ist vorbei!"

Er fixierte ihren leeren Blick aus entzündeten Augen, die wirr hin und her wanderten. Irgendetwas in dem Mädchen musste seine Worte aber doch verstanden haben, denn sie sank in sich zusammen und kauerte jetzt wimmernd auf seinem Schoß, umklammerte den Stoff seines Hemdes und schaukelte hin und her wie ein hospitiertes Kind.

Delft zerrte sein Handy aus der Hosentasche, orderte den Krankenwagen und anschließend Cornelius Fuchs herzukommen. Dann wurde es still, selbst die Geräusche des Waldes waren verstummt.

Ilvys Atem wurde ruhiger, ihr Wimmern leiser, das Zittern schwächer. Als hätte sie die ganze Zeit auf diesen einen, erlösenden Moment gewartet. Schützend legte Delft ihr trotz der Hitze die alte Decke über den Körper. Sie wehrte sich nicht und ließ alles geschehen. Er spürte, wie sie sich in seinem Schoß ein wenig entspannte. Leicht wie eine Feder war sie.

Delft warf einen Blick auf die Wände der Hütte. Poster aus den Achtzigern. Kate Bush. Abba. Police. Der Schriftzug: I LIKE IT BETTER TIMES EMOTIONS LOVE PEACE SISTER

Sie hatte sich hier eine eigene Welt erschaffen, in der sie Gefühle zulassen konnte, Musik hören - leben. Im Haus der Münchs gab es für all das keinen Raum, niemand wollte wissen, was sie dachte und empfand. Wie gut er ihre Verzweiflung verstehen konnte.

Aber sie hatte ihre Eltern getötet, hatte sie am Ort ihrer jahrelangen Pein verhungern und verdursten lassen, so wie ihre Eltern sie hatten nächtelang hungern und dursten lassen. Auge um Auge, Zahn um Zahn. Zugleich war sie auch das siebenjährige Kind, das seine geliebte Schwester verloren hatte. Ein trauerndes kleines Mädchen, das alle Buße auf ihre schmächtigen Schultern nehmen musste. Warum hatte sie zehn lange Jahre sinnlos dafür leiden müssen, dass Alma ertrunken war? Ihr wurde die Schuld an einem Unfall angelastet, für den sie nichts konnte, der aber ihr Leben zerstört hatte. Auf einmal existierte sie nicht mehr als Kind der Familie, ihre Eltern entzogen ihr jegliche Fürsorge und Liebe. Das hatte niemand bemerkt und niemand ihr Martyrium erkannt. Nur ihrem Tagebuch hatte sie sich anvertraut und so eine Brücke zu ihrer verstorbenen Schwester geschlagen. Vielleicht würde es sich aufklären lassen, was die Münchs dazu gebracht hatte, Ilvy so grausam für einen Schicksalsschlag zu bestrafen, der unvorhersehbar war wie das Leben selbst. Er ließ seine Hand auf ihrer mageren Schulter ruhen, sie rührte sich nicht, schien sich auf seinem Schoß zu einem leblosen Klumpen zusammenzuziehen, unsichtbar, bedürfnislos, wie seit Jahren.

Als von Ferne das Martinshorn des Krankenwagens ertönte, brach plötzlich gleichzeitig über der Hütte krachend ein Gewitter los, Donner rollte über den Wald und ein prasselnder, kühler Regen spülte endlich die Schwüle fort.

Juli 2014

Liebste Alma,

Dr. Hanstedter hat mir erlaubt, Dir weiter zu schreiben, und darüber bin ich froh.

Er ist echt cool!

Als der Kommissar mich gefunden hat, ging es mir sehr schlecht, aber hier in der Klinik wird alles besser. Auf der Terrasse vor dem Aufenthaltsraum gibt es eine Vogelvoliere mit Wellensittichen und Kanarienvögeln. Da bin ich jeden Tag, es ist so schön!

Mein Lieblingswelli ist grün wie Caruso und ich habe ihn „David" getauft. Ich kann ihm alles erzählen und mich entschuldigen, weil ich ihn so gedrängt habe, mir zu helfen und mit mir abzuhauen. Der richtige David darf mich noch nicht besuchen.

Jeden Tag habe ich eine Stunde bei Dr. Hanstedter. Bei ihm muss ich nicht mehr schweigen und werde nicht bestraft, weil ich verbotene Dinge getan oder gedacht habe. Im Gegenteil. Er weiß alles: dass ich total ausgerastet bin, als ich Caruso in der Truhe gefunden habe, mit dem ganzen Blut und den offenen Augen, dass ich dachte, ich bin schlecht, weil ich Caruso nicht retten konnte. Dr. Hanstetter hat meine Verzweiflung verstanden. Und dann habe ich ihm von dem Sonntag erzählt, als Mama und Papa nach Amrum fahren wollten.

Vor dem Frühstück haben sie am Altar noch ein Gebet für Dich gesprochen. Sie haben gesagt, Dein Todestag sei zehn Jahre her, Alma, und wie sehr sie Dich vermissen. Dabei fehlst Du doch auch mir jeden Tag. Als sie vor Deinem Bild knieten, hat Mama laut gebetet und zu Gott gefleht, warum er Dich zu sich genommen hat und nicht mich, ihr schreckliches anderes Kind, das so oft störrisch ist und keinen Regeln folgt. Doch du, du seist immer ihr Liebling gewesen. Als sie das sagte und mich beide plötzlich so böse anstarrten, da bin ich einfach aus dem Raum gelaufen und habe die Tür von außen zugemacht. Und dann wurde ich selber böse.

Nachts habe ich den Koffer rüber zum alten Cordens in die Garage geschleppt, damit er verdächtigt wird. Ihn hasse ich auch, immer ist er besoffen und glotzt mich an, als wäre ich Dreck!

Dann bin ich mit dem Auto zum alten Friedhof gefahren. Tausendmal habe ich bei Papa gesehen, wie man fährt, und es ging gut, bis ich ins Schleudern kam und gegen den Stein gedonnert bin! Ich habe solche Angst gekriegt, Alma, ganz anders als unten im Keller. Also bin ich rüber zur Kirche und habe bei Herrn Hansen geklingelt. Obwohl ich ihn nicht mag, wollte ich ihm alles erzählen. Was meine Eltern mit mir gemacht haben, dass sie mich quälen und am Ende sogar Caruso umgebracht haben. Ich dachte, er kann mich erlösen und Gott um Gnade für meine Eltern bitten, damit alles wieder gut wird. Aber er wollte es nicht hören und hat mir nicht geglaubt. Er sagte, meine Eltern seien gute Menschen, die tun ihrer eigenen Tochter doch nichts Schlimmes an! Da habe ich ihm nichts mehr erzählt, auch nicht, wo meine Eltern eingesperrt sind, und bin zur Hütte gerannt. Mir war plötzlich alles egal und ich habe mich so allein gefühlt. Niemand hat mir geholfen. Und dann habe ich von Mamas Handy jeden Tag eine SMS an mich geschickt. Ich weiß, es ist verrückt, aber ich habe mich über jede SMS total gefreut, weil sie immer so liebevoll klangen!

Am Montagmorgen bin ich zu David und seiner Mutter, die ist total nett. Ich habe ihr erzählt, dass ich mich allein im Haus fürchte, und ich durfte bleiben. Erst am Donnerstag bin ich wieder in mein Zimmer gegangen, und dann war auch endlich alles still im Haus.

Liebe Alma, es tut mir schrecklich leid, was ich getan habe. Am meisten macht es mich verrückt, dass ich immer noch nicht weiß, warum Mama und Papa so böse auf mich waren. Und warum ich so böse auf sie war, dass ich sie „da unten" eingesperrt habe. Dr. Hanstedter hat mich beruhigt und gesagt, das finden wir noch heraus, und solange darf ich hierbleiben.

In ewiger Liebe
Deine Schwester „Il-Fi"

Nachspiel

Es regnete in Strömen, als Kommissar Delft mit ausladenden Schritten die Stufen zum Klinikeingang emporeilte. Sein neues Fahrrad hatte er im überdachten Fahrradständer der Psychiatrischen Klinik sorgfältig angeschlossen und schwenkte seine blaue Radtasche. Mit einem gekonnten Ruck zog er die Ohrstöpsel des kleinen iPod aus seinen Ohren und Neil Diamond verstummte. Antonia und Jonas hatten ihn mit diesem Geschenk überrascht, als er ihnen stolz erzählt hatte, er würde ab jetzt Fahrrad fahren.

Nachdem Ilvy gefunden und in die Klinik gebracht worden war, hatte er vierzehn Stunden am Stück geschlafen. Als er erwachte, war er bereit, mit Schwung in sein neues Leben zu starten. Ilvys Geschichte hatte ihm den entscheidenden Impuls gegeben, nicht länger in seiner Lethargie und Verschlossenheit zu verharren. Voller Enthusiasmus hatte Kollege Fuchs ihn beim Fahrradkauf beraten. Diesem Schritt zu mehr körperlicher Fitness sollten weitere Veränderungen folgen. Vier Tage war das jetzt her.

Inzwischen überprüften die Behörden die C.O.S., doch außer einer seltsamen Einstellung war ihr nichts vorzuwerfen. Cordens war aus seinem Rausch erwacht und zu einem klinischen Alkoholentzug verdonnert worden, der ihm offenbar keine Freude machte. Beinahe hätte er einer der Krankenschwestern vor Wut eine Ohrfeige verpasst, wäre nicht eine Kollegin hinzugeeilt, die den tobenden Mann zur Raison brachte. Fuchs hatte seinen Chef über alles auf dem Laufenden gehalten, während Delft zwei freie Tage genoss.

Im Foyer blickte er suchend über die Tafel mit den vielen Namen aller hier praktizierenden Ärzte, fand das Büro von Dr. Hanstedter im zweiten Stock, nahm die Treppen und klopfte an.

„Ah, Herr Kommissar Delft. Seien Sie gegrüßt!" Der freundliche Hüne, der vor ihm stand, zerdrückte ihm mit seiner Pranke fast die Hand. „Ich bin sehr gespannt auf die Neuigkeiten, die Sie mir am Telefon versprochen haben!"

Delft nahm den angebotenen Platz in einem Ledersessel ein und reichte dem Arzt einen braunen DINA-4-Umschlag. „Dieser Artikel bringt zumindest für mich Licht in die Sache." Er nickte dem Arzt zu. „Und ich bin gespannt auf ihre Einschätzung."

Dr. Hanstedter blieb stehen und lehnte sich gegen seinen wuchtigen Ahorn-Schreibtisch, während er eine vergilbte Zeitung aus dem Umschlag zog und stirnrunzelnd die Schlagzeile auf dem Titelblatt überflog.

AMRUMER INSELBOTE

13. Juli 2004

TRAGISCHER UNFALL REISST FAMILIE AUSEINANDER

Delft beobachtete das Minenspiel des Mediziners, während der kopfschüttelnd den Zeitungsbericht las. Empörung und Ungläubigkeit wechselten sich ab, bis er am Ende den letzten Satz voller Zynismus vorlas: „In der Kirche zu Nebel wird am kommenden Sonntag ein Gedenkgottesdienst für die Familie stattfinden. Es wird Herr Gerold Hansen sprechen, Leiter der Kirche des Schweigens, der die betroffene Familie seelsorgerisch begleitet." Wütend faltete Dr. Hanstedter die Zeitung zusammen. "Natürlich: Die Eltern lassen ihre kleinen Kinder alleine am Strand spielen, legen die Verantwortung in die Hände der siebenjährigen Ilvy und vergnügen sich ungestört! Das alte Lied geplagter Eltern, die endlich Urlaub haben! Nicht aufgepasst – Unglück geschieht –

Schuldigen gefunden – bumms! So schnell kann das gehen."

Delft sah ihn mit unverhohlener Bewunderung an. Konnte er den Fall Münch wirklich in eine solch kurze Formel fassen? „Sie meinen, die Münchs sind ohne über ihr Tun nachzudenken einfach verschwunden und haben die Kinder sich selbst überlassen?"

Dr. Hanstedter nickte. „Genau wie es hier steht: *Das Ehepaar wollte eine Weile ungestört sein.* Pah! Herr Kommissar, aus solchen Entscheidungen entstehen Katastrophen. Das ist unverantwortlich, aber es geschieht öfter, als Sie sich träumen lassen. Und was passiert dann, wenn die Katastrophe da ist?" Herausfordernd sah er Delft an und füllte zwei Gläser mit Mineralwasser. Trotz aller Betroffenheit schien Hanstedter Spaß an diesem Gespräch zu haben.

„Sagen Sie es mir, Sie sind der Psychologe." Delft nahm dankend das Getränk entgegen.

„Projektion, Herr Delft. Die urälteste Form, sich eine reine Weste zu verschaffen." Sie tranken einen großen Schluck. „Ich tue so, als ob ich unschuldig bin und schiebe die Schuld auf das schwächste Glied in der Kette. In diesem Falle Ilvy. Und weil die Eltern permanent mit ihrer Schuld leben müssen und nicht können, halten sie die Schuld der kleinen Ilvy schön unter Feuer und sie selbst baden in heiliger Unschuld."

In Hanstedters Worten lag die ganze Leidenschaft eines Arztes, der mit verletzten Kinderseelen allzu vertraut war. „… und zerstören so die Seele des Mädchens", fügte Delft hinzu. „Wie perfide."

„Ganz genau." Dr. Hanstedter wies auf die Zeitung auf seinem Schreibtisch. „Ilvy hat vergeblich versucht, ihre kleine Schwester zu retten, als diese von einer Welle zu Fall gebracht wurde und im seichten Wasser ertrunken ist. Das dauert keine drei Minuten in dem Alter. Und erst die anderen Badegäste, die auf ihr Schreien aufmerksam geworden sind, haben reagiert. Da war aber schon alles zu spät. Ilvy hat ihre leblose Schwester an Land getragen, so wie es auch im Zeitungsbericht steht. Was für ein Alptraum für ein Kind." Delft dachte an Ilvys Tagebucheinträge. „Ilvy wusste zu keiner Zeit, warum ihre Eltern sie so sadistisch behandeln, wofür sie büßen muss … sie hat verdrängt, dass es diesen Unfall gegeben hat …" „Retrograde Amnesie, so lautet der Fachbegriff für das, was Ilvy widerfahren ist. Gedächtnisverlust aufgrund eines traumatischen Erlebnisses. Dass das Trauma über Jahre hinweg durch ihre Eltern am Leben gehalten wurde, verstärkte die Symptome und hat die Persönlichkeit des Mädchens einschneidend verändert." Er holte tief Luft. „Dieser Zeitungsartikel, Herr Kommissar, wird Ilvy wahrscheinlich die Zukunft retten! Wir können jetzt ganz gezielt mit ihrer Therapie weitermachen, weil wir wissen, was passiert ist. Das ist ihr Verdienst!" Im Gesicht des Mediziners spiegelten sich Zuversicht und Erleichterung, als er Delft die Hand reichte. „Ilvy hat einen langen Weg vor sich. Und irgendwann wird ihr klarwerden, was sie getan hat."

Delft erhob sich und drückte dem Hünen die Hand. Der hielt sie einen Moment lang schweigend fest und erwiderte den Händedruck. „Ich hoffe das Beste für das Mädchen. Auf jeden Fall werden sich diese Amnesie und ihre Ursachen strafmildernd auf das Urteil des Gerichtes auswirken", bemerkte Delft abschließend und wandte sich zum Gehen.

Dr. Hanstedter hielt ihm die Tür auf. „Unter uns, Herr Kommissar, und ich spreche jetzt als Vater von vier Kindern und nicht als Mediziner, verdammt, ich kann verstehen, was Ilvy geritten hat!"

Delft nickte. „Nach allem, was wir jetzt wissen, ist das verständlich, Dr. Hanstedter. Man muss nur lange genug Opfer sein, um Täter werden zu können. Und wir alle sind Mittäter, weil wir die Augen verschlossen und geschwiegen haben. Ich hoffe, dass Ilvys Zeit als Opfer endgültig Vergangenheit ist."

EPILOG

Delft stieg aus seinem Käfer, zupfte Hose und Hemd glatt, fuhr sich mit der Hand über seinen fast kahlen Schädel und betrat sein ehemaliges Grundstück. Er war nervös.

Mit klopfendem Herzen schritt er den Weg bis zur Haustür und klingelte. Hoffentlich war er nicht zu früh! Marlies hatte am Telefon „neunzehn Uhr" gesagt, jetzt war es zehn Minuten vor sieben.

Die Tür wurde aufgerissen und Jonas stand vor ihm, als hätte er bereits auf seinen Vater gewartet.

„Wow, Daddy!" Er pfiff bewundernd durch die Zähne. „Schick siehst du aus!" Delft schmunzelte und boxte seinem Sohn spielerisch gegen die Brust. „Hallo Großer!"

Hinter Jonas trat Marlies in den Flur. Im Vergleich zu ihrem Sohn wirkte sie zart wie eine Elfe und trug ihr meerblaues Kleid, das ihm schon immer am besten an ihr gefallen hatte, weil es sich so elegant an ihren schlanken Körper schmiegte und ein verführerisches Dekolleté freiließ.

„Hallo Marlies." Er verschlang sie mit seinen Augen und trat etwas schüchtern in den Flur. „Du siehst umwerfend aus!"

Sie lächelte geschmeichelt. „Hallo Hannes." Ihre Augen wanderten an ihm hinab. „Du aber auch!"

Er ging auf sie zu und überreichte ihr den Strauß pfirsichfarbener Rosen. „Ich danke dir für deine Einladung zum `zweiten Kennenlerntag`!"

Marlies hatte ein Abendessen in der Trattoria Antonella vorgeschlagen und auch Jonas und Antonia sollten dabei sein, die ihren Eltern sofort aufgetragen hatte, an diesem Abend ein besonderes Menü zu zaubern.

Delft war froh über die Gesellschaft der beiden jungen Leute, so würde es ungezwungener werden. Das letzte Mal war er mit Marlies vor mehr als einem Jahr ganz allein gewesen und beide nicht in bester Stimmung.

Marlies betrachtete den prachtvollen Blumenstrauß und dann ihren Mann..„Du hast doch den ersten Schritt getan, Hannes!", sagte sie und ließ ihn nicht aus den Augen, der wie ein verliebter Teenager an ihren Lippen hing.

„Deine Karte von Amrum war wundervoll!"

Verlegen sah Delft zu Boden. „Naja … ich …" Marlies' Hand legte sich zart auf seine und er spürte ihre wärmende Kraft, als Jonas es plötzlich eilig hatte, hinauf in sein Zimmer zu kommen.

„Okay!", rief er. „Ich bin dann mal kurz oben, Haare stylen. Wenn es für euch losgehen kann: einfach pfeifen!" Er nahm die Treppe in drei Sätzen.

Delft blickte ihm hinterher. „Ein toller Junge, oder?"

Marlies nickte. „Ich stell die Blumen kurz …" Weiter kam sie nicht, denn Delft war nah an sie herangetreten und legte sanft seine Hände um ihre Hüften, zog sie an sich und küsste sie.

„Hannes!" Überrascht starrte sie ihn an.

„So sieht es in mir aus, Marlies!" Zärtlich strich er ihr eine Haarsträhne aus der Stirn und sah ihr ernst in die Augen. „Und es war nie anders!"

Mit diesen Worten nahm er seiner verblüfften Frau den Strauß aus den Händen und hoffte, die Blumenvasen mochten noch am selben Platz stehen wie vor einem Jahr.

Ansonsten würde er seinen Mund auftun und fragen.

ENDE

<u>Danke</u>

Das Quälende an einer Danksagung ist für mich die Befürchtung, dass ich jemanden vergessen habe!

Ein Buch zu schreiben, über Hunderte von Stunden allein am Schreibtisch, es dann in die Welt gehen zu lassen, anfangs zaghaft, dann immer mutiger, war für mich ein langer und aufwühlender Prozess, an dem viele Menschen wissentlich oder unwissentlich beteiligt sind.

Ich danke all den Freunden, die an mich und mein Schreiben glauben, die mich während der Arbeit an diesem Krimi kritisch, ermutigend, verständnisvoll und geduldig begleiteten und meine Zweifel angehört aber nicht gefüttert haben.

Die mich runterkühlten, wenn der PC mein rotglühender Feind war oder mich am Schreibtisch mit Tee und Keks versorgten, wenn ich über das Schreiben vollkommen die Zeit vergessen habe. Die mich auf Dinge aufmerksam gemacht, an wichtigen Stellen entscheidende Fragen gestellt haben...oder im richtigen Moment geschwiegen.

Christina, Andrew, mein Bruder Heino, der mit einem einzigen Satz meine Entscheidung, einen Krimi zu versuchen, gefällt hat, Christiane, Sabine, Sabine und Sabine, Maica, Kleene, Nettie, Joey und Marlies, Carmen, Nils, Bernd , SuLu, Ulla und so manch anderer Herzensmensch.

Ich danke meiner Großmutter Erna, die mir 1969 während meiner allerersten, verzauberten Schreibstunden geduldig und immer wieder den Bleistift mit ihrem Kartoffelschälmesser angespitzt hat. Ich danke meiner Familie aus Tangstedt und Hannover.

Besonderer Dank gilt meiner Lektorin Cornelia Adomeit, sowie meinem Studienleiter Mick Schulz für ihre wertvolle Arbeit.

Ihr alle seid gemeint!

Heike Sellhorn

<u>Kontakt Heike Sellhorn:</u> aliceploetz@web.de